미야모토 무사시 2

불패의 검성劍聖
미야모토 무사시 2
물水의 장

초판 1쇄 발행	2015년 1월 20일
초판 5쇄 발행	2019년 4월 30일

지은이	요시카와 에이지
옮긴이	강성욱
펴낸이	한승수
펴낸곳	문예춘추사
편 집	신주식 고은정
마케팅	심지훈
디자인	오성민

등록번호	제300-1994-16
등록일자	1994년 1월 24일
주 소	서울특별시 마포구 연남동 565-15 지남빌딩 309호
전 화	02 338 0084
팩 스	02 338 0087
블로그	moonchusa.blog.me
E-mail	moonchusa@naver.com

ISBN	978-89-7604-211-8 04830
	978-89-7604-209-5 04830(전 10권)

不敗의 劍聖

미야모토
무사시

2 水
물의 장

요시카와 에이지 吉川英治 지음
강성욱 옮김

문예춘추사

차례

물의 장

봄날의
꿈

　　　잔돌이 많은 비탈길을 따라, 이끼가 긴 판자로 된 처마는 고르지 못한 치열처럼 나란히 줄지어 있었다. 한낮의 강한 햇살 아래, 어디선가 소금에 절인 생선을 굽는 냄새가 났다. 갑자기 한 오두막집에서 여자의 새된 목소리가 들려왔다.

　"마누라와 자식새끼는 굶어 죽게 생겼는데 무슨 낯짝으로 들어왔어? 이 술주정뱅이야, 이 천치 같은 인간아!"

　그러더니 갑자기 접시 한 장이 길가로 날아와 부딪치면서 산산조각이 났다. 동시에 쉰 살 정도의 도공인 듯한 사내가 자빠지듯 황급히 굴러 나왔고, 암소 같은 젖가슴을 드러낸 여자가 산발을 한 채 맨발로 뒤따라 나오며 소리를 질렀다.

　"이 한심한 인간, 어딜 가려고!"

　여자는 사내에게 달려들더니 그의 상투를 부여잡고 두들겨 패기 시작했다. 아이는 불에 덴 듯 울어 대고 개는 컹컹 짖었다. 이웃 사람들이 말리려고 뛰어나왔다. 무사시는 뒤를 돌아보며 삿갓 속에서 쓴웃음을 지었다. 그는 아까부터 처마가 줄지어 있는 도공의 세공장 앞에 서서 어린아이처럼 만사 다 잊고 돌림판을 돌리며 주걱으로 도자기 만드는 광경을 넋을 잃고 구경하고 있었다.

무사시가 다시 고개를 돌려 넋을 잃고 세공장 안을 바라다보았다. 안에서 일하고 있는 도공 두 명은 얼굴도 들지 않았다. 그들은 점토 속으로 혼이 빠져나간 것처럼 완전히 일에 몰두했다. 무사시는 길가에 서서 그 모습을 보다가 자신도 점토로 그릇을 빚어 보고 싶어졌다. 그는 어릴 때부터 왠지 모르게 그런 일을 좋아했었다. 자신도 찻잔 정도는 만들 수 있을 것 같다는 생각이 들었다.

그러나 예순이 가까워 보이는 할아버지가 주걱과 손끝으로 조금씩 찻잔의 형태를 완성해 가는 모습을 보면서 무사시는 자신의 불손한 생각을 반성했다.

'찻잔 하나를 완성하는 것도 저렇게 많은 과정이 필요하구나. 정말 대단한 기술이다.'

무사시는 요즘 들어 그런 감동을 자주 받았다. 인간의 기예技藝 혹은 그 무엇이든 뛰어난 것을 보면 품게 되는 존경심이었다.

'나는 흉내도 낼 수 없을 것 같군.'

무사시는 지금도 그렇게 생각했다. 다시 자세히 보니 세공장의 한쪽 구석에 널빤지를 깔고 거기에 접시, 병, 술잔, 물통 같은 그릇들을 올려놓고 청수사淸水寺에 참배하러 가는 사람들에게 팔고 있는 듯했다.

'값싼 도자기를 만드는 데도 저처럼 온 마음을 다해 심혈을 기울여 만들고 있구나.'

도공들을 보면서 무사시는 자신이 뜻을 둔 검의 길이 아직도 요원하게만 느껴졌다.

이십여 일 남짓, 요시오카 도장을 비롯해서 저명한 도장을 돌아본 무사시는 의외의 느낌을 받았다. 그리고 자신의 실력이 생각만큼 보잘것없지만은 않다는 자부심을 갖게 되었다. 그는 부府의 성이 있는 곳이나 장군의 옛 부府, 이른바 명장과 강병이 모이는 이곳 교토에 필시 병법의 달인과 고수가 있을 것이라는 생각으로 찾아왔다. 그러나 지금까지 진심으로 예를 갖추고 되돌아 나온 도장은 한 곳도 없었다. 각 도장의 '실력자'를 이길 때마다 씁쓸한 감정을 품은 채 그곳 문을 나섰다.

'내가 강한 것인가, 그들이 약한 것인가?'

무사시는 아직 판단이 서질 않았다. 만약 지금까지 만나 본 무예가들이 이 시대를 대표하는 사람들이라고 한다면 그는 현실을 의심할 수밖에 없었다. 그런데 그것만으로는 자만할 수 없다는 사실을 지금 도공들을 보면서 깨닫고 있었다. 유심히 살펴보니 겨우 스무 푼이나 백 푼짜리 잡기를 만드는 노인에게서조차 무서우리만치 탁월한 예藝와 기技의 삼매경을 느낄 수 있었다.

하지만 그런 그들도 더없이 가난한 모습으로 금방이라도 무너질 듯한 판잣집에서 살고 있었다. 세상은 그렇게 호락호락한 곳이 아니었다.

"……."

무사시는 진흙으로 얼룩진 노인에게 마음속으로 고개를 숙인 후에 그곳을 떠났다.

고개를 올려다보니 청수사의 벼랑길이 보였다. 무사시가 산넨 고개三年坂[1]를 막 오르기 시작했을 때였다.

"무사님, 무사님."

누군가가 그를 부르고 있었다.

"나 말이오?"

뒤를 돌아보자 얼굴에 수염이 수북하고 정강이가 훤히 드러낸 사내가 서 있었다. 그는 한 손에 죽장을 들었고 허리까지 내려오는 무명옷 한 장을 입고 있었다.

"미야모토 님 아니신가요?"

"그렇소."

"이름이 무사시이시죠?

"그렇소."

"고맙습니다."

무사시가 돌아서자 사내는 차완茶碗 고개 쪽으로 내려갔다. 무사시가

---

1 교토의 청수사에 있는 고개로 '넘어지면 삼 년 내에 죽는다'는 미신이 전해져 온다.

지켜보니 그 사내는 찻집인 듯한 곳으로 들어갔다. 그 주변에는 사내와 같은 가마꾼들이 양지쪽에 많이 모여 있었다. 무사시도 방금 그들을 보면서 지나쳐 왔었다.

'내 이름을 물어보고 오라고 한 자는 대체 누구일까?'

무사시는 곧 그자가 나올 것이라 생각하고 잠깐 그 자리에서 기다렸지만 결국 아무도 나오지 않았다.

고개를 다 올라온 무사시는 천수당千手堂과 비원원悲願院 등 근처의 건물을 한 바퀴 돌면서 빌었다.

"고향에 홀로 있는 누님의 무사안일을 기원 드립니다."

"우둔한 제게 고난을 내려 주십시오. 제게 천하제일의 검이 아니면 죽음을 주십시오."

무사시는 신불에 예배를 올리고 난 뒤에는 몸을 씻은 듯이 마음이 새로워진다는 것을 다쿠안에게 무언無言으로 배웠고, 이후로는 책을 통해서 알게 되었다.

무사시는 벼랑 끝에 삿갓을 내려놓고 그 옆에 앉았다. 교토가 한눈에 내려다보였다. 무릎을 감싸고 앉아 있는 그의 옆으로 쇠뜨기가 가지런히 피어 있었다.

'위대한 인간이 되고 싶다.'

그의 젊은 가슴은 단순한 야망으로 부풀어 올랐다.

'인간으로 태어난 이상…….'

화창한 봄날, 무사시는 이곳을 찾는 참배객이나 등산객의 것과는 거리가 먼 꿈을 꾸고 있었다. 그 옛날, 다이라노 마사카도平將門[2]와 후지와라노 스미토모藤原純友[3]는 사납고 용맹한 야생마 같은 야망가였다. 두 사람은 성공하면 서로 일본을 반으로 나누어 갖자고 약속했다고 한다. 무사시는 지어낸 이야기임에 틀림없는 이 전설을 어떤 책에서 보았을 때는 그 무지와 무모함이 너무나 우습게 느껴졌지만, 지금의 그는 마냥 웃을 수가 없었다. 내용은 다르지만 닮은 꿈을 꾸고 있었다. 청년만이 가질 수 있는 권리로서, 그는 자신의 길을 창조하는 꿈을 꾸고 있었다. 그는 오다 노부나가織田信長와 도요토미 히데요시豊臣秀吉를 생각했다.

그러나 전쟁은 이미 예전 사람들의 꿈이었다. 시대는 오랫동안 갈망하던 평화를 원하고 있었다. 그 대망에 부응한 도쿠가와 이에야스德川家康의 길고 긴 끈기를 생각하면서 무사시는 올바른 꿈을 품는 것도 힘든 일이라는 생각이 들었다.

'게이초 몇 년으로 상징되는 이 시대에 나는 이제 겨우 인간으로 다시 태어났다. 노부나가를 꿈꾸기에는 이미 늦었고, 히데요시 같은 삶을 목표로 하는 일도 무리다. 하지만 꿈을 꿔야 한다. 꿈을 품는 데에

---

2 일본 헤이안 시대 중기의 간토關東의 호족으로, 939년경에 조정에 대항하여 간토 8개국을 차례로 점령한 뒤에 스스로 '신황新皇'이라 칭했다. 이후 일본 전역을 지배하고자 교토京都로 쳐들어가기 위해 병사들을 모으고 반란을 계획했으나 후지와라노 히데사토藤原秀鄉·다이라노 사다모리平貞盛와의 전투에서 패함으로 그 막을 내린다.

3 일본 헤이안 시대 중기의 귀족 출신으로 해적들의 토벌 임무를 담당했으나 936년에 이요국伊予國의 히부리 섬日振島을 근거지로 한 해적의 두령이 되었다. 다이라노 마사카도의 난亂이 일어난 즈음에 그도 난을 일으켜 무차별적인 약탈을 자행한다. 그러나 2년여 동안 계속되던 반란도 결국 진압되었고 감옥에 감금된 이후에 그대로 옥사한다.

는 아무런 제한도 없다. 아까 본 가마꾼의 아들도 꿈을 꿀 수 있다. 하지만…….'

무사시는 다시 한 번 자신의 꿈을 냉정하게 되새겨 보았다. '검!' 그의 길은 거기에 있었다. 노부나가, 히데요시, 이에야스도 좋다. 세상은 그들이 살아 있는 동안에도 한편에서는 문화와 생활에서 번영을 이룩했다. 하지만 최후의 이에야스는 이 세상을 더 이상의 혁신과 진보를 필요로 하지 않는 곳으로 만들어 놓았다.

히가시야마東山에서 바라보는 교토는 세키가하라 전투가 있었던 이전처럼 결코 급박함을 느낄 수 없었다.

'달라졌다. 세상은 이미 노부나가나 히데요시를 필요로 하는 시대가 아니다. 그만큼 시대가 변했다.'

무사시의 생각은 꼬리를 물고 이어졌다. '검과 세상', '검과 인생' 등, 그는 자신이 뜻을 둔 병법과 젊은 꿈을 결부시키면서 깊은 생각에 잠겼다.

시간이 얼마나 지났을까. 아까 본 가마꾼이 벼랑 아래에 모습을 드러냈다.

"저기에 있다."

그는 죽장으로 무사시의 얼굴을 가리키며 외쳤다. 무사시가 벼랑 아래를 쏘아보자 가마꾼들이 밑에서 떠들어 댔다.

"어라, 노려보는데?"

"움직인다."

그들은 슬금슬금 벼랑을 기어오르더니 뒤따라오기 시작했다. 무사시가 신경 쓰지 않고 걸어가다 보니 앞쪽에도 그들의 무리인 듯한 자들이 팔짱을 끼거나 죽장을 짚고 먼 곳에서부터 둘러서서 오고 있었다. 무사시가 발걸음을 멈추고 돌아보자 가마꾼들도 걸음을 멈추고는 흰 이를 드러내며 히죽거렸다.

"저것 봐. 우릴 쳐다보는데?"

무사시는 본원당本願堂의 계단 앞에 멈춰 서서 낡은 마룻대에 걸려 있는 현판을 올려다보고 있었다. 불쾌한 기분이 든 그는 큰 소리로 호통을 칠까도 생각해 봤지만 가마꾼들을 상대하는 것도 쓸데없는 짓이었다. 그는 '저러다 말겠지' 하며 현판에 '본원本願'이라고 쓴 글씨를 한동안 바라보고 있었다.

"아, 나오셨다."

"할머님이 오신다."

서로 수군거리던 가마꾼들의 얼굴색이 일순간 변했다. 무사시가 뒤돌아보자 벌써 청수사의 서문 근처는 사람들로 가득 차 있었다. 참배객과 중과 장사치까지 무슨 일인지 궁금해하며 멀리서 무사시를 둘러싸고 있는 가마꾼들의 뒤로 몰려들었다. 그들은 앞으로 무슨 일이 일어날지 호기심에 찬 눈으로 바라보고 있었다.

"영차."

"어영차."

봄날의 꿈

"영차."

"어영차."

산넨 고개의 아래쪽에서 시작된 함성이 점점 가까이 들려왔다. 잠시 후, 경내 한쪽에서 예순 살쯤 되어 보이는 노파가 가마꾼의 등에 업힌 채로 나타났다. 그 뒤로 역시 쉰이 훨씬 넘은 듯하고 그다지 풍채도 없는 시골풍의 늙은 무사도 보였다.

"이제 그만, 됐다."

노파가 가마꾼의 등에서 힘차게 손을 흔들자 가마꾼은 무릎을 굽히고 땅에 쭈그려 앉았다.

"수고했다."

노파는 가마꾼의 등에서 내린 후, 뒤에 서 있는 늙은 무사에게 의미심장하게 말했다.

"곤 숙부, 방심하지 마시오."

오스기와 후치가와 곤로쿠였다. 두 사람의 옷차림은 죽음을 각오한 듯 비장했다.

"어디에 있느냐?"

두 사람은 칼자루를 물기로 적시면서 사람들 틈을 헤치고 들어왔다. 가마꾼들이 외쳤다.

"할머님, 상대는 이쪽에 있습니다."

"너무 서두르지 마십시오."

"꽤 센 녀석인 듯합니다."

"준비를 단단히 하세요."

모여든 가마꾼들이 한마디씩 했다. 보고 있는 사람들도 모두 놀랐다.

"저 노파가 저 젊은 사내와 결투를 하려는 걸까?"

"그럴 모양이야."

"같이 있는 사람도 약해 보이는데, 대체 무슨 사연일까?"

"곡절이 있겠지."

"저기, 같은 편 사람한테 화를 내고 있군. 저리 눈치 없는 노파가 다 있네."

오스기는 가마꾼 한 명이 뛰어가서 가져온 대나무 국자의 물을 한 모금 마시고는 그것을 곤로쿠에게 넘기며 말했다.

"뭘 그리 당황하시나? 상대는 기껏 코흘리개 애송이일 뿐. 칼 쓰는 법을 조금 배웠다한들 두려워할 게 못 되니 안심하시게."

먼저 일어선 오스기가 본원당의 계단 앞으로 나가더니 땅바닥에 그대로 철퍼덕 주저앉았다. 그러고는 품속에서 염주를 꺼내 맞은쪽에 서 있는 무사시와 구경꾼들에 개의치 않고 한동안 중얼거리며 무언가를 빌었다. 곤로쿠는 오스기를 따라서 합장했다. 하지만 사람들은 오스기와 곤로쿠의 비장함이 지나쳐서 익살스러워 보였는지 킥킥거리며 웃었다.

"누가 웃는 게냐?"

가마꾼 한 사람이 그쪽을 향해서 화난 듯 소리쳤다.

"뭐가 그리 우스운가? 웃을 일이 아니다! 이 할머님은 멀리 사쿠슈에서 자기 며느리를 빼앗아 달아난 놈을 치기 위해 오래전부터 이곳 청수사에서 매일 참배를 하고 계셨다. 오늘이 오십여 일째인데, 뜻밖에도 바로 저기 있는 놈이 차완 고개로 지나가는 것을 발견한 것이다."

한 명의 설명이 끝나자 또 다른 한 명이 말을 이었다.

"정말 무사의 핏줄은 뭐가 달라도 다른가 봐. 저 나이면 고향에서 손자 안고 편안히 여생을 보낼 때인데, 저렇듯 아들 대신 여행길에 올라 가문의 수치를 씻으려고 하다니 머리가 절로 숙여지는군."

또 다른 자가 말했다.

"우리도 뭐, 할머님께 매일 술값이나 받는다고 해서 딱히 편을 드는 건 아니야. 저 연세로 젊은 낭인과 싸우려는 굳은 심지에 마음이 동한 것이지. 약한 쪽 편을 드는 것이 인지상정 아닌가. 만약 할머님이 지면 우리 모두 저 낭인과 싸울 거야. 모두들 그렇지 않나?"

"그렇고 말구."

"할머님이 죽는 걸 보고 있을 수만은 없지!"

가마꾼들의 설명을 듣자 그 자리에 모인 구경꾼들도 덩달아 흥분해서 떠들기 시작했다.

"죽여라, 해치워라!"

그렇게 선동하는 자가 있는가 하면 곡절을 궁금해하는 자도 있었다.

"그런데 할머니 아들은 어떻게 된 거지?"

"아들?"

오스기의 아들에 대해서는 가마꾼들도 모르는 듯했다. 아마 죽었을

것이라고 하는 자도 있었고, 그 아들의 생사도 함께 찾아다니고 있다
며 아는 체하는 자도 있었다. 그때 오스기가 염주를 품속에 집어넣었
다. 동시에 가마꾼들도 군중들도 조용해졌다.

"다케조!"

오스기는 왼손을 허리에 찬 단검에 대고 이름을 불렀다. 무사시는
오스기로부터 세 간間[4] 정도 떨어진 곳에서 아무 말도 하지 않고 서 있
었다. 곤로쿠도 오스기의 곁에 우뚝 선 채로 목을 앞으로 내밀며 소리
쳤다.

"이놈!"

"……."

무사시는 무어라 대답해야 할지 모르는 듯했다. 히메지 성 아래에서
헤어질 때, 다쿠안이 주의를 주었던 것이 그제야 생각났다. 그리고 가
마꾼들이 군중을 향해서 떠들어 대는 말은 너무나 어처구니가 없었
다. 또한 이전부터 혼이덴 일가가 자신에게 원한을 품고 있는 것에 대
해서도 억울한 점이 있었다. 그런 것은 좁아터진 고향 땅에서의 체면
이나 감정에 불과한 것이었다.

'마타하치가 여기에 있다면 모든 것이 명백해질 텐데.'

무사시는 그렇게 생각했다. 그러나 지금 그는 눈앞의 이 사태를 어
떻게 할 것인지 고심할 수밖에 없었다. 저 비실비실한 노파와 늙어 빠
진 무사의 도전이 정말로 당황스러웠다. 한 마디 말도 없이 꼼짝도 하

---

4 길이를 나타내는 단위로 1간間은 약 182센티미터 정도에 해당한다.

지 않고 보고만 있는 무사시의 얼굴에도 난처한 기색이 역력했다. 가마꾼들이 그의 표정을 보며 비아냥거렸다.

"꼴좋다."

"간이 오그라들었나 보구나."

"남자답게 할머님의 손에 죽어라."

가마꾼들은 그렇게 떠들어 대면서 오스기를 응원했지만, 정작 그녀는 신경질이 났는지 눈을 끔뻑거리며 고개를 세차게 젓더니 가마꾼들을 돌아보며 소리쳤다.

"시끄럽다! 너희들은 단지 증인으로 지켜보기만 하면 된다. 우리 둘이 죽으면 뼈는 미야모토 촌으로 보내다오. 부탁할 것은 그뿐이니 다른 쓸데없는 말이나 도움은 필요 없다."

오스기는 칼집에서 단검을 밀어 올리고 무사시를 노려보면서 한 걸음 앞으로 나섰다.

"다케조!"

노파는 다시 한 번 소리쳤다.

"원래 네 이름은 '다케조'고 고향 사람들은 너를 '아쿠조惡蔵'[5]라고 불렀느니라. 헌데 지금은 이름을 '미야모토 무사시'로 바꿨다고 하더구나. 그럴 듯한 이름이다. 호호호."

오스기는 주름이 많은 목을 흔들며 칼을 빼기 전에 말로 싸움을 걸

---

5 '악랄한 다케조'라는 뜻으로, 악랄하다는 뜻의 '아쿠惡'와 무사시의 이름에 따온 '조蔵'의 합성어.

었다.

"이름을 바꾸면 내가 찾을 수 없을 거라 생각했느냐? 어리석은 생각이다! 하늘은 네가 어디로 도망치든 그곳을 비추고 계신다. 자, 내 목이 잘리나 네 목이 잘리나 결판을 내자."

뒤이어 곤로쿠가 쉰 목소리로 말했다.

"네가 미야모토 촌에서 도망쳐 행방을 감춘 이후로 손꼽아 헤아려보니 벌써 오 년이 지났다. 너를 찾느라 얼마나 고생을 했던가. 매일 청수사에서 불공을 드린 보람이 있는지 여기서 너를 만나게 되었구나. 참으로 기쁘구나. 늙었다고 해도 이 후치가와 곤로쿠는 아직 너같은 애송이에게 뒤지지 않는다. 자, 각오해라."

곤로쿠는 번뜩이는 칼을 빼 들고 오스기를 보호하듯 앞으로 나섰다.

"형수님, 위험하니 뒤로 물러나 계시오!"

"무슨 소리!"

오스기는 오히려 곤로쿠를 힐책했다.

"자네야말로 중풍을 앓고 난 후이니 조심하시게."

"무슨 소리십니까. 청수사의 보살이 우릴 보호해 주시지 않습니까."

"그렇지. 숙부, 혼이덴가의 선조들도 뒤에서 우릴 돕고 있을 거요. 겁내지 마시게."

"다케조, 각오해라!"

"덤벼라!"

두 사람은 멀리서부터 칼끝을 겨누며 달려들었지만 무사시는 아무

반응도 보이지 않은 채로 그저 벙어리처럼 침묵만 지키고 있었다.

"다케조, 겁이 나느냐?"

오스기는 종종걸음으로 옆쪽으로 돌면서 칼로 찌르려고 했다. 하지만 돌부리에 걸렸는지 무사시의 발밑에 엎어지더니 양손으로 땅바닥을 짚고 말았다.

"앗, 위험하다!"

주위의 사람들이 아연실색하며 소리를 질렀다.

"빨리 도와줘라."

하지만 달려들 기회를 놓친 곤로쿠는 무사시의 얼굴만 노려보고 있었다. 그러자 오스기는 놓쳤던 칼을 다시 부여잡고 다부지게 벌떡 일어서더니 재빨리 곤로쿠의 옆으로 뛰어가서 무사시를 향해 다시 칼을 겨누었다.

"멍청한 놈, 그 칼은 장식품이더냐? 아니면 날 벨 실력이 없는 것이냐?"

가면처럼 무표정하던 무사시가 비로소 입을 뗐다.

"없소."

무사시는 큰 소리로 내뱉고는 걸음을 옮겼다. 그러자 곤로쿠와 오스기가 양쪽으로 갈라서더니 소리쳤다.

"다케조, 어딜 가는 게냐."

"없소."

"네 이놈, 멈춰라. 멈추지 못하겠느냐!"

"없소."

무사시는 세 번이나 똑같은 대답을 했다. 옆도 돌아보지 않고 그대로 곧장 사람들 사이를 헤치고 계속 걸어갔다.

"저. 저놈이 도망친다!"

당황한 오스기가 소리쳤다.

"놓치지 마라."

가마꾼들이 무사시의 앞쪽으로 우르르 몰려가더니 둥글게 둘러쌌다.

"아니?"

"저런?"

그런데 가마꾼들의 포위망 속에 무사시의 모습이 보이지 않았다. 그리고 얼마 후, 한 사람이 산녠 고개와 차완 고개로 흩어져 돌아가는 사람들 무리 속에서 무사시를 봤다고 했다. 그는 무사시가 여섯 척이나 되는 서쪽 문의 토담을 고양이처럼 뛰어오르더니 모습을 감췄다고 말했지만 아무도 그의 말을 믿으려 하지 않았다. 곤로쿠나 오스기는 그의 말을 더더욱 믿으려 하지 않았다. 그들은 무사시가 법당의 마루 밑이나 뒷산으로 도망쳤을 거라며 해질녘까지 펄쩍펄쩍 날뛰었다.

제자
아오키 조타로

　　　　　후드득후드득, 초가지붕을 두드리는 둔탁한 빗소리가 빈민가를 뒤흔들고 있었다. 근방의 소를 치는 집이나 종이를 뜨는 오두막은 비에 젖어 썩어 가는 냄새가 진동했다. 이곳 기타노 北野의 변두리에는 어스름이 내려도 따뜻한 연기가 피어오르는 밥 짓는 집이 드물었다.

　'여인숙'이라고 쓴 등이 처마 끝에 매달려 있었다. 그곳의 토방 앞에서 자기 몸집보다 더 큰 목소리로 우렁차게 누군가를 불러 대는 아이가 있었다.

　"할아버지! 안 계세요?"

　이제 겨우 열이나 열한 살쯤 되었을까, 늘 찾아오는 주막집 아이였다. 비에 젖은 덥수룩한 머리카락이 귀를 덮고 있었는데, 흡사 그림

속 갓파^{河童}6를 그대로 빼닮았다. 허리까지 오는 통소매 옷에 새끼줄로 엮은 허리끈을 둘렀는데, 등에는 온통 흙탕물이 튀어 있었다.

"조城냐?"

안에서 여인숙 할아버지가 대꾸했다.

"예, 저예요."

"오늘은 아직 손님이 돌아오지 않았으니 술은 필요 없단다."

"그래도 돌아오면 필요할 테니까 평소 때와 똑같이 가져올게요."

"손님이 마신다고 하면 내가 가지러 가도 된다."

"그런데 할아버지, 거기서 뭐 하세요?"

"내일 구라마^{鞍馬}에 오르는 짐수레 편에 보내려고 편지를 쓰는데 글자가 도무지 생각나지 않아서 애를 먹고 있는 중이다. 시끄러우니까 말 좀 걸지 말거라."

"쳇, 그 나이가 되도록 글도 몰라요?"

"요 녀석이 또 버르장머리 없이. 혼나고 싶으냐?"

"제가 써 줄게요."

"시끄럽다."

"정말이에요. 하하하, 그런 글자가 어디 있어요. 그건 감자^芋가 아니라 낚싯대^竿잖아요."

"시끄러워!"

"시끄러워도 보고만 있을 수는 없는걸요. 할아버지, 구라마의 아는

---

6 예로부터 강이나 늪 속에 살면서 어린아이를 잡아간다고 전해지는 일본의 상상 속 동물.

사람에게 낚싯대를 보낼 거예요?"

"감자를 보낼 거다."

"그럼, 고집부리지 마시고 감자라고 쓰면 되잖아요."

"알고 있으면 처음부터 그렇게 썼지."

"그대로 보내면 안 돼요. 이 편지는 할아버지 말고는 아무도 읽지 못할걸요."

"그럼, 네가 써 봐라."

할아버지가 붓을 내밀었다.

"쓸 테니까 불러 보세요."

주막집 조타로城太郎는 귀틀에 걸터앉아서 붓을 쥐었다.

"이 바보야."

"예? 글도 모르시면서 저더러 바보라고요?"

"종이에 콧물이 떨어졌잖느냐."

"아, 그러네요. 그럼 이건 심부름 값."

아이는 종이를 구겨서 코를 풀고는 말했다.

"자, 불러 보세요."

조타로는 붓을 바로 잡더니 여인숙 할아버지가 불러 주는 말을 막 힘없이 술술 써 내려갔다. 마침 그때였다. 아침에 우비를 갖고 나가지 않았던 여인숙 손님이 논바닥처럼 질척거리는 길을 무거운 발걸음으로 저벅저벅 걸어 들어왔다. 손님은 쓰고 온 숯 가마니를 처마 밑에 내던지며 말했다.

"아, 매화도 이것으로 끝이로군."

손님은 매일 아침 눈을 즐겁게 해 주던 입구에 핀 홍매화를 바라보다 젖은 소매를 쥐어짜면서 뇌까렸다.

그 손님은 바로 무사시였다. 그는 이 여인숙에서 벌써 스무 날도 넘게 묵고 있었기 때문에 이곳에 들어오면 흡사 집에 돌아온 것처럼 안도감을 느꼈다. 그가 토방에 들어가서 보니 늘 술 주문을 받으러 오는 주막집 소년이 할아버지와 머리를 맞대고 있었다. 무사시는 그 둘이 무엇을 하고 있나 잠자코 뒤에서 넘겨다보았다.

"어? 뭘 훔쳐봐요?"

조타로는 무사시가 보고 있는 것을 깨닫자 당황해하며 붓과 종이를 등 뒤로 감추었다.

"어디 한번 볼까?"

무사시가 조타로를 놀리듯 말했다.

"싫어요!"

조타로는 고개를 저으며 말했다.

"나보고 형님이라고 하면 또 모를까."

조타로가 거들먹거리며 말하자 무사시가 젖은 겉옷을 벗어 여인숙 할아버지에게 넘기며 웃었다.

"하하하, 그 수는 안 먹힌다."

조타로가 무사시의 말을 받아쳤다.

"수가 안 먹히면 발은 먹히나?"

"발은 문어가 맛있지."

조타로는 그 말을 기다렸다는 외쳤다.

"문어에는 술이 최곤데. 아저씨, 문어에 한잔하시죠. 가져올까요?"

"뭘?"

"술요."

"하하하, 요 녀석 손님 낚는 솜씨가 보통이 아니군. 이 꼬마에게 또 술을 사게 생겼군."

"다섯 홉?"

"그렇게는 필요 없어."

"세 홉?"

"그렇게는 못 마셔."

"그럼, 얼마나? 미야모토 님은 쩨쩨하다니까."

"너를 당해 낼 수가 없구나. 실은 돈이 궁하고 가난한 무사여서 그러니 그리 나쁘게 생각하지는 말거라."

"그럼 내가 술을 싸게 쳐서 가져올게요. 그 대신 또 재미있는 얘기를 해 줘야 돼요."

조타로는 빗속을 힘차게 뛰어갔다.

"할아버지, 이 편지 지금 저 아이가 쓴 겁니까?"

무사시는 남겨진 편지를 보고 깜짝 놀랐다.

"그렇소. 나도 저 녀석이 이리 똑똑했는지 새삼 놀랐소이다."

"흠……."

무사시는 감탄하며 넋을 잃고 들여다보다가 말했다.

"할아버지, 갈아입을 옷이 있을까요? 없으면 잠옷이라도 좋으니 좀 빌려 주시지요."

"그러지요. 손님이 젖어서 돌아올 줄 알고 여기 내놓았소."

우물가에서 몸을 씻고 온 무사시는 옷을 갈아입은 후에 화로 옆에 앉았다. 그 사이에 여인숙 할아버지가 화로 위에 냄비를 걸고 절인 야채와 밥공기를 준비했다.

"요 녀석이 뭘 하느라 이렇게 늦지?"

"그 아이는 몇 살인가요?"

"열한 살이라던데."

"나이에 비해 조숙하군요."

"뭐, 일곱 살 때부터 그 술집에서 일을 한 탓에 마부나 근처에 종이 뜨는 사람, 여행객들 사이에서 부대끼며 살아왔으니……."

"그런데 그런 일을 하면서 어떻게 이리 어엿하게 글을 쓸 수 있게 됐을까요?"

"그 정도로 잘 썼소?"

"어린아이다 보니 유치한 곳은 있지만, 그러면서도 천진스럽다고 할까요. 음, 검으로 말하자면 무서우리만치 기개와 탄력이 있는 글씨입니다. 그 녀석, 물건이 될지도 모르겠군요."

"물건이 되다니, 뭐가 될 거라는 말인지……?"

"사람 말입니다."

"예?"

할아버지가 냄비 뚜껑을 열고 들여다보면서 투덜거렸다.

"아직 안 오는군. 이놈이 또 어디서 한눈을 팔고 있는 모양이네."

할아버지가 토방의 신발을 신으려 할 때, 조타로가 들어왔다.

"할아버지, 가져왔어요."

"손님이 기다리시는데 뭘 하다 이제 오느냐?"

"술을 가지러 가니까 가게에 손님이 있었어요. 그 주정뱅이가 나를
붙잡고 집요하게 이것저것 캐묻잖아요."

"무엇을?"

"미야모토 님의 일을요."

"또 쓸데없는 말을 지껄인 건 아니지?"

"제가 말하지 않아도 이 근방에서 며칠 전 청수사에서 있었던 일을
모르는 사람은 없을걸요. 옆집의 아주머니도 칠장이네 딸도 그날 참
배하러 갔다가 아저씨가 가마꾼들에게 둘러싸여 곤욕을 치르는 걸
모두 봤대요."

무사시는 잠자코 화로 앞에 무릎을 감싸 안고 있다가 부탁하는 투로
말했다.

"꼬마야, 그 얘긴 이젠 그만해라."

무사시의 표정을 헤아린 조타로가 다른 말을 듣기 전에 얼른 발을
씻으며 물었다.

"아저씨, 오늘 밤은 놀다 가도 괜찮죠?"

"집에 가지 않아도 괜찮으냐?"

"아, 가게는 괜찮아요."

"그럼, 아저씨와 같이 밥이라도 먹자."

"그 대신 술은 제가 데울게요. 술 데우는 건 익숙하니까."

조타로는 화로 속에 있는 재에 병을 묻었다.

"아저씨, 이제 됐어요."

"흠, 과연."

"아저씨는 술 좋아해요?

"좋아하지."

"그렇지만 가난하니 자주 못 마시겠네요?"

"음."

"병법가는 다이묘 밑에 들어가면 모두 봉록을 많이 받는다면서요? 옛날 쓰카하라 보쿠덴塚原卜傳[7] 같은 사람이 길을 나설 때에는 시중에게 갈아 탈 말을 끌게 하고 신하의 손에 매를 얹히고 칠팔십 명의 가신을 데리고 다녔다면서요? 가게의 손님한테 들었어요."

"음, 그랬지."

"도쿠가와 님 밑에 들어갔던 야규柳生 님은 에도에 일만 천오백 석을 가지고 있었다던데, 정말이에요?"

"그래, 정말이다."

---

7 일본 센고쿠 시대戰國時代 때의 인물로 뛰어난 검술가이자 병법가로 칭송되고 있다. '가토리 신토류香取神道流'의 계승자로 수많은 제자들을 양성하였다.

"그런데 아저씨는 왜 그렇게 가난해요?"

"아직 공부 중이기 때문이지."

"그럼 몇 살이 되어야 가미이즈미 이세노가미上泉伊勢守[8]나 쓰카하라 보쿠덴처럼 많은 부하들을 데리고 다녀요?"

"글쎄, 나는 그렇게 높은 사람은 될 수 없을 것 같은데."

"아저씬 약해요?"

"청수사에서 본 사람들 말처럼 어쨌든 난 도망쳤으니까."

"근처 사람들이 여인숙에 묵고 있는 젊은 무사는 약하다고 말하는 걸 들으면 난 화가 나서 견딜 수 없다고요."

"하하하, 너를 두고 하는 말도 아닌데 뭘?"

"아저씨 부탁인데요, 저쪽 옻칠집 뒤에서 종이 뜨는 집이랑 통장수랑 젊은 사람들이 모여서 검술 수련을 하고 있으니까, 한번 시합하러 가서 이겨 주세요."

"그래, 그래."

무사시는 조타로의 말에는 무엇이든 고개를 끄덕였다. 그는 소년이 좋았던 것이다. 아니, 자신에게도 여전히 소년다운 데가 있었기 때문에 쉽게 조타로와 동화될 수 있었던 것이다. 또 남자 형제가 없었던 탓도 있었고, 가정의 따뜻함을 거의 모르고 살아온 것도 원인이라고 할 수 있었다. 무사시의 무의식 속에는 항상 애정을 갈망하고 고독을

---

8 일본 센고쿠 시대戰國時代 때의 인물로 뛰어난 검술가의 한 사람으로 손꼽힌다. 신카게류新陰流 검법의 원류를 이루었고 일본 전역을 돌며 자신의 검술을 전파했다고 한다.

달래고자 하는 욕구가 감춰져 있었다.

"이제 그런 얘기는 그만하고, 이번엔 내가 물어볼 차례다. 넌 고향이
어디니?"

"히메지요."

"뭐, 반슈播州?"

"말투를 보니 아저씨는 사쿠슈죠?"

"맞아, 가깝구나. 그래, 히메지에서는 뭘 했니? 아버지는?"

"무사예요, 무사."

"호오!"

무사시는 의외라는 표정을 지었지만 한편으로는 고개를 끄덕이고
는 조타로에게 아버지의 이름을 물었다.

"아버지는 아오키 단자에몬青木丹左衛門이에요. 녹을 오백 석이나 받았
는데 제가 여섯 살 때 낭인이 되셨어요. 그 후에 교토로 왔는데, 집이
점점 가난해지니까 아버지는 저를 술집에 맡기고 허무승사虛無僧寺에
들어가 버렸어요."

아이는 지난날을 술회하듯 하더니 다시 말을 이었다.

"그래서 전 꼭 무사가 되고 싶어요. 무사가 되려면 검도를 배우는 것
이 가장 좋죠? 아저씨, 부탁인데 저를 제자로 받아 주실래요? 무슨 일
이라도 할 테니까요."

조타로의 눈빛은 너무나 간절했지만 무사시는 쉽사리 대답을 하지
않았다. 그는 메기수염을 하고 있던 아오키 단자에몬이라는 자의 비

참한 말로를 생각하고 있었다. 비록 매 순간 베느냐 베이느냐 하는 목숨 건 사투를 하는 무사의 몸이지만, 그와 같은 인생의 윤회를 눈앞에서 목격할 때면 왠지 모를 허무함이 밀려왔다. 무사시는 취기가 가시면서 가슴이 아련해졌다.

조타로는 막무가내로 떼를 썼다. 아무리 달래도 듣지 않을뿐더러 여인숙 할아버지가 꾸짖거나 어르기라도 할라치면 욕지기를 해 댔다. 그리고 무사시에게는 더더욱 끈질기게 달라붙어서 팔목을 잡거나 얼싸 안겨서 졸라 대다가 마침내는 울음을 터뜨렸다. 어찌할 수 없었던 무사시가 마침내 고개를 끄덕이며 말했다.

"그래, 알았다. 제자로 삼으마. 하지만 오늘 밤은 그만 돌아가서 주인 아저씨에게 잘 말씀드리고 내일 다시 오도록 해라."

그제야 조타로는 겨우 진정하고 돌아갔다.

다음 날 아침이었다.

"할아버지, 오랫동안 신세 많았습니다. 나라奈良로 떠나려고 하는데 도시락을 좀 준비해 주세요."

"예? 떠나다니?"

할아버지는 뜬금없는 말에 눈이 휘둥그레졌다.

"조타로 녀석이 성화를 부려서 이리 급히 가려는 겐가?"

"아니요, 조타로 때문이 아닙니다. 전부터 숙원이었던 야마도大和[9]의

---

9 나라 현의 옛 지명으로 '일본'의 다른 이름으로도 쓰인다.

보장원寶藏院에 있는 유명한 창槍을 보러 가는 겁니다. 나중에 조타로가 와서 할아버지를 복달할 것이 뻔한데, 잘 부탁합니다."

"뭐, 애들이란 한때 울고불고 난리를 쳐도 곧 홀랑 까맣게 잊기 마련이니까. 게다가 술집 주인도 승낙하지 않을 테고."

무사시가 여인숙을 나섰다. 진창에 홍매화가 떨어져 있었다. 아침에는 비도 씻은 듯이 그쳤고 피부에 와 닿는 바람의 감촉도 어제와는 달랐다. 물이 불어나 탁류가 흐르는 산조구치三條口의 가교 기슭에 기마무사들이 많이 모여 있었는데, 무사시뿐 아니라 오가는 행인을 일일이 세워 검문을 하고 있었다. 풍문에 의하면 도쿠가와 가문의 상경이 얼마 남지 않은데다가 오늘도 다이묘와 쇼묘小名[10]가 교토에 도착하기 때문에 수상한 낭인들을 단속하고 있다고 했다. 기마무사들이 묻는 말에 아무렇게나 대답하고 별생각 없이 지나쳐 온 무사시는 자신이 도요토미가의 편도 아니고 그렇다고 도쿠가와가의 편도 아닌, 단지 일개 낭인이 되어 있음을 새삼스럽게 깨달았다. 돌이켜 보면 세키가하라 전투에 창 하나 들고 나갔던 그때의 무모한 패기가 떠올라 자신이 우습게 느껴졌다. 그의 아버지가 섬기던 주군은 오사카 편이었으나 고향 땅에는 태합太閤의 위세가 널리 미치고 있었다. 그리고 무사시가 소년 시절부터 화롯가에서 들었던 이야기로 인해 도쿠가와의 현존과 위대함이 머릿속에 깊이 각인되어 있었다.

'간토關東와 오사카, 어느 편에 설 것인가?'

---

10 에도시대 때 만석 이하의 제후나 무가武家를 지칭한다.

만약 지금 이런 질문을 받는다 해도 혈연적으로 '오사카'라고 대답하는 데 주저하지 않을 것이라는 심경이 마음속 어딘가에 남아 있었다. 하지만 무사시는 세키가하라에서 배운 것이 있었다. 병졸들 무리에 섞여 그 많던 적군에 대항해서 죽을 때까지 창을 휘둘렀지만 결국 그것은 아무것도 바꿀 수 없으며 또 대단한 봉공도 아니라는 사실을 깨달았다.

'나의 주군에게 행운이 함께하기를……'

그렇게 기원하면서 죽을 수 있다면 그것으로도 괜찮다. 그런 죽음도 나름대로 충분히 의의가 있었다. 하지만 전투에 참가하는 무사시나 마타하치의 심정은 그렇지 않았다. 그들은 공명심에 불타고 있었고, 그러한 마음가짐은 밑천도 없이 장사에 나서 녹*을 벌려고 했던 것에 지나지 않았다. 그 후에 다쿠안을 만나 생명의 소중함을 배웠다. 잘 생각해 보면 밑천이 없는 것도 아니었다. 인간이 가진 최대의 밑천을 손에 들고 있으면서도 티끌보다 작은 녹을, 그것도 제비를 뽑는 것과 같은 요행을 바랐던 것이다. 지금 생각하면 그 단순함이 우습기만 했다.

"참됨이란……"

몸에서 땀이 나는 걸 느낀 무사시가 발길을 멈췄다. 어느새 꽤 높은 산길로 접어들고 있었다. 그리고 멀리서 무사시를 부르는 소리가 들렸다.

"아저씨!"

조금 후에 다시 그 소리가 들렸다.

"아저씨!"

"아니?"

무사시의 눈앞에 바람을 가르며 달려오는 한 소년의 모습이 불현듯 떠오르더니 조타로의 모습이 길 저편에 나타났다.

"거짓말쟁이, 아저씨는 거짓말쟁이!"

조타로가 욕을 하면서도 금방이라도 울음을 터뜨릴 것 같은 표정으로 숨을 헐떡이며 달려오고 있었다.

'결국, 쫓아왔구나.'

무사시는 속으로 당황했지만 밝은 웃음을 띠며 돌아서서 기다렸다.

'빠르다, 정말 빠르다.'

무사시를 향해서 저편에서 나는 듯 달려오는 조타로의 그림자는 꼭 가라스텐구鳥天狗[11]의 새끼 같았다. 그 영악한 모습이 가까이 다가올수록 무사시의 입가에는 다시 쓴웃음이 번졌다. 조타로는 어제저녁과 달리 허리와 소매가 절반도 안 되는 작업복 같은 것을 입었고 허리춤에는 제 키보다 긴 목검을 찼으며 등에는 우산만 한 커다란 삿갓을 둘러메고 있었다.

"아저씨!"

조타로가 무사시의 품에 달려들어 매달리더니 '와' 하고 울음을 터뜨렸다.

---

11 새의 부리를 하고 등에는 날개가 달린 상상 속 괴물로, 하늘을 날아다니며 사람을 홀린다고 알려져 있다.

"거짓말쟁이!"

"꼬마야, 왜 그러느냐?"

여기가 산속이라는 것을 아는지 조타로는 무사시가 다정하게 안아 주자 소리 높여 엉엉 울었다.

"다 큰 녀석이 울기는."

무사시가 부드럽게 달랬다.

"몰라, 몰라!"

조타로는 몸을 흔들며 어리광을 부리듯 말했다.

"어른은 아이를 속여도 된다는 법이라도 있어요? 어젯밤에 제자로 삼는다고 했으면서 나를 따돌리고 가다니, 대체 그런 법이 어디 있어요!"

"그래, 내가 잘못했다."

무사시가 사과하자 이번에는 '왕' 하고 코까지 풀며 울었다.

"이제 그만. 속일 마음은 없었지만, 네게는 아버지가 있고 주인아저씨도 있잖느냐. 그분들의 승낙이 없으면 널 데리고 갈 수 없으니까 의논하고 오라고 한 거란다."

"그럼, 내가 말하러 갈 때까지 기다리고 있어야 할 거 아니에요!"

"그러니까 이렇게 사과하잖느냐. 주인아저씨한텐 말했니?"

"응……."

조타로는 겨우 울음을 그치더니 옆에 있는 나무에서 나뭇잎 두 장을 잡아떼고는 '팽' 하고 코를 풀었다.

"그래, 주인아저씨 뭐라고 하셨느냐?"

"가라고요."

"흐음."

"어엿한 무사나 도장에서는 너 같은 꼬마를 제자로 삼을 리 없다고. 여인숙에 있는 사람이 약하다고는 하지만, 네게는 좋은 선생이 될 것 같으니 짐을 들어 주는 심부름이나 하라면서……. 이별의 선물로 이 목검도 줬어요."

"하하하, 재미있는 아저씨구나."

"그래서 여인숙 할아버지에게 들렀는데, 할아버지가 없어서 거기 처마 밑에 걸려 있던 이 갓을 가지고 왔어요."

"그건 여인숙 간판이 아니더냐? '여인숙'이라고 쓰여 있는데."

"상관없어요. 비가 오면 곤란하잖아요."

벌써 스승의 걱정까지 하고 있었다. 무사시는 더 이상 어쩔 수가 없어서 단념하고 말았다. 그는 조타로의 아버지인 아오키 단자에몬의 쇠락과 두 사람 간의 숙연을 생각하면 자신이 직접 이 아이의 미래를 보살펴 주는 것이 도리라고도 생각했다.

"아! 잊고 있었다. 아저씨, 그리고 있잖아요……."

안심이 된 조타로가 뭔가 급히 생각난 듯 품속을 뒤지더니 편지 한 통을 꺼냈다.

"있다! 이거요."

무사시가 의아한 듯 물었다.

"이게 무엇이냐?"

제자 아오키 조타로

"어젯밤에 아저씨가 계신 여인숙으로 술을 가지고 갔을 때, 가게에서 술을 마시던 어떤 낭인이 아저씨에 관해서 집요하게 캐물었다고 했잖아요?"

"음, 그랬었지."

"그 후에 제가 돌아가 보니 그 낭인은 여전히 취해 있었는데, 또 아저씨에 대해 묻더라고요. 어쩔 수 없는 술꾼인지 술을 두 되나 마시더니 이 편지를 쓰고는 아저씨한테 전해 달라며 놓고 갔어요."

무사시는 고개를 갸우뚱하며 봉투를 뒤집어 보았다. 봉투 뒤에는 '혼이덴 마타하치'라고 쓰여 있었는데, 휘갈겨 쓴 글자 역시 많이 취한 듯했다.

"아니, 마타하치가……?"

무사시는 급히 봉투를 뜯어보았다. 반가우면서도 애잔한 듯한 복잡한 심정으로 편지를 읽어 내려갔다. 술을 두 되나 마시고 썼으니 글자가 이상한 건 어쩔 수 없다 해도 내용마저 엉망이어서 겨우 알아볼 정도였다.

이부키 산 아래에서 헤어진 이후에 고향을 잊기 어렵고 옛날 친구 역시 잊기 어렵네. 얼마 전, 뜻밖에 요시오카 도장에서 자네의 이름을 들었지. 만감이 교차하여 만날지, 말아야 할지 망설이다가 지금 주막에서 크게 취하였네.

여기까지는 그나마 읽을 만했지만 이후로 갈수록 무슨 내용인지 도무지 알 수가 없었다.

그와 같이 나는 자네와 헤어진 뒤로 여색에 빠져 살면서 나태함이 몸을 좀먹어 가고, 앙앙한 무위의 날을 보낸 지 어언 오 년.

지금 자네의 검명은 교토에서 드높으니, 어찌 술을 마시지 않을 수 있겠나? 건배.

어떤 자는 말하네, 무사시는 약해서 도망을 잘 치는 비겁자라고. 또 어떤 자는 말하네, 그는 불가해한 검인이라고. 그런 건 아무려면 어떤 가. 다만 나는 자네가 검으로 교토의 인사들에게 파문波紋을 일으킨 것을 남몰래 축하할 뿐이네.

생각건대, 자네는 현명하네. 필시 검에도 능숙한 자가 되어 출세할 것이네.

반대로 지금의 나는 틀렸네.

어리석고 어리석은 이 아둔한 녀석은 현명한 친구를 우러러 한없이 부끄러울 따름이네.

그러나 기다려 주게. 인생의 장도長途, 아직 앞날을 헤아릴 수 없는 놈이네.

지금은 만나고 싶지 않네. 훗날 또 만날 날이 있을 거라 말할 수밖에.

건강을 비네.

제자 아오키 조타로

이것이 전부인가 생각했지만 화급을 다투는 용건인 듯한 내용이 길고 장황하게 추신으로 적혀 있었다. 그 용건이란 '요시오카 도장의 문하생 천 명이 일전의 사건에 깊은 원한을 품어 기를 쓰고 자네의 행방을 찾고 있으니 신변에 각별히 주의해야 할 것이며, 자네는 지금 검으로 두각을 나타내기 시작했으니 죽어서는 안 되며, 나도 무슨 일이든 제몫을 하는 사람이 되면 자네를 만나 웃으며 과거의 일을 이야기하고 싶은 마음을 가지고 있으니, 나의 분발을 위해서라도 몸을 잘 간수하며 살아 있어 주게'라는 내용이었다. 언뜻 추신의 내용은 우정의 발로인 듯했지만, 그 속에는 다분히 마타하치의 옹졸한 생각이 배어 있었다.

'어째서 마타하치는 야! 오래간만이다, 하고 말을 걸지 않았을까?'

무사시는 암연히 생각했다.

"조타로, 이 사람의 거처를 물어봤느냐?"

"안 물어봤어요."

"술집에서도 모를까?"

"모를 거예요."

"자주 오는 손님이더냐?"

"아뇨, 처음이에요."

안타까웠다. 마타하치의 거처만 안다면 지금 당장 교토로 돌아가겠지만 방법이 없었다. 무사시는 마타하치를 만나 다시 한 번 그의 근성을 일깨워 주고 싶었다. 그를 현재의 자포자기 상태에서 끌어내고자 하는 우정은 지금도 여전했다. 또한 그의 어머니인 오스기의 오해를 풀기 위해서라도……

무사시는 묵묵히 앞을 향해 걸어갔다. 어느새 길은 내리막이었고 로쿠지조六地藏 사거리의 두 갈래 길이 눈 아래로 보였다.

"조타로, 급히 네게 부탁할 게 있는데 들어주겠느냐?"

무사시가 불쑥 말을 꺼냈다.

"뭔데요?"

"심부름 좀 다녀와야겠다."

"어딘데요?"

"교토."

"기껏 여기까지 왔는데 다시 돌아가는 거잖아요."

"조타로, 시조의 요시오카 도장에 아저씨의 편지를 전해 주지 않겠니?"

"……."

조타로는 머리를 숙이고 발밑에 있는 돌멩이를 차고 있었다.

"싫으냐?"

조타로는 무사시가 자신의 표정을 살피는 듯하자 애매하게 머리를 흔들면서 말했다.

"싫지는 않지만, 그렇게 말하고 또 나를 팽개치고 가려는 거죠?"

조타로가 의심의 눈초리를 보내자 무사시는 이내 부끄러워졌다. 아이가 그런 의심을 하게 만든 건 결국 자기 자신이었기 때문이었다.

"아니다. 무사는 절대 거짓말을 하지 않는단다. 어제의 일은 용서해 다오."

"그럼, 갈게요."

두 사람은 로쿠아미타六阿彌陀[12]의 갈림길에 있는 찻집에 들어가 점심을 먹었고, 그사이에 무사시는 편지를 썼다.

요시오카 세이주로 님

들은 바에 의하면 선생께서 그 일이 있은 이후로 문하생들을 풀어 제 행적을 찾고 있다고 하더군요. 저는 지금 야마토지大和路[13]에 있습니다. 앞으로 일 년 동안 이가伊賀와 이세伊勢 등지를 떠돌며 수행할 생각인데, 그 예정을 바꿀 마음은 없습니다. 지난번에는 선생께서 도장을 비운 사이에 방문한 터라 뵙지 못했음은 저도 유감스럽게 생각하는 바입니다. 이에 내년 봄인 일월이나 이월 중에는 필히 재차 방문할 것을 굳게 약속드리는 바입니다. 물론 선생께서도 수행을 게을리하지 않으시겠지만, 저도 일 년 동안 제 둔검을 한층 연마해서 찾아뵐 생각입니다. 그러니 부디 두 번 다시 겐포 선생님의 도장에 지난번과 같은 참패가 찾아오지 않도록 먼 곳에서나마 자중을 기원 드리는 바입니다.

---

12 교토에 있는 아미타여래를 모시는 여섯 개의 절을 말한다.

13 야마토(나라 현)로 가는 길이나 구역을 통과하는 길로, 특히 교토의 고조구치五条口를 시작으로 후시미伏見와 기즈木津를 거쳐 야마토에 이르는 길을 가리킨다.

미야모토 무사시 2_물水의 장

무사시는 정중함 속에서도 기개를 내보였다. 그는 편지에 '신멘 미야모토 무사시, 정명政名'이라고 서명하고 받는 이를 '요시오카 세이주로 님 외 문하생 앞'이라고 썼다. 조타로는 편지를 받아 들고 말했다.

"이걸 시조의 도장에 던져 놓고 오면 되는 거죠?"

"아니다. 대문으로 정식으로 들어가서 도장 사람에게 확실히 전해주어야 한다."

"아, 알겠어요."

"그리고 또 한 가지 부탁이 있는데…… 이건 너에게 좀 어려울 듯하구나."

"그게 뭔데요?"

"어젯밤 술이 취해 내게 편지를 보낸 사람은 혼이덴 마타하치라고 하는 내 옛날 친구인데, 그 사람을 만났으면 한다."

"그 정도는 식은 죽 먹기예요."

"어떻게 찾을 생각이지?"

"술집마다 물어보고 다니죠, 뭐."

"하하하. 그것도 좋은 생각이지만, 편지를 보니 마타하치는 요시오카 가문의 누군가와 알고 지내는 것 같구나. 그러니 요시오카 가문의 사람들에게 물어보는 게 가장 좋을 듯하구나."

"찾으면 어떻게 해요?"

"그 사람을 만나거든 내가 이렇게 말하더라고 전하거라. 내년 정월 초하루부터 이렛날까지 매일 아침 고조五条의 큰 다리에서 기다리고

제자 아오키 조타로　　　　　　　　　　　　　　　　45

있을 테니, 그중에 한 날을 잡아 아침에 와 달라고 말이다."

"그렇게만 전하면 돼요?"

"그렇단다. 꼭 만나고 싶다고, 무사시가 그렇게 말했다고 전해야 한다."

"알았어요. 근데 아저씨는 내가 돌아올 동안 어디서 기다릴 거예요?"

"이렇게 하자. 내가 먼저 나라에 가서 거처를 정한 다음에 보장원에 일러둘 테니 거기서 물어보도록 하거라."

"꼭요."

"하하하. 또 의심하는 게냐? 이번에도 약속을 어기면 내 목을 치거라."

두 사람은 웃으면서 찻집을 나왔다. 그리고 무사시는 나라로, 조타로는 다시 교토로 돌아갔다. 사거리는 삿갓과 제비와 말의 울음소리가 한데 뒤엉켜 시끌벅적했다. 발걸음을 옮기던 조타로가 뒤를 돌아보니 무사시는 여전히 그 자리에 서 있었다. 두 사람은 멀리서 서로에게 생긋 웃음을 지어 보이고 헤어졌다.

또 다른
연정

연풍戀風이 불어
소맷자락 휘날리니
아, 소맷자락이여
연풍은
이다지 무거운 것이런가.

 아케미는 오쿠니 가부키에서 배운 가락을 흥얼거리면서 집 뒤편으로 내려와 다카세가와高瀬川 강물에 빨랫감을 담갔다. 손으로 빨래를 휘젓자 떨어진 꽃잎이 소용돌이를 일으키며 몰려들었다.

하염없이 차오르는 상념을
애써 감추며

바삐 몸을 움직여도

상념은 더 깊어지네.

강둑에 쌓은 제방 위에서 그녀를 향해 누군가가 소리쳤다.

"아줌마, 노래 잘하는데요."

"누구?"

아케미가 돌아보니 기다란 목검을 옆에 차고 큰 삿갓을 등에 둘러멘 조그만 꼬마였다. 그녀가 노려보자 동그란 눈을 깜박거리면서 이를 드러내며 붙임성 있게 히죽 웃었다.

"너, 누구니? 날더러 아줌마라고? 나 아직 처녀야."

"그럼, 처자!"

"아직 나이도 어린 게 벌써부터 여자나 놀리려 들다니. 네 콧물이나 닦아라."

"저, 물어볼 게 있는데요."

"어머! 너하고 싸우고 있는 동안에 빨래가 떠내려가 버렸잖아!"

"건져다 줄게요."

조타로는 하류로 떠내려간 옷감 하나를 쫓아가더니 이런 때 사용하기 위해 들고 다니는 양 목검으로 끌어당겨서 건져 왔다.

"고마워. 그래, 묻고 싶은 게 뭐니?"

"이 근처에 요모기라는 술집이 있나요?"

"요모기라면 저기 있는 우리 집인데."

"그렇구나. 괜히 엉뚱한 데를 찾아 헤맸네."

"넌, 어디서 왔니?"

"저쪽에서."

"저쪽이 어디야?"

"나도 어딘지 잘 모르겠어요."

"이상한 아이구나."

"누가?"

"됐어."

아케미는 쿡쿡, 웃음을 흘리더니 조타로에게 물었다.

"그런데 무슨 일로 우리 집을 찾니?"

"혼이덴 마타하치라는 사람이 처자 집에 있죠? 시조의 요시오카 도장 사람이 여기 가면 있다고 해서 왔어요."

"없어."

"거짓말."

"정말 없어. 전에는 우리 집에 있었지만."

"그럼, 지금은 어디 있어요?"

"몰라."

"다른 사람들에게 물어봐요."

"집을 나갔으니까 엄마도 모르실걸."

"어쩌지."

"누구 심부름으로 왔니?"

"아저씨, 아니 스승님."

"스승님?"

"미야모토 무사시."

"편지 같은 거 갖고 왔니?"

"아니."

조타로는 고개를 옆으로 흔들며 발밑의 소용돌이치는 강물을 난처한 눈길로 바라보았다.

"어디서 왔는지도 모르고 편지도 없다니, 이상한 심부름이네?"

"전할 말은 있어요."

"어떤 말? 돌아오지 않을지 모르지만, 혹시라도 돌아오면 마타하치 님에게 내가 전해 줄 수도 있는데."

"그러는 게 좋겠죠?"

"그걸 나하고 의논하면 어떻게 하니, 네가 결정해야지."

"그럼 그렇게 할래요. 저, 마타하치라고 하는 사람에게 꼭 만나고 싶다고."

"누가?"

"미야모토 스승님이죠. 그러니까 '내년 정월 초하루부터 이렛날까지 매일 아침부터 고죠의 큰 다리 위에서 기다리고 있겠다. 그사이에 어떤 날도 좋으니 아침에 그곳으로 오길 바란다' 하고 말이죠."

"호호호, 정말 길고 한가로운 전언이구나. 너의 스승이라는 사람도 너에게 지지 않을 만큼 이상한 사람인가 봐. 호호호, 배가 다 아프네!"

조타로는 뾰로통해져서 어깨를 으쓱거리며 소리쳤다.

"이 멍텅구리야, 뭐가 그리 우스워!"

아케미는 깜짝 놀라 웃음을 그치며 말했다.

"어머, 화났니?"

"당연하죠. 사람이 정중하게 부탁하고 있는데."

"미안, 미안. 이젠 웃지 않을게. 그리고 지금 전갈은 마타하치 님이 돌아오면 꼭 전해 줄게."

"정말요?"

"그럼."

아케미는 다시 솟구치는 웃음을 이를 악물고 참으면서 고개를 끄덕였다.

"그런데 전갈을 부탁한 사람의 이름이 뭐라고 했지?"

"건망증이 심하네. 미야모토 무사시요."

"무사시는 어떻게 쓰는데?"

"무는 무사의 무……."

조타로는 발밑에 있는 대나무 가지를 주워서 강가의 모래 위에 무사시의 이름을 썼다.

"이렇게 쓰는 거야."

아케미는 모래 위에 쓰여 있는 글자를 뚫어지게 바라보더니 말했다.

"아, 그런데 이 글자는 '다케조'라고 읽어야 하지 않니?"

"무사시예요."

"보통 다케조라고 읽을 텐데."

"고집이 세네요!"

조타로가 집어 던진 대나무 가지가 강물 위를 유유히 흘러갔다.

아케미는 한동안 눈도 깜빡거리지 않고 모래 위의 글자에 시선을 고정한 채 골똘히 생각을 하고 있었다. 그리고 마침내 고개를 든 아케미가 조타로의 얼굴을 자세히 들여다보면서 한숨을 쉬듯 물었다.

"혹시, 그 무사시라는 분이 미마사카美作의 요시노고吉野鄕 사람 아니니?"

"맞아요. 나는 반슈, 스승님은 미야모토 촌. 바로 이웃이죠."

"그리고 키가 크고 남자답고, 머리는 항상 사카야키月廳[14]는 하지 않고?"

"어, 잘 아네요?"

"응. 아이였을 때 머리에 종기를 앓아서 머리를 깎으면 그 흉터가 보기 흉하다고, 그래서 머리를 기른다고 언젠가 말했던 게 생각났어."

"언젠가라니, 언제요?

"벌써 오 년 전 일이야. 세키가하라 전투가 있었던 해의 가을."

"그럼, 처자는 그전부터 스승님을 알고 있었단 말이에요?"

"……."

아케미는 대답하지 않았다. 그녀의 가슴은 대답할 겨를도 없이 그때의 추억이 떠올라 고동치고 있었다.

---

14 에도시대 때의 보편적인 남자 머리 형태로, 이마부터 머리 한가운데까지 깎는 것을 말한다.

'다케조 님이다.'

온몸으로 어찌할 바를 몰라 하는 그녀는 만나고 싶은 마음이 소용돌이쳤다. 어머니가 하는 짓과 마타하치가 변하는 것을 지켜보면서 그녀는 처음부터 마음속으로 무사시를 선택했던 것이 잘못이 아니었음을 절절히 깨닫고 있었다. 또 속으로 자신이 처녀라는 것을 자랑스럽게 생각하면서, 역시 다케조는 마타하치와 전혀 다르다고 생각했다.

아케미는 술집에 자주 오는 남자들을 지켜보면서 자신의 미래는 그들 속에 없다는 것을 분명히 깨달았다. 그녀는 그런 같잖은 남자들을 경멸하면서 오 년 전 다케조의 모습을 은밀히 가슴속에 간직한 채, 앞날의 꿈을 노래에 담아서 부르는 걸 즐기고 있었다.

"그럼, 부탁해요. 마타하치라는 사람을 보면 지금의 전갈을 꼭 전해 줘요."

조타로는 용무가 끝나자 갈 길이 급한 듯 강둑 위로 뛰어 올라갔다.

"얘! 잠깐만 기다려."

아케미는 조타로를 뒤따라가서 붙잡았다. 그녀는 조타로의 손을 붙잡고 무슨 말인가 하려고 했다. 조타로가 보기에도 눈부시게 아름다운 그녀의 얼굴은 붉디붉은 홍조를 띠며 불타고 있었다.

"넌 이름이 뭐니?"

아케미가 숨을 몰아쉬면서 묻자 조타로는 이름을 말하면서 격앙된 그녀의 모습을 의아한 눈으로 쳐다보았다.

"조타로야, 너는 늘 다케조 님과 함께 있니?"

또 다른 연정

"무사시 님이라니까요!"

"아, 그래, 그래. 무사시 님."

"예."

"내가 그분을 꼭 만났으면 하는데, 어디에 사시니?"

"집요? 집 따윈 없어요."

"어머나! 어째서?"

"무사 수행 중이거든요."

"임시 거처는?"

"나라의 보장원에 가서 물어보면 알 수 있을 거예요."

"어머, 교토에 계신 줄 알았는데."

"내년 일월에 다시 올 거예요."

아케미는 망설이면서 무언가 골똘히 생각하는 듯했다. 그때 집 부엌 창문에서 새된 목소리가 들려왔다.

"아케미! 언제까지 거기서 그러고 있을 거니? 그런 꼬마랑 수다 떨지 말고 빨리 일이나 끝내!"

평소 오코에게 품고 있던 불만이 그녀의 말투에 묻어났다.

"이 아이가 마타하치 님을 찾기에 사정을 얘기하는 거예요. 사람을 하녀 취급하고 있어!"

창으로 보이는 오코의 미간이 찌푸려졌다. 또 병이 발작한 모양이었다. 누가 그런 말대답을 할 때까지 키워 주었냐는 듯 눈을 치뜨며 소리쳤다.

"마타하치? 마타하치가 어쨌다고? 이제 그런 인간은 내 집 사람이 아니니 모른다고 하면 되잖아. 날 볼 낯짝이 없으니 저런 좁쌀 같은 꼬마에게 부탁해서 상황을 살피려는 수작이지. 상대하지 마라."

조타로가 어이없어 하며 중얼거렸다.

"누굴 보고 좁쌀이라는 거야."

오코는 둘이 얘기하는 것이 못마땅하다는 듯 소리를 질렀다.

"아케미! 어서 들어와라."

"강가에 아직 빨랫감이 그대로 있어요."

"뒷일은 하녀에게 맡기고, 너는 목욕하고 화장해야 하잖니. 갑자기 세이주로 님이라도 오셔서 그런 모습을 보면 정나미가 떨어질 게다."

"쳇. 그런 인간, 정나미가 떨어지면 더 좋지 뭐!"

아케미는 얼굴 한가득 불만스런 표정을 지으며 마지못해 집 안으로 들어갔다. 오코의 얼굴도 보이지 않았다. 조타로는 닫힌 창문을 향해 욕을 해 댔다.

"쳇, 할머니 주제에 얼굴에 흰 분을 덕지덕지 칠하기나 하고. 이상한 여자야!"

조타로의 말이 떨어지기가 무섭게 창문이 다시 열렸다.

"뭐라고? 다시 한 번 말해 보거라!"

"앗! 들었구나."

조타로가 깜짝 놀라 도망치려는데, 갑자기 뒤통수로 냄비에 담긴 묽은 된장국 같은 물이 날아왔다. 그는 물 맞은 강아지처럼 몸을 부르르

떨었다. 그러고는 화가 난 묘한 얼굴로 목덜미에 들러붙은 푸성귀 잎
을 떼어 내고 목청껏 노래를 부르며 달아났다.

본능사
서쪽 좁은 골목은
어둡다더라
꼬부랑 할멈이
하얀 분칠 화장을 하고서
아비도 모르는 딸을 낳고
붉은 머리[15] 아들도 낳으니
얼레리 꼴레리
얼레리 꼴레리

---

15 에도시대 때 서양인을 부르는 말.

길 위의
여인

　　　　　　부잣집에서 보내는 시주인 듯, 수레에 쌀
이나 콩을 담은 가마니들이 산처럼 쌓여 있었다. 그 위에 꽂혀 있는 나
무 팻말에는 검은색 글씨로 '흥복사興福寺 봉납'이라고 적혀 있었다. '나
라奈良 하면 흥복사, 흥복사 하면 나라'를 떠올리기 마련이었다. 조타로
도 이 유명한 절만큼은 알고 있는 듯했다.

"마침 수레가 가는구나. 잘됐다."

조타로가 수레를 쫓아가더니 꽁무니로 뛰어올랐다. 수레에는 마침
맞게 앉을 수 있는 공간이 있었다. 게다가 가마니에 등까지 기댈 수
있었으니 그보다 큰 사치는 없을 듯했다. 둥그런 차나무 언덕과 이제
막 피기 시작한 벚꽃, 올해도 병사와 군마에 밟히지 않고 잘 자라 주
길 빌면서 보리를 밟는 백성들, 그리고 냇물에 채소를 씻고 있는 아낙
네들까지 야마토大和로 이어지는 길가의 풍경은 더없이 한가롭고 평

화로웠다.

"정말 한가롭구나."

조타로는 기분이 너무 좋았다. 앉아서 꾸벅꾸벅 조는 사이에 나라에 닿을 듯한 기분이었다. 수레바퀴가 이따금씩 돌부리에 걸려서 덜컹하고 세차게 흔들리는 일도 매우 유쾌하고 즐거웠다. 움직일 뿐만 아니라 앞으로 나가는 것에 자신의 몸이 실려 있다는 것만으로도 소년의 심장은 말로 다 표현할 수 없는 기쁨으로 쿵쾅거렸다.

'아, 어디서 닭이 울고 있네. 할머니는 족제비가 달걀을 훔쳐 먹으러 왔는데도 모르는 것 같다. 어느 집 아이가 길바닥에 자빠져서 울고 있구나. 맞은편에서는 말도 오네.'

길가의 양쪽으로 스쳐 지나가는 것들도 그저 흥미진진하고 감동이었다. 조타로는 마을이 멀어지고 가로수가 나타나자 길가의 동백나무 잎 한 장을 따서 입술에 대고 불었다.

같은 말이라도

대장을 태우면

먹물 같은 연못의 달

금빛 장식처럼

번쩍번쩍

눈이 부셔 번쩍번쩍

말은 말이라도

수렁논에 살면

　　이랴 밟아라, 이랴 짐을 져라

　　일 년 내내 빈黃

　　빈, 빈, 빈

앞에서 소를 끌고 걸어가던 마부가 뒤를 돌아봤다.

"엉? 무슨 소리지?"

아무것도 보이지 않자 앞을 보며 다시 걷기 시작했다.

　　번쩍번쩍

　　눈이 부셔 번쩍번쩍

　　마부는 고삐를 내던지고 수레 뒤로 돌아가더니 주먹을 불끈 쥐고 조
타로의 머리를 쥐어박았다.

"이놈."

"아, 아야."

"누구 허락 받고 몰래 수레 뒤에 훔쳐 탔느냐?"

"타면 안 돼요?"

"당연하지."

"아저씨가 끄는 것도 아닌데, 뭐 어때요?"

"이게 까불고 있어."

몸이 고무공처럼 땅바닥에 튕겨진 조타로가 길가의 나무 밑까지 굴러갔다. 수레바퀴가 그를 비웃듯 저 혼자 멀어져 갔다. 허리를 문지르며 일어서던 조타로는 뭔가 잃어버린 물건이라도 찾는 것처럼 묘한 표정으로 사위를 두리번두리번 살피기 시작했다.

"어라, 없어졌다."

요시오카 도장에 무사시의 편지를 전하자 가지고 가라며 건네준 답장이었다. 지금까지 소중하게 대나무 통에 넣고 끈으로 묶어서 목에 걸고 왔는데 지금 보니 사라지고 없었다.

"어떻게 하지?"

조타로의 눈은 점점 더 넓은 곳을 더듬기 시작했다. 그러자 그 모양을 보고 웃으면서 다가온 행장 차림의 젊은 여자가 상냥하게 물었다.

"뭘 떨어뜨렸나요?"

조타로는 삿갓 쓴 여인의 얼굴을 힐끗 보고는 끄덕였다.

"으, 응……."

건성으로 고개를 끄덕인 조타로는 곧바로 눈길을 돌려 땅바닥을 더듬으면서 끊임없이 고개를 갸웃거렸다.

"돈?"

"으, 으응."

무엇을 물어도 조타로의 귀에는 들리지 않았다. 여행자 차림을 한 젊은 여자가 웃으면서 물었다.

"그럼, 끈이 달린 한 자 정도의 대나무 통 아니에요?"

"아, 그거다!"

"아까 만복사萬福寺 아래에서 마부가 끌고 가던 수레에서 장난치다가 혼났죠?"

"아, 예."

"깜짝 놀라 도망칠 때 끈이 떨어져 길에 떨어진 걸 그때 마부와 얘기하고 있던 젊은 무사가 주운 것 같았어요. 돌아가서 물어봐요."

"정말?"

"응, 정말."

"고마워요."

막 뛰어가려고 하는 조타로를 그 여자가 다시 불렀다.

"아, 가지 않아도 돼요. 마침 저편에 그 무사님이 보여요. 싱글싱글 웃으며 들판을 가로질러 오는 저 사람이에요."

여자가 가리키는 방향을 본 조타로가 말했다.

"저 사람요?"

조타로는 큰 눈으로 물끄러미 그를 기다렸다. 그 무사는 마흔 살 정도의 대장부로 키가 크고 어깨와 가슴이 보통 사람보다 넓었으며 검은 턱수염을 기르고 있었다. 가죽 버선에 짚신을 신은 발걸음이 마치 대지를 힘차게 박차는 듯 멋있게 보였다. 어느 이름 있는 다이묘의 가신임에 틀림없다는 생각이 들어 조타로는 말 거는 것도 어려웠다. 하지만 다행스럽게도 그 남자가 먼저 조타로를 불렀다.

"꼬마야."

"예."

"만복사 아래에서 이 편지통을 떨어뜨린 게 바로 너지?"

"아아, 찾았다. 찾았어."

"찾았다는 말보다 먼저 감사하다는 말을 해야지."

"죄송합니다."

"중요한 답장인 듯한데, 이런 편지를 지닌 심부름꾼이 말한테 못된 장난을 치고 수레 뒤에 몰래 올라타서 한눈판 걸 알면 주인이 가만두지 않을 텐데?"

"무사님, 편지를 보셨군요?"

"주운 물건은 우선 안을 들여다보고 건네주는 것이 옳은 일이다. 그렇지만 편지의 봉인은 뜯지 않았다. 통 안을 확인하고 받도록 해라."

조타로는 대나무 통의 마개를 뽑아서 안을 들여다보았다. 요시오카 도장의 답장이 들어 있었다. 조타로는 그제야 안심하고 대나무 통을 다시 목에 걸면서 중얼거렸다.

"이젠 잃어버리지 말아야지."

그 모습을 바라보고 있던 젊은 여인은 조타로가 기뻐하는 모습에 같이 기뻐했다. 그리고 그를 대신해 대나무 통을 찾아 준 무사에게 감사의 인사를 했다.

"친절하시네요. 고맙습니다."

검은 수염의 무사는 조타로와 여인의 보폭에 맞추어 걸으면서 말을 건넸다.

"낭자, 이 아이도 일행이오?"

"아니에요. 전혀 모르는 아이입니다."

"하하하, '여인숙'이라고 쓴 삿갓을 메고 있는 걸 보고 어쩐지 어울리지 않는다 싶더니. 이상한 꼬마로군."

"천진한 아이 같아요. 어디까지 가는 걸까요?"

두 사람 사이에 끼게 된 조타로는 어느새 득의양양한 기분을 되찾았다.

"저요? 전 나라의 보장원까지 가는 길이에요."

조타로는 그렇게 말하고는 그녀의 허리끈 사이로 보이는 금낭을 물끄러미 바라보다 물었다.

"야아, 아가씨도 편지통을 가지고 있네요. 잃어버리지 않도록 조심하는 게 좋아요."

"편지통?"

"허리에 차고 있는 것 말예요."

"호호호, 이것은 편지를 넣는 통이 아니고 피리예요."

"피리?"

조타로는 호기심 어린 눈을 반짝이며 아무 거리낌 없이 여자의 가슴께로 얼굴을 들이밀었다. 그리고 무언가를 느꼈는지 여자를 발끝에서 머리까지 찬찬히 훑어보았다. 여인의 아름다움과 추함은 동심에도 파문을 일으키는 것일까. 아니 청순과 불순을 온전히 느끼고 있음이 분명했다. 조타로는 새삼 눈앞에 서 있는 여인의 아름다움에 존경심마

저 느꼈다. 이렇게 아름다운 여인과 동행하게 된 것이 행복해서 가슴이 뛰고 기분이 들떴다.

"정말, 피리구나."

조타로는 감탄하며 물었다.

"아줌마, 피리 잘 불어요?"

조타로는 젊은 처녀를 아줌마라고 불렀다가 요모기의 처녀가 화냈던 것을 떠올리고는 당황해하며 다시 물었다.

"아가씨는 이름이 뭐예요?"

젊은 여인은 물음에는 대답하지 않고 조타로의 뒤에 있는 턱수염 무사를 쳐다보며 웃었다.

"호호호."

곰처럼 수염이 난 무사도 희고 튼튼한 이를 보이며 크게 웃었다.

"이놈, 맹랑하구나. 사람의 이름을 물을 때는 자신의 이름부터 말하는 것이 예의이다."

"전 조타로예요."

"호호호."

"내 이름만 말하게 하곤 웃기만 하다니. 아, 무사님이 이름을 말하지 않아서 그런가?"

"나 말이냐?"

무사는 곤란한 표정을 짓더니 말했다.

"쇼다庄田다."

"쇼다 님이구나. 이름은요?"

"이름은 묻지 말거라."

"이번엔 아가씨 차례예요. 남자가 두 명이나 자기 이름을 말했는데도 말하지 않으면 예의가 아니에요."

"저는 오츠라고 합니다."

"오츠 님."

조타로는 그것으로도 직성이 풀리지 않았는지 입을 다물지 않았다.

"근데, 왜 피리를 허리에 차고 다녀요?"

"이건 내가 살아가는 데 중요한 물건이니까."

"그럼 오츠 님 직업은 피리 부는 건가요?"

"음, 피리 부는 게 직업인지 어떤지는 잘 모르겠네요. 하지만 피리 덕분에 이렇게 오랜 여행에도 어려움을 겪지 않고 지내고 있으니까 피리 부는 게 직업이라고 해도 되겠네요."

"절이나 가모加茂 궁에서 제사 지낼 때 연주하는 피리?"

"아니."

"그럼, 춤출 때 부는 피리?"

"아니."

"그럼, 대체 뭐예요?"

"그냥 피리예요."

쇼다라는 무사가 조타로가 허리에 찬 긴 목검을 보고 물었다.

"조타로, 네 허리에 있는 것은 무엇이냐?"

"무사가 목검도 몰라요?"

"뭣 때문에 차고 다니느냐고 묻는 거다."

"검술을 배우기 위해서요."

"스승이 있느냐?"

"있고말고요."

"아하, 그 통 속에 있는 편지의 수신인이구나?"

"맞아요."

"네 스승이라고 하면 상당히 뛰어난 사람이겠구나."

"그렇지도 않아요."

"약해?"

"네. 세간의 평판에 의하면 아직 약한가 봐요."

"스승이 약하면 곤란하지 않느냐?"

"나도 약하니까 괜찮아요."

"좀 배웠느냐?"

"아직 아무것도 배우지 못했어요."

"하하하, 너하고 걷고 있으니까 지루한 걸 모르겠구나. 그런데 처자
는 어디까지 가시오?"

"꼭 어디라고 정한 곳은 없습니다. 실은 만났으면 하는 사람이 있어
몇 년 동안 찾아 헤매는 중인데, 근래 나라奈良에 많은 낭인들이 모인
다는 말을 듣고 혹시나 해서 가는 길입니다."

우지字治 다리가 보였다. 쓰엔通円 주막의 처마 밑에서 한 고상한 노인이 차를 끓이는 아궁이와 작은 의자를 내어 놓고 오가는 사람들에게 풍류風流를 팔고 있었다. 차를 파는 노인이 쇼다의 모습을 올려다보더니 안면이 있는지 말했다.

"오, 고야규小流生의 나리가 아니십니까? 잠깐 쉬었다 가십시오."

"그럼, 쉬었다 갈까? 이 꼬마에게 과자를 좀 내주게."

과자를 받아 든 조타로는 쉬는 일에는 관심이 없는 듯, 뒤편의 낮은 언덕을 올려다보더니 그 위로 뛰어올랐다.

오츠는 차를 마시면서 노인에게 물었다.

"나라는 아직도 멀었나요?"

"그럼요. 걸음이 빠른 사람도 날이 저물어야 나루터에 닿을 겁니다. 여자의 몸으로는 무리니 다가多賀나 이데井手에서 묵는 게 좋을 겁니다."

노인의 대답이 끝나자 곧바로 쇼다가 말했다.

"이 여인은 몇 년간 찾는 사람이 있어서 나라에 간다고 하네. 요즘에 젊은 여자가 혼자 나라에 가는 게 어떤가? 좀 위험할 듯한데."

그 말을 들은 노인이 놀란 듯, 눈을 크고 뜨고 손을 내저으며 말했다.

"당치도 않는 소리입니다. 그만두십시오. 찾는 분이 분명 있다면 모를까, 그렇지 않으면 어찌 그런 위험한 곳에 가려고……."

노인은 침이 마르도록 그곳이 얼마나 위험한지, 얼마 전 있었던 일을 얘기하며 만류했다. 그 노인의 말에 따르면, '나라'라고 하면 이내 오래된 단청을 한 가람伽藍과 사슴의 눈이 떠오르고 전쟁이나 기근도 없이 평화롭기만 한 고도古都처럼 생각하지만, 실은 전혀 그렇지 않다는 것이다. 세키가하라 전투 이후에 나라에서 다카노高野 산에 걸쳐 얼마나 많은 패잔병이 숨어들었는지 모르는데, 그들은 모두 서군西軍에 가담했던 오사카 편으로 봉록도 없고 다른 일은 할 줄 모르는 사람들이었다. 간토關東의 도쿠가와 막부의 세력이 커지고 위세를 떨치는 시대에서는 그들은 평생 양지로 나와 활개 칠 수 없는 무리였다.

세간에 떠도는 이야기에 의하면, 세키가하라 전쟁 이후 지난 오 년 동안 적어도 십이만 명에서 십삼만 명의 떠돌이 낭인이 생겼다고 한다. 그 큰 전쟁의 결과로 도쿠가와 막부에 몰수된 영지가 자그마치 육백육십만 석이라고 했다. 나중에 몰수한 영지를 줄여 주는 처분을 받아 가문을 다시 일으킬 수 있도록 승낙을 받은 곳을 제외하더라도, 몰락한 다이묘는 여든 곳이 넘고, 그 영토의 삼백팔십만 석도 개역改易된 것이다. 그렇게 뿔뿔이 흩어져 다른 나라로 숨어든 낭인의 수를 대략 백 석에 세 명꼴로 잡는다 해도, 본국에 있던 가족이며 무사들을 합치면 아무리 적게 잡아도 십만 명은 넘을 것이라고 했다.

특히 나라나 다카노 산 일대는 도쿠가와 막부의 힘이 미치지 않은 사원이 많기 때문에 몰락한 낭인들이 숨어 살기에는 더없이 안성맞춤이었다. 손으로 꼽아 보아도, 구도九度 산에는 사나다 사에몬노조 유키무라眞田左衛門尉幸村, 다카노 산에는 남부의 낭인인 기타 주자에몬北十左衛門, 법륭사法隆寺 근처에는 센고쿠 소야仙右宗也, 홍복사興福寺에는 반 단에몬塙團右衛門, 그 외에 고슈구만베御宿萬兵衛라든가, 고니시小西 낭인 등. 당장 할복하거나 죽지 못하는 위험한 낭인들이 가뭄에 비를 기원하는 것처럼 천하에 다시 큰 전란이 찾아오기를 기다리고 있는 상황이었다.

홍복사 근방의 이름 있는 낭인들은 제각기 숨어 살면서도 아직까지 한 가닥 권위 의식과 생활력을 가지고 있었지만, 나라의 뒷골목 마을 부근에는 허리에 찬 칼까지도 팔아 치우는 굶주린 자들로 우글거렸다. 그들 중 반은 자포자기한 상태로 풍기를 어지럽히고 싸움질이나 하면서 오로지 도쿠가와 치하의 세상을 혼란하게 만들어서 하루라도 빨리 오사카에서 난이 일어나기를 학수고대하는 자들이라는 것이다. 차를 파는 노인은 그런 곳에 오츠같이 아름다운 여인이 혼자 가는 일은 마치 기름을 들고 불 속에 들어가는 일과 같다며 극구 만류했다.

노인의 이야기를 다 들은 오츠는 나라에 간다는 것이 썩 마음에 내키지 않아서 고민에 빠졌다. 나라에 그 사람이 있다는 조그마한 단서라도 있다면 어떤 위험도 마다하지 않겠지만 아직 아무런 단서도 없었다. 히메지 성 밖의 하나다花田 다리 기슭에서 헤어진 뒤로 수년 동안 막연히 이곳저곳을 찾아 헤매는 것에 지나지 않았다. 지금도 그렇게 떠돌아다니는 중이었다.

"오츠라고 하셨지요?"

그녀의 망설이는 얼굴을 보고 있던 쇼다가 말했다.

"아까부터 말하려 했는데, 나라로 가기보다 나와 함께 고야규까지 가지 않겠소?"

쇼다는 오츠에게 자신의 신분을 밝혔다.

"나는 고야규가의 가신으로 쇼다 기자에몬庄田喜左衛門이라 하는 사람이오. 실은 여든을 바라보시는 제 주군이 요즘 몸이 약해져 매일 무료함에 괴로워하고 계십니다. 그대가 피리를 불어 생활한다는 말을 듣고 생각한 것인데, 혹시 낭자의 피리가 주군께 좋은 위안이 될지 모른다고 생각했소. 어떻소, 같이 가 주지 않겠소?"

옆에 있던 노인도 오츠에게 좋은 생각이라며 기자에몬과 함께 갈 것을 권했다.

"아가씨, 꼭 함께 가시오. 가 보면 알겠지만, 고야규의 나리는 야규 무네요시抑生宗嚴님을 말하는 것이오. 은퇴하신 후로는 세키슈사이石舟齊로 불리시는 분이라오. 젊은 나리인 다지마노가미 무네노리但馬守宗矩님은 세키가하라 전투에서 돌아오신 후에 에도 성의 부름을 받아 장군 가문의 사범이 되셨지요. 더없이 명예로운 가문으로, 그런 가문의 부름을 받는 것은 두 번 다시 없을 은혜이니 꼭 함께 가십시오."

오츠는 쇼다가 명문가인 고야규가의 가신이라는 말을 듣고 보니 그의 언행이 어딘지 보통 사람과 달랐던 것을 마음속으로 깨달았다.

"내키지 않으시오?"

쇼다가 단념하는 듯한 말투로 물었다.

"아닙니다. 다만 너무도 황송한 일이라서요. 제가 그런 높으신 분 앞에서 피리를 불 만한 실력이……"

"아니오. 고야규가는 여느 다이묘들과 크게 다르오. 특히 세키슈사이 님은 근래 차를 즐기시며 검소한 여생을 보내고 계십니다. 오히려 격식을 차리는 걸 좋아하시지 않습니다."

오츠는 막연히 나라로 가는 것보다 이 고야규가의 무사에게 일말의 희망을 걸기로 했다. 고야규가로 말하자면, 요시오카 가문 이후로 제일가는 명문 무가武家였다. 때문에 여러 나라의 무사 수행자들이 찾아올 것이 틀림없었다. 그리고 찾아온 자들의 이름을 적어 놓은 방명록이 있을지도 몰랐다. 어쩌면 그 안에 자신이 찾는 '미야모토 무사시'라는 이름이 있을지도 몰랐다. 만일 있다면 얼마나 기쁘겠는가. 오츠는 밝은 목소리로 대답했다.

"그럼, 무사님의 말씀대로 함께 가도록 하겠습니다."

"아, 와 주시겠소? 감사하오."

쇼다는 기뻐하며 말했다.

"하지만 여인의 걸음으로 밤을 새워 걷는다 해도 고야규까지는 무리인 듯한데. 오츠 님, 말을 타실 수 있겠소?"

"네, 괜찮습니다."

쇼다는 처마를 벗어나 우지 다리 기슭 쪽을 향해 손을 들었다. 그곳에 모여 있던 마부 한 명이 달려왔다. 쇼다는 오츠를 태우고 다시 길을 나섰다. 주막의 뒷산에 올라갔던 조타로가 그 모습을 보고 소리쳤다.

"벌써 가시게요?"

"그래, 가야지."

"잠깐 기다려 주세요."

조타로는 우지 다리 위에서 그들을 따라잡았다. 쇼다가 무엇을 보고 있었느냐고 묻자 언덕 위 숲 속에 사람들이 많이 모여서 뭔지는 모르겠지만 재미있는 놀이를 하고 있기에 보고 있었다고 했다. 그러자 마부가 웃으며 설명해 주었다.

"나리, 그건 낭인들이 모여서 투전을 벌이고 있는 겁니다. 먹고살기 힘든 낭인들이 나그네를 끌어들여 몽땅 벗겨 먹고 쫓아 버리니 조심하십시오."

조타로와 쇼다 기자에몬은 말 등에 삿갓을 쓴 아름다운 여인을 태우고 양쪽에서 걸었고 얼굴이 긴 마부 한 명이 앞서 걸어갔다. 우지 다리를 지나 이윽고 기즈가와木津川 제방에 다다랐다. 가와치 다히라河内平의 하늘에는 종달새가 날고 있어 흡사 그림 속을 걸어가는 기분이 들었다.

"흠, 낭인들이 도박을 한다고?"

"도박은 그나마 괜찮죠. 억지로 돈을 빌리기도 하고 여자를 유괴하기도 하는데, 워낙 센 자들이라 어떻게 손을 쓸 수가 없습니다."

"영주는 가만히 있는가?"

"영주님도 손을 쓰는 듯합니다. 가와치, 야마토, 기슈紀州의 낭인들이 힘을 합치면 영주님보다 더 강합니다."

"고카甲賀에도 있다고 하던데?"

"츠츠이筒井 낭인이 모두 도망쳤기 때문에 또 한 번 싸움을 벌이지 않으면 그 무리들을 쫓아내지 못할 듯합니다."

쇼다와 마부의 대화에 귀를 기울이던 조타로가 입을 열었다.

"하지만 낭인 중에는 좋은 사람도 있지 않나요?"

"그야 있고말고."

"우리 스승님도 낭인인데."

"하하하, 그래서 불만이었나 보구나. 스승을 끔찍이 생각하는구나. 그런데 너는 보장원에 간다고 했는데, 스승이 그곳에 있느냐?"

"거기에 가면 알게 돼 있어요."

"어떤 유파의 검술을 쓰느냐?"

"몰라요."

"제자면서 스승의 유파도 모르느냐?"

그러자 마부가 말했다.

"나리, 요즘은 검술이 유행해서 너도나도 무사 수행을 합니다. 이 길을 지나가는 무사 수행자만 해도 하루에 다섯 명에서 열 명은 족히 됩니다."

"흐흠, 그런가?"

"이것도 낭인들이 늘었기 때문이 아니겠습니까."

"그도 그렇겠지."

"검술이 뛰어나면 영주님들이 오백 석이든 천 석이든 주고 끌어들이려 하니 모두들 그러는 모양입니다."

"흠, 출세하는 지름길이군."

"저기 있는 꼬마까지도 목검을 차고 싸우는 방법만 배우면 무사가 될 수 있다고 생각한다니 어쩐지 으스스합니다. 그런 사람들만 생긴 다면 앞으로 어떻게 먹고살지 걱정이 앞섭니다."

마부의 말을 듣고 있던 조타로가 버럭 화를 냈다.

"아저씨, 뭐라고요? 어디 다시 한 번 말해 봐요."

"저 보십시오. 벼룩이 이쑤시개를 찬 꼴을 해 가지고 입만 살아서 무 사 수행자가 다 된 양 행동하지 않습니까."

"하하하, 조타로 화내지 말거라. 또 목에 걸려 있는 중요한 물건을 떨어뜨릴라."

"이젠 괜찮아요."

"기즈가와 나루터에 왔으니 이제 너와도 헤어져야겠구나. 벌써 해 도 지려고 하니 한눈팔지 말고 서둘러 가거라."

"오츠 님은?"

"나는 쇼다 님을 따라서 고야규 성에 가기로 했어요. 조심해서 가요."

"뭐야, 나만 따돌리고."

"인연이 있으면 언젠가 만날 날이 있을 거예요. 조타로도 길 위가 집 이고 나도 찾는 사람을 만날 때까지는 길 위가 집이니까."

"대체 누구를 찾고 있는 거죠? 어떤 사람이죠?"

"……."

오츠는 대답하지 않고 말 위에서 작별의 눈인사만 살짝 건넸다. 조 타로는 강가를 내달려 나룻배에 뛰어올랐다. 배가 저녁놀에 붉게 물

들고 강의 중간쯤에 이르고 있을 때, 조타로는 뒤를 돌아보았다. 기즈
가와의 상류 부근부터 갑자기 좁아지는 입치사笠置寺로 들어가는 계곡
길은 어느새 산그늘에 가려 어스름이 내리고 있었다. 벌써 행등을 밝
히고 유유히 걸어가는 쇼다와 말을 타고 가는 오츠의 모습이 저 멀리
아련하게 보였다.

오장원의
니칸

당대에 헤아릴 수 없을 수많은 무예가들 사이에서도 보장원이라는 이름은 널리 알려져 있었다. 이 보장원을 단순히 절이라고만 알고 있는 무예가라면 가짜 무사 취급을 당할 정도였다. 그 정도는 나라^{奈良} 땅에 이르러서 더욱 심했다. 나라에서 정창원^{正倉院}이 무엇인지 모르는 사람이 대부분이었지만 창^槍의 보장원이라고 하면 즉시 알아들었다.

"아! 아부라사카^{油坂}에 있는 것 말이군."

그곳은 흥복사의 덴구^{天狗}[16]라도 살고 있는 듯한 커다란 삼나무 숲의 서쪽에 자리 잡고 있었다. 영락조^{寧樂朝}[17]의 번성기를 떠올리게 하는 원

---

16 붉은 얼굴에 코가 높고 신통력이 있어 하늘을 날아다니며 깊은 산속에 산다는 상상 속의 괴물.
17 일본의 역사 시대를 구분하는 방법 중 하나로 나라에 수도가 있었던 시대를 말한다.

미야모토 무사시 2_물水의 장

림원元林院 사적이나, 고묘 황후光明皇后[18]가 욕탕을 지어 천 명의 때를 벗겼다고 하는 비전원悲田院과 시약원施藥院의 터 등이 있었는데, 지금은 이끼와 잡초에 묻혀 간신히 당시의 주춧돌만 얼굴을 내밀고 있을 뿐이었다. 아부라사카가 이 근처라는 말을 듣고 온 무사시가 주위를 살펴보았다.

'어떻게 된 거지?'

멀리서 절이 몇 개 있는 것을 보고 왔으나 산문山門도, 보장원이라는 문패도 보이지 않았다. 겨울을 넘기고 봄을 맞이해서 일 년 중 가장 거무스름하게 보이는 삼나무 위로 젊은 처녀처럼 밝고 부드러운 가스가春日 산의 능선이 흘러내리고 있었다. 산 아래로 어스름이 내리고 있었지만 멀리 산등성이에는 아직 해가 남아 있었다.

"아!"

절의 지붕처럼 보이는 것을 올려다보면서 걷던 무사시가 발길을 멈추었다. 자세히 보니 문에는 보장원이 아니라 '오장원奧蔵院'이라고 쓰여 있었다. 머리글자 하나가 달랐다. 산문으로 안을 엿보니 일련종日蓮宗[19]의 절인 듯했다. 일찍이 보장원이 일련종의 총림叢林이라는 사실을 몰랐던 무사시는 이곳이 보장원과는 전혀 다른 절이라고 생각했다.

무사시는 멍하니 산문 앞에 서 있었다. 때마침 밖에 나갔다 오던 오

18 일본 아스카 시대에 살았던 쇼무 천황聖武天皇의 비.
19 13세기 '니치렌日蓮'이 세운 일본 최대 불교 종파로, 사람은 살아 있는 부처가 될 수 있다고 설파했다.

장원의 납자納子가 수상한 자라도 본 것처럼 눈으로 흘끔흘끔 쳐다보며 지나치자 무사시는 삿갓을 벗으며 그에게 말을 걸었다.

"말씀 좀 여쭙겠습니다."

"예, 무엇인지요?"

"이 절이 오장원인지요?"

"예, 거기에 쓰여 있는 대로입니다."

"보장원이 여기 아부라사카에 있다고 들었는데 다른 곳에 있습니까?"

"보장원은 이 절과 등을 맞대고 있습니다만, 혹시 대련하러 가시는지요?"

"예."

"그렇다면 그만두시지요."

"예?"

"한쪽 팔이나 다리를 치료하기 위해서라면 몰라도, 굳이 부모에게서 온전히 물려받은 팔다리를 잃으려고 멀리서 찾아올 필요가 없으니 말입니다."

무사시를 무시하듯 말하는 납자도 평범한 중은 아닌 듯, 그의 뼈대도 범상치 않았다. 근래에 무예가 유행하는 탓인지 보장원도 사람들이 몰려들면서 떠들썩해졌다.

보장원은 그 이름에서 알 수 있듯이 불법을 전하는 적요한 산사이지 창술 같은 무술을 수련하는 곳은 아니었다. 굳이 말하자면 종교가 본

업이고 창술은 부업이라고 할 수 있었다. 그런데 선대의 주지인 가쿠젠보 인에이覺禪房胤榮가 고야규의 성주인 야규 무네요시와 교류하면서, 또 무네요시와 교류하는 가미이즈미 이세노가미上泉伊勢守 등과도 친교가 생기면서 차츰 무예에 흥미를 갖게 되었다. 선대 주지가 취미 삼아 시작한 것이 점차 발전하면서 창을 다루는 방법에 기예가 더해지자 사람들이 '보장원류宝蔵院流'라고 입을 모아 칭송하게 되었다. 하지만 유달리 호기심이 많았던 가쿠젠보 인에이는 올해 벌써 여든네 살로 망령이 들어 아무도 만날 수 없었다. 설령 만난다 해도 이가 다 빠진 입을 오물거릴 뿐 제대로 이야기도 하지 못하고 창술에 관한 일들도 완전히 잊어버리고 있었다.

"그러니 가 봤자 별 소용이 없소."

납자는 무사시를 쫓아 버리려는 심사인지 쌀쌀맞게 대했다.

"그것도 소문으로 들어 알고 있습니다만……."

무사시는 그 납자가 자신을 놀리고 있는 것을 알면서도 정중하게 말했다.

"하지만 보장원류의 비법을 이어받은 곤리쓰시 인슌權律師胤舜 님이 창술을 연마해 지금도 많은 제자를 키우고 있고, 또 찾아오는 사람은 거절하지 않고 지도해 주신다고 들었습니다."

"아, 그 인슌 님은 오장원 주지 스님의 제자 같은 분입니다. 초대 가쿠젠보 인에이 님이 망령이 드셨기 때문에 기왕에 창의 보장원이라고 세상에 알려진 이름을 저버릴 수 없다고 해서 저희 주지 스님이 인에이嵐築 님에게 전수받은 비법을 다시 인슌 님께 전하셨습니다. 그래서 인슌 님이 보장원의 이대 후사가 되신 것이지요."

무사시는 그가 빙 돌려 이야기를 하고 있다고 생각했다. 그 납자는 지금 보장원류의 이대 후사는 자기네 절의 주지가 그 자리에 앉힌 사람으로, 창술도 이대 인슌보다 일련사의 오장원 주지 쪽이 적통이고 본류라는 것을 외부의 무예가에게 은연중에 내비치고 싶어 하는 것 같았다.

"그렇군요."

무사시가 고개를 끄덕여 보이자 만족했는지 오장원의 납자가 말했다.

"그래도 가 보겠소?"

"예. 기왕 여기까지 왔으니까요."

"그것도 그렇군."

"이 절과 등을 맞대고 있다고 하셨지요? 이 산문 밖에 있는 길에서 왼쪽입니까, 오른쪽입니까?"

"아니오. 이 절의 경내를 통해서 뒤편으로 나가면 훨씬 가깝소."

무사시는 예를 취하고 납자가 가르쳐 준 대로 걸어갔다.

부엌 옆으로 난 길을 따라 뒤편으로 들어가자 마치 시골의 부농가처럼 장작을 쌓아 두는 헛간과 된장독 등이 있었고 서른 간間 정도의 밭도 보였다.

'저기구나.'

밭 저편으로 절 하나가 보였다. 무사시는 잘 자란 채소와 무, 파 사이의 부드러운 흙을 밟으며 지나갔다.

목어가 들어 있는 것처럼 등이 굽은 한 노승이 괭이로 밭일을 하고 있었다. 아무 말 없이 괭이의 끝만 내려다보고 있었기 때문에 이마 아래로 새하얀 눈썹만 보였다. 괭이를 내리칠 때마다 돌에 부딪치는 소리가 정적을 깨고 있었다.

'이 노승도 일련사의 중이로구나.'

무사시는 인사를 할까도 생각했지만 괭이질에 몰두하고 있는 그를 방해하면 안 될 듯해서 그냥 지나갔다. 그때, 밑을 보고 있던 노승이 갑자기 무사시의 발밑을 쏘아 보았다. 행동이나 말로 표현하지는 않았지만 뭐라 말할 수 없는 무서운 기氣였다. 무사시는 사람의 몸에서 나오는 것이라고 생각할 수 없는, 당장이라도 구름을 뚫고 땅으로 떨어질 듯한 우레 같은 기운을 느꼈다. 그는 발길을 멈추고 뒤로 돌아서 노승의 조용한 모습을 바라보았다. 둘의 거리는 불과 사 미터 정도였다. 재빠르게 날아오는 창을 간신히 피한 것처럼 무사시의 몸이 뜨거워졌다. 노승은 곱사등이처럼 뾰족한 등을 돌린 채 여전히 괭이질을 하고 있었다.

'누굴까?'

무사시는 몹시 의아해하며 다시 돌아서서 걸음을 옮겼다. 보장원을 발견하고 산문 앞에서 사람을 기다리는 동안에도 무사시는 노승을 생각했다.

'이곳의 이대 후사인 인슌은 아직 젊을 테고 초대 인에이는 창에 대한 기억을 잊을 정도로 망령이 들었다고 그 납자가 말했는데……'

무사시는 노승에 대한 생각을 떨쳐 내려는 듯 큰 소리로 두 번 정도 사람을 불렀다. 그러나 메아리만 울릴 뿐 보장원 안에서는 아무런 대답이 없었다. 그때, 대문 옆쪽에 걸려 있는 커다란 징이 그의 눈으로 들어왔다.

'아, 이것을 치는 것이로구나.'

무사시가 징을 치자 이내 안쪽 멀리서 대답이 들렸다. 절 밖으로 나온 사람은 에이잔叡山[20]의 승병 우두머리같이 골격이 큰 중이었다. 그는 매일 무사시와 같은 차림새의 방문객을 맞이하는 데 이골이 난 듯한 반응이었다.

"무사요?"

"예, 그렇습니다."

"어찌 왔소?"

"한 수 가르침을 받을까 합니다."

"들어오시오."

그 중이 가리킨 오른쪽에는 발을 씻으라는 듯이 대나무 통의 물을 대야에 담아 놓았다. 그리고 다 해진 짚신이 열 켤레 정도 근방에 흩어져 있었다.

무사시는 어두운 복도를 따라가서 창밖으로 파초 잎이 내다보이는

---

20 교토 시의 북동쪽에 있는 산으로 교토와 시가 현에 걸쳐 있다.

방에 들어가서 대기했다. 안내한 중의 나한羅漢과 같이 살벌한 동작을 제외하면 그저 평범한 절로밖에 보이지 않았다. 경내에는 향기로운 냄새마저 감돌고 있었다. 잠시 후 안내를 하던 중이 마치 아이에게 말하는 것처럼 책 한 권과 벼루상자 등을 내밀었다.

"여기에 어디에서 수행했는지, 유파流派와 본인의 이름을 적으시오."

책에는 아래와 같이 쓰여 있었다.

방문자 수업授業 방명록

보장원 집사執事

펼쳐 보니 수많은 무사 수행자의 이름과 그들의 방문 날짜가 적혀 있었다. 무사시도 적힌 내용을 따라 자신의 이름을 썼지만 유파는 적을 수가 없었다.

"무예는 누구에게 배웠소?"

"혼자 수행했습니다. 스승님이라고 한다면 어릴 적에 아버님께 짓테주츠十手術를 지도받았을 뿐, 그 외의 가르침은 받지 못했습니다. 그리고 뜻을 품은 후로는 천지만물과 천하의 선배들 모두를 제 스승으로 생각하고 수행에 전념하고 있습니다."

"흠……. 그런데 잘 알고 있겠지만 이곳은 선대 이래로 그 이름이 세상에 널리 알려진 보장원 창술의 최고봉으로, 거칠고 과격하기 이를 데 없소. 그러니 먼저 그 방명록의 첫 장에 적힌 글을 읽어 본 후에 마음을 정하는 것이 좋을 것이오."

그 말을 들은 무사시는 밑에 놓았던 방명록을 다시 들어 첫 장을 펼쳐 보았다.

'이 절에서 수업을 받는 이상, 만일 오체 불구五體不具가 되거나 죽더라도 불평하지 않는다.'

일종의 서약서였다.

"잘 알았습니다."

무사시는 미소를 지으며 돌려주었다. 그 말은 무사 수행을 하며 떠돌아다니면서 수도 없이 들었던 말이었다.

"그럼, 이리로."

무사시는 중을 따라 다시 안으로 들어갔다. 커다란 강당을 헐고 만들었는지 도장은 대단히 넓었다. 절 특유의 굵고 둥근 기둥이 보였고, 금박이나 호분胡粉을 입힌 난간의 조각들도 다른 도장에서는 볼 수 없는 것들이었다. 대기석에는 무사시 외에 열 명 이상의 수행자가 있었는데 승려 차림의 제자가 십여 명, 그리고 구경을 온 듯한 무사도 상당히 많았다.

도장의 넓은 마루에서는 창과 창을 맞댄 두 사람이 대련 중이었는데, 모두가 침을 삼키며 그 대련을 지켜보고 있었다. 그래서인지 무사시가 한쪽 구석에 가서 앉아도 누구 하나 돌아다보는 사람이 없었다. 도장의 벽에 '원하는 자에게는 실전용 창 시합도 응한다'라고 쓰여 있었지만, 지금 대련하는 자들의 창은 떡갈나무로 만든 긴 막대기에 불과했다. 그럼에도 한 번 찔리면 성치 못할 것처럼 보였다.

대련이 끝나고 상대의 목창에 나가떨어져 맥없이 자리로 돌아온 자의 허벅지가 통나무처럼 부어올라 있었다. 그는 제대로 앉지도 못하고 팔꿈치로 바닥을 짚고 한쪽 다리를 뻗으면서 고통을 참고 있었다.

"자, 다음."

법의의 소매를 등 뒤로 묶고 온몸의 근육이 혹처럼 튀어나온 거만한 법사가 열 자나 되는 큰 창을 들고 소리를 질렀다.

"그럼, 제가."

한 사람이 자리에서 일어났다. 그도 오늘 보장원을 방문한 무사 수행자 중 한 명 같았다. 그는 겨드랑이에서 어깨까지 십자로 묶은 가죽끈을 조르면서 도장 중앙으로 걸어 나갔다. 부동자세로 서 있던 법사는 벽에서 언월도를 집어 들고 온 상대가 자신을 향해 인사를 하자 똑바로 들고 있던 창으로 상대를 겨누며 소리쳤다.

"얏!"

들개가 울부짖는 듯한 소리를 내지르며 법사가 상대방의 머리를 내리쳤다.

"다음!"

어느새 법사는 태연히 큰 창을 세우고 조금 전의 자세로 돌아가 있었고, 한 대 맞은 남자는 쓰러져 있었다. 죽은 것 같지는 않았지만 머리를 들 힘도 없는 것 같았다. 두세 명의 제자가 나와서 바짓가랑이를 잡고 질질 끌어다 제자리에 놓았다. 마룻바닥에는 끌고 간 대로 핏자국이 선명하게 남아 있었다.

"다음은?"

우뚝 서 있는 법사의 오만함이 하늘을 찌를 듯했다. 무사시는 그 법사가 보장원의 이대 후사인 인슌인 줄 알았다. 하지만 옆 사람에게 물어보니 그는 아곤阿巖이라는 수제자 중 한 사람일 뿐 인슌이 아니라고 했다. 웬만한 대련은 보장원 칠족七足이라 불리는 일곱 명의 제자들이 나서서 상대하기 때문에 인슌이 직접 대련에 나서는 경우는 거의 없다고 했다.

"이제 없는가?"

법사는 창을 옆으로 뉘었다. 앞서 안내하던 중이 방명록의 명단과 사람들의 얼굴을 바라보더니 한 사람을 가리키며 말했다.

"그대는 어떻소?"

"아니, 나중에 하겠소."

"거기 있는 사람은?"

"어쩐지 오늘은 몸이 좋지 않아서……."

모두가 주눅 든 표정들을 하고 있었다. 안내하던 중이 무사시에게 턱짓을 하며 물었다.

"당신은 어떻게 하겠소?"

무사시는 머리를 숙이며 말했다.

"기꺼이."

"그 말은?"

"한 수 지도 바랍니다."

무사시가 일어서자 사람들의 눈이 그에게로 쏠렸다.

불손한 행동을 보이던 아곤이라는 법사는 춤을 추듯 무사시 쪽을 향해 돌아섰다. 우뚝 서 있는 그의 몸에서 살벌한 기운이 뿜어져 나왔다. 그는 맞은편에서 목검을 옆에 차고 멍하게 서 있는 무사시의 모습을 멀리서 노려보더니 고함을 쳤다.

"간다!"

벽에 붙인 널빤지라도 뚫을 기세로 무사시를 향해 다가간 순간, 창밖에서 웃음소리가 들렸다.

"하하, 아곤의 패배다. 잘 보시오, 상대가 벽에 붙인 널빤지와 다르다는 걸 모르다니 참으로 멍청하구려."

아곤이 창을 든 채 옆을 바라보며 소리쳤다.

"누구냐!"

창가에서는 여전히 낄낄거리는 웃음소리가 들렸다. 하얀 눈썹과 반들거리는 머리가 창 너머로 보였다.

"아곤, 이 시합은 안 된다. 모레 인순이 돌아온 후에 하는 것이 좋겠구나."

한 노승이 아곤을 말리며 말했다.

"어?"

무사시는 이곳으로 오는 도중에 그 노승을 보았다. 그는 보장원 뒤편에 있는 밭에서 괭이로 밭을 갈던 노승이었다. 무사시가 잠시 생각하는 동안, 그 노승의 머리는 창가에서 사라졌다.

아곤은 노승의 주의를 듣고는 창을 든 손을 내렸다. 하지만 무사시의 시선과 마주치는 순간, 그는 노승의 말을 잊어버린 듯 소리쳤다.

"무슨 소리!"

아곤은 창가에서 사라진 노승을 무시하며 다시 창을 고쳐 잡았다. 그런 그에게 무사시가 확인하듯 말했다.

"준비되셨는지요?"

무사시의 말은 아곤의 화를 부채질하기에 충분했다. 아곤은 왼손 깊숙이 창을 부여잡더니 마루를 박차며 공중으로 몸을 날렸다. 강철같이 무거운 근육을 지닌 그의 발이 지면에 떠 있는 듯하여 흡사 물결치는 강물 속의 달처럼 불안정해 보였다. 반면에 무사시는 그 자리에 그대로 서 있는 듯했다. 목검을 일직선으로 잡고 있는 모습 외에 별로 특별할 게 없는 자세였다. 오히려 육 척에 가까운 키 때문에 멍청해 보이기까지 했다. 근육도 아곤처럼 울퉁불퉁하지 않았다. 단지 새처럼 부리부리한 눈을 하고 있었다. 눈동자는 지나치게 검지도 않았고 그 속에 피가 스며든 것처럼 호박색을 띠며 투명했다.

아곤은 움찔하며 고개를 저었다. 이마를 타고 흘러내리는 땀방울을 떨쳐 내려고 한 것인지, 귓가에 맴도는 노승의 말을 떨쳐 내려 한 것인지 분명치 않았다. 하지만 그는 초조해하고 있었다. 아곤은 계속해서 위치를 바꿨다. 움직임이 전혀 없는 상대를 끌어들이기 위해 계속 도발하면서 허점을 노렸다.

돌연 아곤이 창을 찌르며 들어간 순간, 고함 소리가 도장 안에 울려 퍼졌다. 무사시는 이미 목검을 높이 쳐들고 옆으로 비켜서 있었다.

"어떻게 된 거야?"

아곤의 주위로 우르르 몰려든 중들의 얼굴이 새파래졌다. 아곤이 내던진 창을 밟고 넘어지는 자가 있을 정도로 그들은 당황해하며 소리쳤다.

"약탕, 약탕을 가지고 와라!"

창가에서 모습을 감췄던 노승이 문으로 돌아 들어오는 사이에 일이 벌어지고만 것이다. 못마땅한 표정으로 지켜보던 노승이 허둥지둥 달려가는 자들을 말리면서 말했다.

"약탕도 소용없다. 그걸로 소생할 정도라면 애초에 말리지도 않았을 게다. 바보 같으니라고."

무료함을 느낀 무사시는 문으로 나와 짚신을 신고 있었다. 그를 붙잡는 사람은 아무도 없었다. 그런데 그 노승이 쫓아 나오면서 그를 불렀다.

"손님."

무사시가 어깨 너머로 대답했다.

"예? 저 말씀입니까?"

"인사를 하고 싶은데, 잠깐 들어오시지요."

무사시는 노승을 따라 안쪽으로 들어갔다. 그곳은 앞선 도장보다 더

깊숙한 안쪽에 있었는데, 흙으로 두텁게 발라서 만든 정사각형으로
된 방이었다.

방으로 들어온 노승이 털썩 주저앉았다.

"주인이 인사를 하러 나와야 하지만 어제 셋쓰攝津의 미카게御影 지역
으로 갔기 때문에 이삼 일은 있어야 돌아올 것 같소. 그래서 내가 대
신 인사하게 됐소이다."

"이렇듯 정중히 맞아주셔서 고맙습니다."

무사시도 머리를 숙이며 답례했다.

"오늘은 예상치도 못한 좋은 공부를 했습니다만, 문하의 아곤 님께
는 참으로 유감스러운 결과였습니다. 죄송스러운 마음입니다."

노승이 무사시의 말을 받아서 말했다.

"아니오. 병법 시합에서는 흔한 일이니 대련에 나설 때부터 각오한
바가 아니겠소. 너무 심려치 마시오."

"그 스님의 상태는 어떤지요?"

"즉사했소."

노승의 입김이 차가운 바람처럼 무사시의 얼굴에 끼쳐 왔다.

"아, 죽었습니까?"

무사시는 언제나 그랬듯 잠시 눈을 감고 마음속으로 부처님의 이름
을 외웠다. 오늘도 자신의 목검에 의해 한 생명이 사라진 것이다.

"손님."

"예."

"미야모토 무사시라고 하셨지요?"

"그렇습니다."

"무예는 누구에게 배웠소이까?"

"스승은 따로 없습니만, 어려서 제 아버님이신 무니사이께 짓테주츠를 배웠습니다. 그 뒤에는 여러 나라의 선배들을 모두 스승으로 삼아 찾아뵙고, 천하의 산천 역시 모두 스승으로 삼아 편력하고 있습니다."

"훌륭한 마음가짐이오. 그러나 그대는 너무도 강하오."

칭찬을 받는다고 생각한 무사시의 얼굴에 부끄러움이 묻어났다.

"천만에 말씀입니다. 아직 스스로를 미숙하게 여기는 불민한 자입니다."

"아니, 그렇기 때문에 그 강함에 부드러움이 필요하오. 좀 더 약해져야 하오."

"예?"

"조금 전, 내가 채마밭에서 채소를 가꾸고 있을 때 그 옆을 지나가지 않았소?"

"예."

"그때 그대는 내 옆을 아홉 척이나 뛰어넘어서 지나갔소."

"예."

"왜 그리했소?"

"스님의 괭이가 언제 제 다리를 후려칠지 모른다는 생각이 들었기 때문입니다. 또 스님께서 눈길을 아래로 향한 채 흙을 고르시면서도 제 온몸을 보며 허점을 찾는 무서운 살기를 느꼈기 때문입니다."

"하하하, 피장파장이오."

노승이 웃으면서 말했다.

"그대가 열 걸음 앞에서 걸어오는데 그대가 말한 그 살기가 내 괭이 끝에 강하게 느껴졌소. 그 정도로 그대의 걸음걸이에는 싸워 이기고자 하는 기질과 패기가 배어 있었소. 나는 당연히 그것을 마음속으로 방어한 것뿐이오. 만일 그때 내 옆을 지나던 사람이 평범한 농부였다면 나 역시 괭이를 들고 밭을 매는 그런 늙은이에 지나지 않았을 것이오. 그 살기는 결국 그림자였구려. 하하하, 자신의 그림자에 놀라 스스로 물러선 꼴이구려."

과연 노승은 보통 사람이 아니었다. 무사시는 자신의 생각이 맞았다고 생각했다. 그리고 이렇게 얼굴을 마주하고 앉아 이야기를 나누기 전부터 이미 자신이 졌음을 깨달았다. 그는 선배 앞에 앉아 있는 후배처럼 노승에게 무릎을 꿇지 않을 수 없었다.

"스님의 가르침, 깊이 새기겠습니다. 그런데 죄송합니다만, 스님께서는 이 보장원에서 무엇을 하시는 분이신지요?"

"나는 보장원 사람이 아니오. 이 절과 등을 맞대고 있는 오장원의 주지 니칸日觀이라고 하오."

"아, 오장원의 주지 스님이시군요."

"그렇소. 이 보장원의 선대 주지인 인에이와는 오랜 친구로, 그가 창을 쓰는 것을 보고 나도 함께 배웠소. 하지만 뜻한 바가 있어서 지금은 창을 잡지 않기로 했소이다."

"그럼 이 절의 이대 인순 님은 스님께 창술을 배운 제자가 되겠군요."

"그렇게 되는가? 사문沙門에게 창 같은 것은 필요 없다고 생각하지만 세간에 보장원의 이름이 그리 알려졌고, 또 이 절의 창술이 사라지면 안 된다고 사람들이 간절히 말하기에 인순에게만 전한 것이오."

"인순 님이 돌아오시는 날까지 절에서 지낼 수 있도록 해 주시겠습니까?"

"시합을 하려고 그러시오?"

"애써 보장원을 찾았으니 주지 스님께 창술을 한 수 배웠으면 합니다."

니칸은 고개를 저으며 타이르듯 말했다.

"부질없는 일이오."

"어째서입니까?"

"보장원의 창이 어떤 것인지, 그대는 오늘 아곤의 기량으로 대강 보았을 터. 그 이상 무엇을 더 볼 필요가 있겠소. 그래도 더 알고 싶다면 나를 보시게, 내 이 눈을."

니칸은 어깨를 세우고 무사시와 눈싸움을 하는 것처럼 얼굴을 앞으로 내밀었다. 움푹 들어간 눈동자가 튀어나올 듯 빛을 발하고 있었다. 무사시는 그의 눈을 물끄러미 응시했다. 그의 눈은 호박색인 듯싶더니 어느 순간 암갈색으로 변했다가 순간순간 형형색색으로 변하면서 빛나는 듯했다. 무사시는 그만 눈이 아파져서 먼저 눈길을 돌리고 말왔다. 니칸이 가슴을 들썩이며 껄껄 웃었다. 그때 등 뒤로 중이 와서 무엇인가 물었다. 니칸은 턱을 집어넣으며 말했다.

"여기로."

이내 손님에게 대접하는 상과 밥통이 들어왔다. 니칸이 밥공기에 밥을 듬뿍 담아 무사시에게 내밀었다.

"차즈케茶漬[21]네. 자, 드시게. 그대뿐 아니라 다른 무사 수행자들에게도 모두 이것을 대접하네. 이 절의 상례지. 이 오이 절임은 보장원 절임이라고 해서 차조기와 고추를 오이 속에 넣어 절인 것인데, 맛이 아주 좋네. 들어 보시게."

"그럼."

무시시가 젓가락을 들자 니칸의 눈이 다시 번뜩 빛났다. 상대방에게 뿜어져 나오는 검기劍氣인지, 자신에게서 나오는 검기가 상대방을 그리 만든 것인지, 무사시는 그 순간 느껴지는 미묘한 기의 박동이 누구에게서 연유하는지 판단할 수 없었다. 예전 다쿠안에게 당한 것처럼 섣불리 오이 절임이나 먹고 있다가 갑자기 날아오는 주먹이나 창에 당할 수도 있었다.

"어떻소? 한 그릇 더 들겠소?"

"많이 먹었습니다."

"그런데 보장원 절임의 맛은 어떠했소?"

"맛있었습니다."

---

21 따뜻한 차에 만 밥.

대답은 그렇게 했지만 무사시는 밖으로 나와서도 고춧가루의 매운 맛이 혀끝에 남아 있을 뿐, 두 쪽으로 칼집을 낸 오이 맛을 떠올릴 수 없었다.

음모

"졌다, 나는 진 것이다."

어두운 숲 속의 오솔길을 걸어 돌아가며 무사시는 혼잣말로 중얼거렸다. 때때로 삼나무 그늘 속에서 빠르게 스쳐 가는 그림자가 있었는데, 그의 발소리에 놀라 도망치는 사슴의 무리였다.

'강함에 있어서는 내가 이겼다. 그러나 패한 것 같은 심정으로 보장원의 문을 나섰다. 겉으로는 이겼지만 결국 졌다는 증거가 아닌가?'

그는 만족할 수 없었다. 오히려 자신의 미숙함에 화가 난 듯 스스로를 책망하면서 멍하니 걷고 있었다.

"아!"

순간, 무슨 생각이라도 떠올랐는지 걸음을 멈추고 뒤를 돌아보았다. 보장원의 불빛이 아직 보였다. 그는 방금 나온 문으로 다시 뛰어가서 사람을 불렀다.

"방금 전에 다녀간 미야모토입니다만."

한 중이 얼굴을 내밀었다.

"무슨 잃어버린 물건이라도 있소?"

"내일이나 모레쯤 저를 찾아 이곳으로 올 사람이 있습니다. 만일 그 사람이 오거든 이곳 사루자와猿澤 연못 근처에 여장을 풀 테니 그 근처의 여관을 찾아보라고 전해 주셨으면 합니다."

"그렇습니까?"

중이 건성으로 대답하자 무사시가 마음이 놓이지 않는 듯 재차 부탁했다.

"저를 찾아올 사람은 조타로라고 하는데, 아직 어린 소년입니다. 그러니 부디 잘 전해 주셨으면 합니다."

무사시는 왔던 길을 다시 성큼성큼 되돌아가면서 중얼거렸다.

"역시 나는 니칸에게 진 것이다. 조타로에게 전할 말도 잊은 것만 봐도 나는 그 노승에게 패하고 돌아가는 것과 다름없다!"

무사시는 '어떻게 하면 천하무적의 검이 될 수 있을까?' 하는 생각에 정신이 온통 빠져 있었다.

'검, 이 하나의 검. 보장원에서 이기고 돌아가는 길인데, 어째서 여전히 미숙하다는 쓸쓸한 생각을 떨쳐 낼 수 없는 것일까?'

무사시의 기분은 도저히 좋아지지 않았다. 가라앉은 기분을 주체하지 못한 그는 어느새 사루자와 연못가까지 와 있었다. 그 연못을 중심으로 사이가와狹井川의 하류에 걸쳐 덴쇼天正 무렵부터 생겨난 새로운 민가가 어지럽게 늘어서 있었다. 또한 근래에 도쿠가와가의 관리인 오쿠보 나가야스大久保長安가 세운 나라 봉행소奉行所[22]도 이 근처에 있었고, '소인 만두宗因饅頭'가 인기라는 중국에서 귀화한 임화정林和靖의 후예라는 자가 연 가게도 연못을 마주 보고 있었다.

근처의 드문드문 보이는 불빛을 본 무사시는 발길을 멈추고 어디에 묵을지 망설였다. 숙소는 얼마든지 있었지만 주머니 사정도 생각해야 했다. 그렇다고 너무나 변두리 골목의 여인숙을 숙소로 정하면 나중에 조타로가 찾기 힘들 듯했다.

무사시는 이미 보장원에서 식사 대접을 받았지만 만두 가게 앞을 지나자 다시 식욕이 생겼다. 그는 의자에 앉아 만두 한 접시를 시켰다. 만두피에는 '림林' 자가 찍혀 있었는데, 그 맛은 보장원에서 먹었던 오이 절임의 맛처럼 알 수 없는 맛은 아니었다.

"손님, 오늘 밤은 어디서 주무십니까?"

가게에서 차를 끓이는 여자가 말을 걸어왔다. 무사시가 사정을 이야기하자 그녀는 친척이 부업으로 숙박을 하는데, 좋은 곳이라며 그곳에 묵으라고 권했다. 그러고는 무사시가 좋다는 말도 하기도 전에 금방 주인을 데리고 오겠다며 안으로 달려가더니 젊은 여주인을 데리고 왔다.

숙소는 만두 가게에서 그리 멀지 않은 조용하고 작은 골목의 여염집

---

22 봉행奉行은 도쿠가와 막부가 직할지의 행정과 사법을 담당케 하기 위해 두었던 관직이다. 그리고 봉행소奉行所는 행정 사무를 담당하는 각 부처의 장관이 업무를 맡아 보던 관청이다.

으로, 안내를 맡았던 젊은 여주인이 문을 똑똑 두드렸다. 안쪽의 대답을 기다리던 그녀는 무사시를 돌아보면서 조용히 말했다.

"저의 언니 집이니 마음 편히 쉬세요."

소녀가 나와서 여주인과 소곤거리며 이야기를 나누더니 어찌해야 할지 알고 있다는 듯, 무사시를 이 층으로 안내했다.

"그럼, 편히 쉬십시오."

여주인이 인사를 한 후 돌아갔다. 여염집 숙소치고는 방이나 세간이 아주 훌륭해서 도리어 무사시가 어색해져다. 식사는 했으므로 목욕을 하고 자는 일만 남았다. 집의 외관을 봐서는 그다지 생활에 어려움이 없는 것 같은데 무엇 때문에 여행객들을 상대로 숙박을 하는지 무사시는 잠자리에 들어서도 마음에 걸렸다. 소녀에게 그 이유를 물어도 웃기만 할 뿐 대답하지 않았다.

다음 날, 무사시가 여주인에게 말했다.

"뒤에 일행이 오기로 되어 있어 하루 이틀 더 묵어도 되겠습니까?"

"그렇게 하십시오."

소녀가 아래층에 있는 여주인에게 말했는지 잠시 후에 그녀가 인사하러 올라왔다. 서른 살 정도의 살결이 고운 미인이었다. 무사시가 궁금하던 점을 묻자 여주인은 웃으면서 그 이유를 들려줬다. 그녀는 자신을 간제観世[23] 나니가시라고 하는 악사의 미망인이라고 소개하면

---

23 간제류観世流의 줄인 말로 무로마치 시대의 간아미観阿弥와 세아미世阿弥 부자를 시조로 하는 일본 전통 가면 음악극인 노가쿠能楽의 5대 유파 중 하나.

서, 지금 나라는 타지에서 많은 낭인들이 들어와 있어서 이루 말할 수 없을 만큼 풍기가 문란하다고 말했다. 타지에서 흘러온 낭인들 때문에 기쓰지^{木杜} 부근에 저속한 음식점이나 흰 분칠을 한 여자들이 부쩍 늘어났지만 오히려 불령한 낭인들은 그런 곳에서 놀지 않는다는 것이다. 대신에 그들은 '과부 문안'이라고 하면서 마을 젊은이들과 짜고 매일 밤마다 남자가 없는 집을 습격하는데, 그것이 유행처럼 번지고 있다고 했다.

세키가하라 전투 이후로 다소 뜸한 형국이지만, 해마다 벌어진 전쟁으로 인해 어느 지방에나 부랑자들의 수가 눈덩이처럼 불어났다. 때문에 여러 나라의 성 밖에서는 저속한 밤놀이가 유행하고 도둑질이나 공갈 협박이 횡행하고 있었다. 그런 나쁜 풍속은 임진왜란 이후에 나타난 현상으로 토요토미 히데요시 때문에 생긴 것이라고 원망하는 사람들도 있었다. 여하튼 전국적으로 나쁜 풍습이 넘쳐 나고 있는데, 세키가하라의 낭인들까지 나라에 들어오자 새로 온 관리는 단속할 엄두도 내지 못하는 형국이라는 것이다.

"아하, 그래서 나 같은 나그네를 상대로 숙박을 하시는 것이군요."

"남자가 없는 집이라서……."

과부가 겸연쩍은 듯 웃자 무사시도 따라 웃었다. 하지만 어딘지 쓸쓸함이 묻어나는 웃음이었다.

"그러니 며칠이라도 상관없으니 머무셔도 됩니다."

"알겠습니다. 제가 있는 동안은 안심하셔도 좋습니다. 그런데 저를 찾는 일행이 알기 쉽도록 문 입구에 무슨 표시를 해 주실 수 있겠는지요?"

"알겠습니다."

과부는 마귀를 쫓는 부적처럼 종이에 글을 써서 밖에 붙였다.

'미야모토 님이 묵으시는 곳'

하지만 그날, 조타로는 오지 않았다.

"미야모토 님을 만났으면 합니다."

다음 날, 여주인이 세 명의 무사가 무사시를 찾아왔다고 전했다. 그녀가 거절했지만 돌아가려고 하지 않는다기에 무사시는 그들을 불러 만나 보았다. 그들은 보장원에서 무사시가 아곤을 쓰러뜨릴 때 무리들 속에서 구경하던 자들로, 마치 오랜 친구처럼 다정하게 무사시를 둘러싸고 앉았다.

"이거, 정말 놀랐습니다."

세 명의 무사가 자리에 앉으면서 과장된 말투로 무사시를 치켜세웠다.

"보장원을 찾아온 사람들 중에서 '칠족'이라고 일컫는 수제자를 일격에 쓰러뜨린 사람은 아마 지금까지 없을 겁니다. 특히 그 오만한 아곤이 신음 소리를 내고 피 흘리며 즉사한 것을 봤을 때는 정말 통쾌했습니다."

"우리들 사이에서도 귀공의 평판이 치솟고 있습니다. 이곳 낭인들은 모이기만 하면 '도대체 미야모토 무사시는 어떤 사람일까?' 하고 귀공의 이야기를 합니다. 반면에 보장원은 얼굴에 똥칠을 하게 되었지요."

"귀공은 이미 천하무쌍天下無雙이라고 해도 과언이 아닐 겁니다."

"나이도 아직 젊고 말입니다."

"대성할 가능성이 얼마든지 있습니다."

"그런데 실례의 말이지만, 그 정도의 실력을 가지고 낭인으로 지낸다는 것은 매우 아까운 일입니다."

그들은 차가 나오면 벌컥벌컥 마시고 과자가 나오면 부스러기를 무릎에 흘리면서 어적어적 먹어 치웠다. 그러면서도 무사시가 차마 얼굴을 들 수 없을 정도로 입을 모아 치켜세웠다. 조금도 우습거나 즐겁지 않다는 표정으로 듣고 있던 무사시가 그들이 입을 다물 때까지 기다리다 못해 물었다.

"그런데 여러분들은 누구시오?"

"그렇군, 이거 실례했습니다. 저는 본래 가모우蒲生 님의 가신이었던 야마조에 단바치山添團八입니다."

"저는 오토모 반류大友伴立라고 하며, 큰 뜻을 품고 복전류卜傳流[24]를 연마하며 때를 기다리고 있는 자입니다."

"또 저 사람은 야스카와 야스베에野州川安兵衛라고 합니다. 오다織田 님의 휘하 낭인의 아들로 그도 역시 낭인입니다. 하하하."

---

24 쓰카하라 보쿠덴塚原卜傳을 시조로 하는 검술 유파로 일도류一刀流, 당전류當田流와 함께 히로사키弘前 번藩의 3대 검술 유파 중 하나다.

일단 그들의 신분을 알게 된 무사시는 그들이 무엇 때문에 자신들의 귀중한 시간을 허비하는 것도 모자라서 타인의 귀중한 시간을 빼앗는 것인지 묻지 않을 수 없었다.

"그런데 날 찾아온 용건은 무엇입니까?"

무사시가 묻자 그들은 그제야 생각났다는 듯이 무릎을 쳤다.

"그렇군!"

세 무사들은 긴히 의논할 것이 있어 왔다고 말하면서 몸을 앞으로 숙였다. 그들은 자신들이 지금 나라의 가스가에서 흥행거리를 계획하고 있다고 말했다. 그리고 보통 흥행거리라고 하면 가면극이나 사람을 끌어모으는 구경거리를 생각하지만, 자신들은 그런 것이 아니라 백성들에게 무술을 이해시키기 위한 무술 시합을 열고자 한다는 것이었다. 지금 무대를 짓고 있는데 사람들의 관심이 아주 높다고 했다. 하지만 세 명으로는 손이 부족하다는 생각도 들고 또 어떤 강자가 나타나 한 번에 모아 놓은 돈을 가져갈지도 모르기 때문에, 무사시에게 자신들과 함께 손을 잡고 일을 하자고 상의하러 왔다는 것이었다. 그리고 무사시가 승낙만 한다면 이익의 반을 떼어 주고 그간의 식비와 숙박료도 자신들이 전부 떠맡겠다면서 목돈을 벌어 이후의 노자를 버는 것이 어떠냐고 권했다.

싱글싱글 웃으며 그들의 말을 듣고 있던 무사시는 더 듣지 않아도 충분하다는 표정으로 말했다.

"아, 그런 용무라면 오래 앉아 있을 필요가 없소. 거절하겠소이다."

무사시가 단박에 거절하자 세 무사는 뜻밖이라는 듯이 바싹 다가앉으며 물었다.

"어째서?"

그들의 행동을 더 이상 참을 수가 없었던 무사시는 젊은이다운 기개를 보이며 의연하게 말했다.

"나는 도박꾼이 아니오. 또 나는 밥을 수저로 먹지 목검으로 먹는 그런 사내가 아니오."

"뭐, 뭐라고?"

"잘 들으시오. 이 사람은 굶어 비틀어져도 무사임을 자처하고 있소. 그러니 그만 돌아가시오!"

무리 중 한 명은 '흥' 하고 콧방귀를 뀌었고, 또 한 명은 시뻘게진 얼굴에 노기를 띤 채 내뱉었다.

"잊지 않겠다."

세 무사들은 무사시에게 한꺼번에 덤벼도 이길 가망이 없음을 잘 알고 있었다. 성난 얼굴을 한 그들은 배알이 뒤틀리는 것을 참으며 일어섰지만 이것이 끝이 아니라는 것을 은연중에 내보이며 성난 발걸음으로 물러갔다.

포근한 날씨와 어스름한 달밤이 이어졌다. 아래층의 젊은 과부는 무사시가 묵고 있는 동안은 안심이라면서 좋은 음식을 대접하며 잘 대해 주었다. 어제도 오늘 밤에도 아래층에 내려가 음식 대접을 잘 받은 무사시는 기분 좋게 취한 몸을 이끌고 유유히 등불이 없는 이 층 방으로 올라와 팔다리를 쭉 뻗고 누워 있었다.

'분하다.'

또다시 오장원 주지인 니칸의 말이 머릿속에 떠올랐다. 무사시는 자신의 칼에 쓰러진 사람은 모두, 설령 반죽음이 된 자라도 물거품처럼 완전히 잊어버렸다. 하지만 조금이라도 자기보다 뛰어나거나 자신을 압도한 사람에 대해서는 도저히 그 집착을 끊을 수가 없었다. 그를 이겨야겠다는 생각에서 벗어날 수 없었던 것이다.

"분하다."

그는 바닥에 드러누운 채 머리카락을 꽉 거머쥐었다.

'어떻게 하면 니칸 위에 설 수 있을까? 어떻게 하면 그 범상치 않은 눈동자에 압도당하지 않을 수 있을까?'

무사시는 어제도 오늘도 끙끙 앓으며 그 생각에서 벗어나지 못하고 있었다. 분하다는 뇌까림은 다른 사람에 대한 원망이 아닌 자신을 향한 한숨이었다.

'나는 가망이 없는 것일까?'

때때로 무사시는 자신의 재능을 의심해 보기도 했다. 그는 니칸 같은 사람을 만나면 자신도 그처럼 될 수 있을까, 하는 의문을 품곤 했다. 원래 자기의 검술은 스승을 섬기며 정식으로 배운 것이 아닌 만큼, 자신의 힘이 어느 정도인지 가늠하지 못했다. 그런 그에게 니칸은 '너무 강하다, 조금 약해져야 한다'라고 말했다. 선뜻 이해하기 어려운 말이다.

'무사인 이상, 강하다는 것은 절대적인 우월함인데 어째서 그것이 결점이 되는가?'

무사시는 그 등 굽은 노승이 무슨 말을 하고 있을지도 의문이었다. 자신을 애송이로 보고 허황된 말로 진리인 양 훈계하면서 얼렁뚱땅 보내고는 웃고 있을지도 모를 일이었다. 또한 근래 들어 책 같은 것을 계속 읽어야 할지 말아야 할지 판단이 서질 않았다. 히메지 성의 방 안에서 삼 년 동안이나 책을 읽고 난 후, 그는 전과 다르게 무슨 일이든 사물을 이해하려는 습관이 생겼다. 자신의 이지理智를 통해 이해할 수 있는 일이 아니면 진심으로 받아들이지 못하는 인간이 되어 버렸다. 검에 관한 일뿐 아니라 세상을 바라보는 관점도, 인간을 보는 시선도 모든 것이 달라져 있었다.

그렇기 때문에 무사시는 자신의 용맹함이 어린 시절에 비해 많이 약해졌다고 생각하고 있었다. 그런데 오히려 니칸은 자신이 너무 강하다고 말했다. 그것은 검술의 강함이 아니라 자신이 태어나면서부터 가지고 있던 야성과 투쟁심을 두고 한 말이라는 것쯤은 알고 있었다.

'무사에게 책 따위는 필요 없는 지혜다. 사람의 마음과 기분 변화에 어중간하게 민감해지면 오히려 칼을 든 자신의 손만 늦어질 뿐이다. 눈을 감고 니칸에게 일격을 가했더라면 아마도 그는 흙으로 빚은 인형처럼 산산이 부서졌을지도 모른다.'

그때, 누군가 이 층으로 올라오는지 그의 머리맡으로 계단 밟는 소리가 들렸다. 아래층의 소녀가 얼굴을 내밀더니 그 뒤로 바로 조타로가 올라왔다. 조타로의 검은 얼굴은 때에 절어 더욱 검게 보였고 헝클어진 머리가 하얗게 먼지를 뒤집어쓰고 있었다.

"오, 용케도 잘 찾았구나."

무사시가 가슴을 펴고 반갑게 맞이하자 조타로는 더러운 발을 쭉 뻗으며 그의 앞에 털썩 주저앉았다.

"아, 힘들어."

"헤맸느냐?"

"헤매고말고요. 엄청 찾아 헤맸어요."

"보장원에 잘 말해 두었는데도?"

"거기 있는 중에게 물어도 모른다고 하던데요? 아저씨, 잊어버렸죠?"

"아니다. 간곡히 부탁했는데. 뭐 어쨌든 됐다, 수고했다."

"이건 요시오카 도장의 답장."

조타로는 목에 걸고 있던 대나무 통에서 답장을 꺼내 무사시에게 건넸다.

"그리고 심부름시켰던 혼이텐 마타하치라는 사람은 만나지 못했어요. 그래서 그 집 사람에게 아저씨의 전갈을 꼭 전해 달라고 부탁하고 왔어요."

"잘했다. 자, 어서 목욕하고 아래층에서 밥 먹고 오너라."

"여긴 여인숙인가요?"

"응, 비슷한 곳이다."

조타로가 내려간 뒤에 무사시는 요시오카 세이주로의 답장을 펼쳐 보았다. 다음 시합은 자신도 원하는 바이며 만약 약속한 날에 오지 않을 경우, 겁을 먹고 종적을 감춘 것으로 간주하고 귀공의 비열함을 천하에 알려 비웃음을 사게 할 테니 그리 알라고 적고 있었다. 누군가 대신 편지를 썼는지 문장이 졸렬하고 허풍스러웠다. 무사시는 편지를 찢어 촛불에 태워 버렸다. 검은 재가 바닥으로 떨어지더니 스르르 흩어졌다. 시합이라고는 하지만 이 편지의 왕래는 결투의 약속에 가까웠다. 이번 겨울, 누가 과연 저렇듯 재가 될 것인가.

무사시는 늘 무사란 아침에 태어나 저녁이면 어떻게 될지 모르는 목숨임을 각오하고 있었다. 그러나 그것은 생각일 뿐, 정말로 자신의 목숨이 이번 겨울까지밖에 없다고 한다면 결코 정신의 평온함을 유지할 수 없었을 것이다.

'하고 싶은 일이 너무 많다! 검술 수행도 그렇고, 인간으로서 하고 싶은 일을 나는 아직 하나도 해 보지 못했다.'

보쿠덴이나 이세노가미처럼 한 번쯤은 많은 시종들을 거느리고 그들에게 말을 끌게 하고 매를 어깨에 앉히고 천하를 주유하고도 싶었다. 또 남부끄럽지 않은 집에 좋은 아내를 맞이해서 아들과 제자를 양성하고 싶었고, 어린 시절 갖지 못한 따뜻한 가정을 꾸려 좋은 가장이 되고도 싶었다.

아니, 그런 인생을 갖기 전에 은밀히 여인도 품어 보고 싶었다. 이때까지 자나 깨나 오로지 병법 외에는 다른 생각을 하지 않았기 때문에 자연스럽게 동정을 지키고 있었지만, 때때로 거리를 걷고 있으면 교토나 나라의 여인들이 아름답게, 육감적으로 느껴지는 때가 있었다. 그럴 때면 항상 오츠를 떠올리곤 했다. 그녀를 먼 과거의 사람처럼 여겼지만 실은 항상 자신과 가장 가까운 곳에서 무언가로 이어져 있는 것처럼 생각했다. 무사시는 막연히 그녀를 생각하는 것만으로도 고독한 유랑 생활에서 자신이 얼마나 위로받고 있는지 알지 못했다.

아래층에서 목욕도 하고 배도 채운 조타로가 어느새 방으로 돌아와 있었다. 임무를 완수했다는 안도감과 함께 피곤이 밀려왔는지, 책상다리를 한 무릎 사이에 양손을 넣은 채 침까지 흘리며 기분 좋게 꾸벅꾸벅 졸고 있었다.

다음 날 아침, 조타로는 참새의 지저귐과 함께 벌떡 일어났다. 무사시는 여장을 준비를 하고 있었다. 그는 아래층 소녀에게도 오늘 일찍 나라로 떠난다고 미리 일러두었다.

"어머, 일찍부터 준비하시는군요."

젊은 과부가 다소 아쉽다는 듯 들고 온 작은 보따리 하나를 내려놓았다.

"실례인 줄 알면서도, 이건 제가 이별의 표시로 그저께부터 지은 옷가지입니다. 마음에 드실지 모르겠지만 받아 주십시오."

"아, 이런."

눈을 동그랗게 뜬 무사시가 젊은 과부의 선물을 받을 이유가 없다며 사양하였다.

"그렇게 대단한 건 아닙니다. 이 집에서는 남자 옷들이 필요 없기 때문에 무사님처럼 수행 중인 젊은 분께 더 긴요하게 쓰일 거라 생각해서 만들어 봤습니다. 몸에 맞게 공들여 지었는데 입지 않으신다면 쓸모없는 것이 되니 부디 받아 주십시오."

젊은 과부는 무사시의 뒤로 돌아가서 억지로 입혀 주었다. 그에게는 과분한 옷이었다. 그중에서도 외국에서 들여온 옷감으로 만든 듯한 소매 없는 하오리羽織[25]는 화려한 무늬에 금실로 수까지 놓여 있었다. 속에는 부드러운 흰 비단을 댔고, 끈에는 연보랏빛 가죽까지 넣어서 세밀하게 신경 쓴 듯했다.

"아주 잘 어울리십니다."

과부와 함께 넋을 잃고 바라보던 조타로가 불쑥 말했다.

"아줌마, 나한텐 뭘 줄 거예요?"

"호호호, 너는 함께 가잖아. 같이 가면 그걸로 좋지 않니?"

"옷 같은 것은 바라지도 않아요."

"바라는 거라도 있니?"

"이걸 줄 순 없나요?"

조타로는 옆방 벽에 걸려 있던 가면을 벗겨 와 얼굴에 쓰면서 말했다. 그는 어젯밤 그것을 본 순간부터 가지고 싶었다.

"이걸 주세요."

---

25 겉에 입는 짧은 옷.

무사시는 조타로의 눈썰미에 놀랐다. 실은 그도 이 집에 묵었던 첫 날부터 마음이 끌렸던 가면이었다. 누가 만들었는지는 모르지만 적어 도 가마쿠라시대鎌倉時代에 만들어져 가면극에 쓰인 작품인 듯했는데, 귀녀鬼女의 얼굴이 끌로 놀랄 만큼 멋지게 조각되어 있었다.

그것뿐이라면 그다지 마음을 빼앗기지 않았겠지만, 그 가면은 다른 흔해 빠진 가면극의 가면과 달리 기이한 표정을 하고 있었다. 보통 귀 녀 가면은 푸르스름한 색으로 칠해서 기괴하게 보이는데, 이 가면의 귀녀는 매우 단정하고 아름다웠으며 살갗이 희고 고상한 얼굴을 하 고 있어서 아무리 바라봐도 미인으로 보였다.

그런데 그 미인이 무서운 귀녀로 보이는 이유는 웃고 있는 입가 때 문이었다. 얼굴의 왼쪽으로 날카롭게 파 올라간 초승달 형상의 입술 선은 어떤 명장의 손에서 태어난 것인지 뭐라 형언할 수 없는 서늘함 을 머금고 있었다. 분명 그것은 정말로 살아 있는 광녀의 웃음을 그대 로 표현한 것임에 틀림없었다. 무사시도 그런 생각을 하며 보던 가면 이었다.

"앗! 그것은 안 돼."

중요한 물건인지 당황한 과부가 뺏으려고 하자 조타로는 가면을 머 리 위에 쓰고 말했다.

"안 된다고 해도 나는 가질 거야!"

조타로는 도망을 다니며 과부가 아무리 말해도 돌려주려 하지 않았 다. 그녀의 기분을 헤아린 무사시가 조타로를 나무랐다.

"이놈, 이게 무슨 짓이냐?"

조타로는 꾸중을 들어도 개의치 않았다.

"아줌마, 괜찮죠? 나 준 거예요. 아줌마, 그렇죠!"

조타로는 마침내 가면을 품속에 넣고 계단을 내려가 아래층으로 도망쳐 버렸다.

"안 돼, 그건 안 된단다."

젊은 과부는 이렇게 말했지만 어린아이가 하는 짓이라 화를 내지도 못하고 웃으며 쫓아갔다. 얼마 동안 아무도 올라오지 않았다. 마침내 조타로가 삐걱거리는 소리를 내며 계단을 올라오는 듯했다. 무사시는 그가 올라오면 혼을 내야겠다고 마음먹고는 엄한 표정을 지으며 계단을 향해 앉아 있었다.

그런데 갑자기 '왁' 소리를 내며 귀녀의 웃는 얼굴이 불쑥 나타났다. 무사시는 깜짝 놀라 온몸의 근육이 경직되었다. 왜 그런 충격을 받았는지 알 수 없었다. 그러나 어두침침한 계단 가에 손을 짚고 있는 웃음 띤 귀녀의 가면을 바라보던 무사시는 이내 깨달았다. 그것은 가면에 새겨진 장인의 혼 때문이었다. 가면의 하얀 턱 위에서부터 오른쪽 귓가에 걸쳐 씩 웃고 있는 초승달 형상의 입가의 요염함 속에 그 혼이 감춰져 있었던 것이었다.

"아저씨. 이제 그만 가요."

조타로가 계단에서 말했다. 하지만 무사시는 그 자리에 앉은 채로 말했다.

"아직도 돌려 드리지 않았느냐? 남의 물건을 욕심내면 안 된다."

"괜찮다고 했어요. 나한테 줬는걸요."

"준다고는 안 하셨다. 아주머니께 돌려 드리고 오너라."

"아래층에서 돌려주려고 하니까 아줌마가 그렇게 갖고 싶으면 가지라고 하셨어요. 그 대신 소중히 간수할 수 있겠느냐고 해서 그러겠다고 약속했어요."

"어지간한 놈이구나."

아무런 이유 없이 과부에게 소중한 가면과 옷까지 받은 무사시는 왠지 마음에 걸려 고마움의 표시라도 하고 떠나고 싶었다. 하지만 형편이 어려운 집 같지는 않았고, 또 답례로 할 만한 것을 지니지도 못했다. 무사시는 아래층으로 내려가 다시 한 번 조타로의 무례함을 사죄하며 가면을 돌려주려 했다. 그러자 젊은 과부가 말했다.

"아니에요. 다시 생각해 보니, 저 가면이 없어야 오히려 제 마음이 편해질지도 모릅니다. 게다가 저렇게 갖고 싶어 하는데 부디 야단치지 말아 주세요."

그 말을 들은 무사시는 가면에 어떤 내력이 담긴 듯한 생각이 들어 다시 사양했다. 하지만 조타로는 이미 한껏 의기양양한 태도로 신발을 신고 먼저 문밖으로 나가 기다리고 있었다.

젊은 과부는 가면보다 무사시와의 이별을 아쉬워하면서 나라에 다시 오면 며칠이라도 좋으니 꼭 머물러 달라고 몇 번이고 당부했다.

"그럼."

음모   113

무사시는 고맙다는 인사를 하고 신발의 끈을 묶고 있는데, 이 집의 친척인 만두 가게 여주인이 숨을 헐떡이며 문 안으로 뛰어 들어왔다.

"손님, 아직 계셨군요."

그러더니 무서운 것에 쫓기기라도 하듯, 떨리는 목소리로 무사시와 자신의 언니를 향해 말했다.

"손님, 지금 떠나실 때가 아닙니다. 큰일 났습니다. 아무튼 일단 이 층으로 올라가십시오."

무사시는 신발의 끈을 다 묶은 뒤에 조용히 고개를 들었다.

"큰일이라니 무슨 일입니까?"

"무사님이 오늘 아침에 이곳을 떠난다는 것을 안 보장원의 스님 십여 명이 창을 들고 한냐般若 고개로 갔습니다."

"흠."

"그중에는 보장원 이대 주지도 있다고 합니다. 무슨 큰일이 벌어진 듯해서 제 남편이 그중에 친한 스님을 붙잡고 물어보았더니, 네댓새 전부터 여기에 묵고 있던 미야모토라는 자가 오늘 나라를 떠난다고 하니 도중에 기다렸다 치려고 한다고 말해 주더랍니다."

새파랗게 질린 만두 가게 여주인이 무사시에게 오늘 떠나는 것은 목숨을 버리는 것과 마찬가지니 이 층에 숨어 있다가 밤에 몰래 빠져나가는 것이 좋겠다고 말했다.

"흐음."

무사시는 마룻귀틀에 걸터앉은 채 문밖으로 나가려고도, 이 층으로 다시 올라가려고도 하지 않았다.

"한냐 고개에서 저를 기다린다고 했습니까?"

"장소는 잘 모르겠습니다만 그쪽 방면으로 갔습니다. 남편도 깜짝 놀라 지나가던 사람에게 수소문해 보았더니 보장원의 스님들뿐만 아니라 나라의 낭인들도 모두 다 미야모토라는 자를 잡아서 보장원에 넘길 거라고 했답니다. 혹시 무사님께서 보장원의 험담이라도 하신 건 아닙니까?"

"그런 일은 없습니다."

"그러나 보장원에서는 무사님이 사람을 시켜 나라 곳곳에 보장원을 조롱하는 글을 써서 붙였다고 몹시 화를 내고 있다고 합니다."

"아마 사람을 잘못 안 것이겠죠."

"그러니까 그런 일로 애꿎은 목숨을 버릴 수야 없지 않습니까."

"……."

무사시는 대답을 하지 않고 처마 너머로 하늘을 보고 있었다. 짚이는 데가 있었다. 어제인지 그제인지 벌써 새까맣게 잊고 있었지만, 가스가시타春日下에서 무술 시합을 함께하자며 찾아왔던 낭인 세 사람. 분명 한 명은 야마조에 단바치라 했고 다른 두 사람은 야스카와 야스베에와 오토모 반류라고 했었다. 그때 그들이 몹시 불쾌한 표정으로 돌아간 것은 뒤에서 이런 일을 꾸며서 보복을 하려던 심산이었는지도 모른다. 보장원을 비방하는 말을 퍼뜨리고 조롱하는 글을 곳곳에 붙이고 다닌 것도 그들의 소행임에 틀림없었다.

"가자."

무사시는 일어서서 봇짐의 끈을 가슴 앞으로 묶은 후에 삿갓을 들고 만두 가게 여주인과 젊은 과부에게 감사하다는 말을 건네고 문을 나섰다.

"정말 가시려는지요?"

젊은 과부는 눈물이 글썽이는 눈으로 문밖까지 따라 나왔다.

"밤까지 있으면 분명 이 집에 화가 미칠 것입니다. 친절하게 대해 주셨는데 화를 끼칠 수는 없습니다."

"저는 괜찮습니다."

"아닙니다. 가야 합니다. 조타로, 어서 인사하거라."

"아줌마."

머리를 숙인 조타로도 기운이 없어 보였다. 작별을 아쉬워하는 것으로는 보이지 않았다. 사실 조타로는 아직 무사시의 진짜 실력을 모르고 있었다. 교토에 있을 때부터 무사시가 약한 무사라는 말만 들었던 조타로는 그 유명한 보장원 중들이 창을 들고 기다린다는 말을 듣자 어린 마음에도 불안함을 느끼고 비장해진 듯했다.

한냐
들판

"조타로."

발길을 멈추며 무사시가 뒤를 돌아봤다.

"예."

조타로가 눈썹을 추켜올렸다. 나라의 거리는 이미 저 뒤편이었다. 동대사東大寺와도 멀어져 있었다. 쓰키가세月ヶ瀬 도로가 지나는 삼나무 숲 사이로는 한냐 고개로 이어지는 완만한 경사가 보이고, 그 오른편 하늘로 여인의 가슴처럼 볼록하게 솟은 미카사三笠의 중턱이 가깝게 느껴졌다.

"왜요?"

조타로는 여기까지 입도 벙긋하지 않고 묵묵히 뒤에서 따라왔다. 한 걸음 한 걸음이 사지로 걸어 들어가는 기분이 들었다. 조금 전, 축축하게 습기가 차고 침침한 동대사 옆을 지날 때도 목덜미에 톡 하고 떨어진 이슬에도 기겁할 듯 놀랐고, 사람 발소리에 놀란 까마귀 떼를 보고도 께름칙한 기분이 들었다. 그때마다 무사시의 그늘진 뒷모습이 아련하게 보였다.

산속이나 절간으로 숨으려고만 한다면 그렇게 할 수 있었고, 도망치려고만 한다면 충분히 그렇게 할 수도 있었다. 그런데도 왜 보장원 중들이 몰려갔다는 한냐 고개를 향해 일부러 걸어 들어가고 있는 것일까? 조타로는 도무지 알 수가 없었다.

'가서 잘못했다고 빌 생각인가?'

그렇게 상상해 보았다. 사과를 한다면 자기도 함께 보장원 중들에게 빌겠다고 생각했다. 그런 와중에 무사시가 발걸음을 멈추고 '조타로' 하고 부르자 자신도 모르게 놀란 것이다. 조타로는 자신의 어두운 얼굴색을 보이지 않기 위해 해를 올려다봤다. 무사시도 하늘을 쳐다보았다. 조타로는 어쩐지 불길한 마음에 휩싸였다. 그런데 뜻밖에도 무사시는 평소의 어투와 조금도 다름이 없이 말했다.

"참으로 좋구나. 이 산길은 마치 꾀꼬리 소리를 밟으며 걸어가는 듯하지 않느냐?"

"네? 뭐라고요?"

"꾀꼬리 말이다."

"아, 그렇네요."

조타로는 건성으로 대답했다. 무사시는 조타로의 검붉은 입술을 보고 그의 마음을 헤아릴 수 있었다. 어쩌면 이것이 마지막일지도 모른다고 생각하니 조타로가 불쌍하게 여겨졌다.

"한냐 들판이 가까워졌구나."

"네, 나라 언덕도 지났어요."

"그런데?"

"……."

조타로의 귀에는 주위에서 울어 대는 꾀꼬리가 을씨년스럽게 들릴 뿐이었다. 그의 눈이 점차 흐려지더니 무사시의 얼굴을 멍하니 올려다보았다. 오늘 아침에 귀녀의 웃는 가면을 양손에 들고 희희낙락하며 뛰어다니던 아이의 눈이라고 생각할 수 없을 정도로 고요한 눈이었다.

"이제 슬슬 여기서 헤어져야겠구나."

"……."

"그만 가거라. 그렇지 않으면 너도 봉변을 당할 게다. 너와는 아무 상관도 없는 일이다."

눈물이 볼을 타고 주르륵 흘러내렸다. 양손을 들어 눈가를 누르는가 싶더니 마침내 어깨를 들썩이며 딸꾹질까지 하면서 온몸으로 흐느껴 울기 시작했다.

"왜 우느냐? 넌 무사의 제자가 아니더냐? 만일 내가 포위를 뚫고 뛰어가면 너도 그쪽으로 도망치거라. 또 만약 내가 죽게 된다면 너는 교토의 술집으로 돌아가도록 해라. 너는 앞으로의 상황을 멀리 떨어진 저 언덕 위에서 보고 있거라. 울지 말고. 알았느냐?"

무사시가 말하자 조타로는 눈물로 얼룩진 얼굴을 들고 무사시의 소매를 잡아당겼다.

"아저씨, 달아나요."

"무사는 달아날 수 없단다. 너는 그런 무사가 되려는 것이 아니더냐?"

"무서워요. 죽는 게 무서워요."

조타로는 몸을 떨면서 무사시의 소매를 자꾸만 뒤로 잡아끌었다.

"날 생각해서 도망가요. 네? 도망가요."

"어허, 그렇게 말하면 나도 도망치고 싶단다. 나도 어려서부터 부모님의 사랑을 받지 못했는데, 너도 나처럼 부모와는 연이 먼 녀석이다. 같이 도망쳐 주고 싶지만……."

"그러니 지금이라도……."

"나는 무사다. 너도 무사의 자식이 아니더냐?"

힘이 빠진 조타로는 그 자리에 주저앉아 버렸다. 손등으로 문지르는 눈가에서 눈물이 뚝뚝 떨어졌다.

"지지 않을 테니 걱정하지 말거라. 아니, 반드시 이긴다. 이기면 되잖느냐?"

그렇게 달래도 조타로는 믿지 않았다. 앞에서 기다리고 있는 보장원의 중이 열 명이 넘는다고 들었기 때문이다. 조타로는 약한 스승의 실력으로는 일대일 승부에서도 이길 수 없을 것이라고 생각하고 있었다.

오늘 무사시가 한냐 고개로 간다는 것은 이미 그곳에서 살든지 죽든지, 굳은 마음가짐이 필요했다. 아니, 이미 마음속으로 그런 각오가 되어 있었다. 무사시는 조타로를 아끼고 불쌍하게 여겼지만 초조함 때문에 오히려 성가시게 느껴졌다. 그는 호통을 치면서 조타로를 쫓아버렸다.

"너 같은 놈은 무사가 될 수 없다. 술집으로 돌아가거라."

무사시의 말에 심한 모욕을 받은 듯, 조타로는 울음을 그쳤다. 그리고 깜짝 놀란 얼굴로 일어나더니 이미 저편으로 걸어가고 있는 무사시의 뒷모습을 보며 그를 부르려고 했다.

'아저씨!'

그러나 조타로는 입을 손으로 틀어막고는 옆에 있는 삼나무에 들러붙어 손으로 얼굴을 감쌌다. 무사시는 뒤를 돌아보지 않았다. 그러나 조타로의 울음소리가 계속 귓가에서 맴돌았다. 이제 의지할 사람 하나 없는 불쌍한 소년이 울고 있는 모습이 등 뒤로 보이는 듯했다.

'공연히 그 아이를 거뒀구나.'

무사시는 속으로 이를 악물었다.

'제 몸 하나 제대로 간수하지 못할 만큼 미숙하거늘. 칼 한 자루 품고 당장 내일 어떻게 될지 할 수 없는 몸인 것을.'

생각해 보면 수행 중인 무사에게 동행은 불필요한 것이었다.

어느새 무사시는 숲을 벗어나 넓은 들판으로 나왔다. 들판이라기보다는 경사가 져서 아래로 흘러내리는 기복이 진 산기슭이었다.

"여보시오, 무사시 님."

무사시를 부른 사내는 미카사야마三笠山 산길 쪽에서 들녘으로 온 듯했다.

"어디 가시는 길이시오?"

사내는 그렇게 말하며 뛰어오더니 친한 척하며 어깨를 마주했다. 며칠 전에 묵었던 과부의 집을 찾아왔던 세 명의 낭인 중 야마조에 단바치라던 자였다.

'왔구나.'

무사시는 바로 알아챘지만 태연한 얼굴로 대답했다.

"오, 며칠 전에는……."

"아니, 전날은 오히려 제가 실례를……."

당황해하며 다시 인사를 하는 사내의 태도는 너무나 공손했다. 그러나 그는 곁눈으로 무사시의 표정을 살피고 있었다.

"그때의 일은 아무쪼록 마음에 담아 두지 않기를 바랍니다."

단바치는 며칠 전에 보장원에서 직접 눈으로 본 무사시의 실력에 대단히 두려워하고 있었다. 그러나 이제 막 세상에 나온 스물두세 살의 시골 무사에게 진정으로 승복할 마음은 없었다.

"무사시 님, 이제부터 여행은 어느 쪽으로?"

"이가伊賀를 넘어 이세伊勢로 가려고 생각합니다. 귀공께서는?"

"저는 좀 볼일이 있어서 쓰키가세까지 갑니다."

"야규柳生 골짜기는 저 근방이 아닙니까?"

"여기서 한 사십 리 정도 가면 오야규, 또 십 리 정도 더 가면 고야규입니다."

"그 유명한 야규 님의 성은?"

"입치사笠置寺에서 멀지 않습니다. 그곳도 꼭 한번 들러 보시는 게 좋습니다. 본래 지금의 무네요시 공은 이제 다인※人처럼 별장으로 물러앉았고, 아들인 다지마노가미 무네노리 님은 도쿠가와 가의 부름을 받아 에도에 가 있지요."

"저 같은 일개 낭인에게도 가르침을 주겠습니까?"

"누구의 소개장이라도 있으면 더 좋을 터인데. 그래, 쓰키가세에 갑옷을 만드는 노인이 야규가에 출입하고 있습니다. 저와 친하게 지내고 있으니 괜찮으시면 소개해 드리겠습니다."

단바치는 의식적으로 무사시의 왼쪽으로 걷고 있었다. 여기저기 삼나무와 향나무 등이 드문드문 서 있을 뿐 들판의 시야는 막힘없이 드넓었다. 다만 낮은 언덕들 사이로 난 길이 완만하게 이어지며 굴곡을 이루고 있었다.

두 사람이 한냐 고개 근처를 지날 때였다. 한쪽의 고개 저편에서 누군가 모닥불이라도 피우고 있는지 갈색 연기가 보였다. 무사시가 걸음을 멈추고 말했다.

"이상하군."

"왜 그러십니까?"

"저 연기."

"그것이 어쨌다는 겁니까?"

무사시에게로 바싹 붙어 서서 그의 안색을 살피는 단바치의 표정이 다소 굳어졌다. 무사시는 손가락으로 연기를 가리키며 말했다.

"아무래도 저 연기에 요기妖氣가 서려 있는 듯하오. 귀공의 눈에는 어떻게 보이시오?"

"요기라니요?"

"가령."

무사시는 연기가 나는 곳을 가리켰던 손가락으로 단바치의 얼굴을 가리켰다.

"그대의 눈동자에 서려 있는 것처럼 말이오!"

"옛?"

"보여 주마. 이것이다!"

돌연, 봄날 들판의 화창한 정적을 깨뜨리며 괴상한 비명 소리가 울리더니 단바치 몸과 무사시의 몸이 서로 튕기듯 뒤로 물러섰다. 그때, 어디에선가 '앗' 하고 놀라는 자가 있었다. 그것은 무사시와 단바치가 넘어온 고개 위에서 몰래 지켜보고 있던 다른 두 사람이었다.

"당했다!"

그들은 큰 소리를 지르더니 손을 내저으며 어디론가 달려갔다. 무사시의 손에는 낮게 잡은 칼이 햇빛을 받아 반짝반짝 빛나고 있었다. 그리고 튕기듯 쓰러진 단바치는 더 이상 일어나지 않았다. 무사시는 피가 뚝뚝 떨어지는 칼을 아래로 내려뜨리고 들에 핀 꽃을 밟으면서 모

닥불 연기가 피어오르는 다음 언덕을 향해서 조용히 걸어가기 시작
했다.

여인의 손이 어루만지듯 봄의 미풍이 머릿결을 쓰다듬듯 불어왔다.
그러나 무사시는 머리카락이 곤두서는 느낌이 들었다. 한 걸음, 한 걸
음 걸을 때마다 몸의 근육이 강철처럼 굳어졌다. 언덕에 서서 아래를
보니 완만한 들판에 있는 못이 내려다보였다. 모닥불은 그곳에서 피
어오르고 있었다.

"왔다."

그렇게 외친 것은 모닥불을 둘러싸고 있던 사람들이 아니라 무사시
와 멀리 떨어져 우회해서 달려온 두 사내였다. 방금 무사시의 단칼에
쓰러져 죽은 단바치와 한패인 야스카와 야스베에와 오토모 반류라는
것을 알 수 있을 만한 거리였다.

"뭐, 왔어?"

모닥불 주위에 있던 자들은 앵무새처럼 똑같이 외치며 일제히 땅을
박차고 일어섰다. 모닥불에서 떨어져 양지쪽에 모여 있던 자들도 일
제히 일어났다.

모두 서른 명 정도였다. 그중 반 정도는 중이었고 나머지 반 정도는
잡다한 낭인들의 무리였다. 그들은 이곳 들판의 못에서 한냐 고개로
빠지는 길목인 이 언덕 위로 무사시가 나타나자 일순 동요했다.

"흐음!"

더욱이 무사시의 손에는 피 묻은 칼이 들려 있었다. 싸움은 그들이

서로의 모습을 보기 전부터 이미 시작되어 있었다. 그것도 매복하고 있던 무리보다 상대인 무사시가 먼저 선전포고를 한 셈이었다.

"단바치가, 단바치가……."

야스베에와 반류는 이미 한 명이 무사시의 칼에 쓰러진 것을 손짓으로 알리는 듯했다. 낭인들은 이를 갈았고, 보장원의 중들은 진용을 이루고 무사시 쪽을 노려보았다.

"괘씸한 놈."

보장원의 중 십여 명이 창을 들고 있었다. 검은 승복의 소매를 등 뒤로 묶은 그들은 한쪽이 낫 모양을 한 창, 창끝이 타원형으로 된 창 등 저마다 자신 있게 다루는 창을 하나씩 들고 서 있었다.

"오늘이야말로 네놈을!"

그들은 절의 명예와 고소쿠 아곤高足阿巖의 원수를 여기에서 갚겠다고 맹세한 듯, 흡사 지옥의 나졸들처럼 열을 지어 서 있었다. 낭인들 또한 그들대로 한곳에 뭉쳐서 무사시가 도망치지 못하도록 포위하면서 구경이나 하려는 심사인지, 개중에는 낄낄거리며 웃는 자도 있었다. 하지만 그런 수고는 할 필요가 없었다. 그들은 서 있는 그 자리에서 자연스럽게 학익진鶴翼陣을 치고 있으면 그것으로 족했다. 왜냐하면 무사시는 도망치거나 당황한 기색이 전혀 없었기 때문이었다.

무사시는 흡사 끈적거리는 진흙을 밟듯이 한 발 한 발 걸음을 옮겼다. 보드라운 어린 풀들이 머리를 내민 경사진 길을 조금씩, 그러나 독수리처럼 언제든 날아오를 수 있는 자세를 유지하면서 눈에 가득

한 적들을 향해, 아니 사지와 같은 곳으로 서서히 다가가고 있었다.

"온다."

이제는 소리를 내는 자도 없었다. 소나기를 품은 한 무더기의 먹구름처럼 한 손에 칼을 들고 서서히 다가오는 무사시의 모습을 보면서 곧 그들의 머리 위로 폭풍우가 쏟아져 내릴 것을 직감하고 있었다.

"......"

기분 나쁜 한순간의 정적은 서로의 죽음을 떠올리는 순간과 같았다.

무사시의 얼굴은 창백했다. 그의 눈빛은 사신死神의 눈처럼 어느 쪽부터 칠 것인지 가늠하고 있는 듯 빛을 발하고 있었다. 낭인들이나 보장원의 중들은 단 한 명의 적을 상대로 압도적으로 많은 수를 유지하고 있었지만 무사시만큼 창백한 얼굴은 한 명도 없었다.

'겨우 한 놈인데.'

그들은 수적으로 우위에 있다는 믿음 때문인지 여유로운 미소까지 지었지만, 사신의 눈에 처음으로 띄는 것만은 서로 경계하는 듯했다. 순간, 열을 맞춰 창을 겨누고 있던 보장원의 중들 중에서 가장자리에 있던 자가 신호를 내렸다. 검은 승복을 입은 십여 명이 든 창끝이 일제히 '와' 고함을 지르며 전열을 흐트러뜨리지 않고 무사시의 오른쪽으로 돌아갔다.

"무사시!"

신호를 내린 중이 소리쳤다.

"듣자 하니, 너는 네 가소로운 검술만 믿고 이 인슌이 없는 사이에 아곤을 죽인 것도 모자라 기고만장하여 세간에 보장원을 헐뜯는 말을 퍼뜨리고 다녔더구나. 그뿐 아니라 거리에 보장원을 조롱하는 글을 붙여서 우리를 비웃었다고 하는데, 그것이 사실인가?"

"아니다!"

무사시의 대답은 간명했다.

"만물을 눈과 귀가 아닌 마음으로 보아라. 주지가 그런 진리도 모르는가?"

"뭐라!"

무사시의 말은 불에 기름을 부은 격이었다. 인슌을 제쳐 놓고 다른 중들이 저마다 말했다.

"문답무용問答無用."

그러자 무사시의 왼쪽에서 무리를 지어 협공의 형세를 취하고 있던 낭인들도 저마다 한마디씩 했다.

"맞다."

"쓸데없는 말은 그만둬라."

낭인들은 와자지껄하게 욕을 하더니 뽑아든 칼을 흔들면서 보장원의 중들이 공격하도록 부추겼다. 무사시는 낭인들의 무리가 입만 살았을 뿐 실력도 없고 결속도 안 되어 있다는 것을 간파했다.

"좋다, 말은 필요 없다. 누가 나서겠느냐?"

낭인들은 무사시의 눈길이 자신들에게 쏠리자 저도 모르게 뒤로 몇 발자국 물러났다.

"나다!"

낭인들 중 두세 명이 큰 칼을 부여잡고 소리쳤다. 순간, 무사시는 그 중 한 명을 향해 싸움닭처럼 쏜살같이 달려들었다. 그리고 마개를 따는 듯한 소리가 들리더니 선혈이 하늘을 붉게 물들였고, 동시에 생명과 생명이 서로 맞부딪치는 고함과 비명이 울려 퍼졌다. 단순한 기합도 아니고 말소리도 아닌 기묘한 외침이 인간의 목을 뚫고 솟구쳐 나왔다. 인간의 말로는 표현할 수 없는, 원시림의 맹수가 울부짖는 소리에 가까웠다.

'쨍, 쨍.'

무사시의 손에 들려 있는 칼이 심장에 강한 진동을 보낼 때마다 그것은 인간의 뼈를 가르고 있었다. 바람을 가르는 소리가 한 번 울릴 때마다 칼끝에서 무지개처럼 피가 솟구치고 흩날렸다. 잘려 나간 손가락들이 춤을 추며 허공을 날아갔고 무처럼 잘려 나간 팔들이 풀숲 위로 떨어졌다.

처음부터 낭인들 간에는 한가롭게 구경이나 하자는 유유자적한 분위기가 흐르고 있었다. 싸우는 것은 보장원의 중들이고 그들은 사람 잡는 구경이나 하자고 생각했던 것이다. 무사시가 낭인들 무리가 약하다고 생각하고 그들에게 달려든 것이 당연한 전법이었던 만큼, 낭인들도 이에 당황하지는 않았다. 그들의 머릿속에는 보장원의 창이 뒤를 받치고 있다는 절대적인 믿음이 있었다.

그런데 막상 싸움이 벌어지고 같은 편이 차례로 무사시의 칼에 쓰러져 가는데도 보장원의 중들은 창을 비껴들고서 방관만 할 뿐 누구 하나 그에게 달려들지 않았다.

"제기랄, 제기랄."

"베어 버려, 빨리!"

"이얏!"

"이런 제길!

'쨍, 쨍.'

"으악!"

온갖 기묘한 소리가 칼 사이에서 흘러나왔다. 낭인들은 이상하리만치 방관만 하고 있는 중들의 태도에 애를 태웠다. 그들은 불평하면서도 도움을 요청했지만 중들은 목석처럼 전열을 유지할 뿐, 미동도 하지 않았다.

'이건 약속과 다르다. 무사시는 저들의 적일 뿐, 우리들과는 관계없다. 그런데 지금, 완전히 입장이 뒤바뀌지 않았나.'

무사시의 칼에 쓰러져 가는 낭인들은 그런 불평을 할 겨를도 없었다. 술 취한 사람처럼 그들은 그야말로 혼돈의 도가니였다. 같은 편의 칼이 동료를 베고, 다른 사람의 얼굴이 자신의 얼굴처럼 보이기도 했다. 낭인들은 무사시의 모습을 분간할 수 없었기 때문에 그들이 휘두르는 칼은 오히려 같은 편에게 위협이 될 뿐이었다.

무사시 또한 자신이 무슨 행동을 하고 있는지 무감각한 상태였다.

그저 그의 생명을 유지하는 육신의 모든 기능이 한순간에 삼 척도 안 되는 칼에 응축되었다. 대여섯 살 때부터 엄한 아버지 손에 단련된 것, 그 후 세키가하라 전투에서 체험했던 것, 또 홀로 산속에 들어가 나무를 상대로 체득했던 것, 거기에 여러 나라의 많은 도장을 돌면서 평소에 이론적으로 생각해 오던 것 등. 그가 오늘까지 경험한 모든 단련이 무의식중에 불꽃이 되어 오체五體로부터 발화했다. 그리고 그의 오체는 땅과 풀과도 동화되더니 인간의 모습에서 완전히 해탈한 바람의 형상이 되었다. '생사일여生死一如', 그 어느 쪽에도 속하지 않는 인간이 보여 주는 어느 한순간의 모습은 칼이 난무하는 한복판을 뛰어다니고 있는 무사시가 보여 주고 있는 모습이었다.

'칼을 맞으면 손해다.'

'죽고 싶지 않다.'

'될 수 있으면 남이 먼저.'

그러한 잡념에 빠져 칼을 휘두르고 있는 낭인들은 아무리 이를 갈며 애를 써도 무사시를 벨 수 없었다. 오히려 죽고 싶지 않은 자가 더 빨리 칼을 맞고 쓰러지고 있었다. 창을 나란히 들고 서 있던 보장원의 중들 중 한 명이 그 광경을 바라보면서 자신의 호흡을 세어 보았다. 호흡수로 열다섯에서 스물에 지나지 않는 찰나의 시간이었다.

무사시의 온몸은 피로 물들었다. 남아 있는 열 명 정도의 낭인도 온통 피투성이였다. 주위의 땅과 풀, 그 모든 것이 붉게 물들었고 구역질이 날 만큼 피비린내로 가득했다. 마침내 그때까지 버티던 낭인들도 더 이상 도움을 기다릴 수 없다는 듯 사방으로 도망치기 시작했다. 그리고 창끝을 나란히 하고 기다리고 있던 보장원의 중들이 일제히 움직이기 시작한 것은 그 직후였다.

"제발 도와주세요!"

조타로는 두 손을 모으고 하늘에 빌고 있었다.

"제발 도와주세요. 저의 스승님이 지금 저 아래에서 혼자서 저렇게 많은 적과 싸우려고 합니다. 저의 스승님은 약하지만 나쁜 사람은 아닙니다."

조타로는 무사시에게 버림받았지만 그에게서 떨어지지 않고 한냐 고개 위에 올라 앉아 멀리서 지켜보았다. 조타로는 가면도 삿갓도 옆에 놓고 간절히 빌었다.

"하치만八幡 님, 금비라金毘羅26 님, 가스가 신궁의 신령님! 스승님은 점점 적에게 다가가고 있습니다. 제정신이 아닙니다. 불쌍하게도 평소에 약한 분이어서 오늘 아침부터 정신이 조금 이상해졌습니다. 그렇지 않으면 저렇게나 많은 적을 혼자서 맞설 리가 없습니다. 제발, 신령님! 스승님을 도와주십시오."

오히려 조타로가 정신이 이상해진 것이 아닌가 싶을 정도로 그는 백 번이고 천 번이고 절을 하며 소리 내어 되뇌었다.

"이 나라에 신령님은 없나요. 만일 비겁한 무리들이 이기고 옳은 한

---

26 불법을 지키겠다고 맹세한 야차왕夜叉王.

명이 죽거나, 정의롭지 못한 자가 정의로운 자를 때려죽인다면 옛날부터 전해 내려오는 말은 다 거짓말이에요. 아니, 만일 그렇게 되면 전 신령님들에게 침을 뱉어 줄 거예요!"

조타로의 기도는 앞뒤가 맞지 않고 유치했지만 그의 눈에 핏발이 서 있었고, 오히려 사려 깊은 어른의 외침보다 하늘을 감동시킬 만했다. 물론 그것으로 끝이 아니었다. 조타로는 저 멀리 풀밭 위로 보이는 칼을 든 한 떼의 무리가 홀로 서 있는 무사시를 둘러싸고 공격하는 광경을 보게 되자 두 주먹을 불끈 쥐고 펄쩍 뛰었다.

"짐승 같은 놈들! 비겁하다. 아아, 내가 어른이었다면……."

조타로는 발을 동동 구르며 울음을 터뜨렸다.

"바보, 바보!"

그러다가 주위를 마구 날뛰며 외쳤다.

"아저씨! 아저씨! 나, 여기 있어요."

마지막에는 자신이 신이라도 된 것처럼 온 힘을 다해 소리쳤다.

"짐승들, 이 짐승들아. 스승님을 죽이면 내가 용서하지 않을 거야!"

그때, 저 멀리에서 핏줄기가 일며 한 명 두 명이 쓰려져 들판에 시체가 굴러다니는 것을 보자 조타로가 소리쳤다.

"야! 아저씨가 벴다. 스승님은 강하다."

조타로는 사람들이 들판 한가운데에서 그렇게 많은 피를 흘리며 야수처럼 싸우는 것을 생전 처음 목도했음이 틀림없었다. 그리고 어느새 자신이 혈투 한가운데에서 온몸이 피로 물든 것처럼 그 싸움에 심취했다. 그 이상한 흥분은 그의 심장이 방망이질 치게 했다.

"꼴좋다. 이놈들아, 맛이 어떠냐? 바보 얼간이들아! 내 스승님이 그런 분이다. 까까머리 보장원 중놈들아, 꼴좋다! 창만 멍하니 들고 서서 손발도 못 움직이는구나!"

그러나 잠시 후, 형세가 일변했다. 그때까지 조용히 지켜보고만 있던 보장원 중들의 창이 일제히 움직이기 시작하였다.

"앗! 안 돼, 총공격이다."

조타로는 무사시의 위험을 감지했다. 그것이 마지막이라는 것을 조타로도 알고 있었다. 마침내 분노에 찬 그는 자기 분수도 잊어버리고 바위가 구르듯 고갯길을 뛰어 내려갔다.

보장원의 초대 창술을 이어받아 모두가 인정하는 창의 달인인 인슌이 소리쳤다.

"쳐라!"

지금까지 창끝을 수평으로 들고 지켜보고 있던 문하의 십여 명의 중들에게 무시무시한 소리로 호령한 것이었다. 순간, 창끝에서 발하는 빛이 벌집을 쑤셔 놓을 듯 사방으로 흩어졌다. 중들의 머릿속에는 일종의 강인함과 야생성을 느끼게 하는 것이 있었다. 그들은 관창, 겸창, 직창, 십자창 등 제각기 익숙한 창을 하나씩 부여잡고 피에 굶주린 듯 고함을 쳤다.

"으라차!"

"이얏!"

오늘이 두 번 다시 없을 실전의 날이라는 듯, 창끝에 피를 발라 놓은 중들도 있었다. 그들을 본 무사시가 뒤로 펄쩍 물러섰다.

'새로운 적이구나. 떳떳하게 싸우다 죽자!'

이미 지칠 대로 지친 무사시는 피로 끈적이는 칼자루를 양손으로 꽉 쥔 채, 땀과 피가 범벅된 눈을 똑바로 떴다. 그런데 이상하게도 그를 향해 공격해 들어오는 창이 하나도 없었다.

'어?'

아무리 생각해도 이해할 수 없는 광경이 펼쳐지고 있었다. 그는 눈앞의 불가사의한 현실을 망연히 바라보고만 있었다. 사냥감을 쫓는 사냥개처럼 중들의 창이 앞을 다투며 찔러 죽이고 있는 것은 한편인 줄 알았던 낭인들이었다. 중들은 무사시의 칼끝에서 간신히 도망친 것을 안심하며 한숨을 돌리고 있던 낭인들까지 쫓아가며 소리쳤다.

"기다려라!"

그 소리를 들은 낭인들은 설마 자신들까지 공격하리라고는 생각하지 않은 듯 멈춰서 기다렸다.

"벌레만도 못한 놈들."

멍하니 서 있던 낭인들은 불시에 창에 찔려 허공으로 나뒹굴었다.

"미쳤냐? 이게 무슨 짓이냐! 바보 같은 중놈들, 상대가 다르지 않느냐!"

고함을 치거나 나뒹구는 자의 궁둥이를 후려치는 중이 있는가 하면

창으로 찌르는 중도 있었다. 또 창으로 낭인의 왼쪽 뺨에서 오른쪽 뺨까지 관통시켜 놓고 창이 빠지지 않자 놓으라고 소리치며 꿰어 말린 정어리에서 꼬치를 빼듯 창을 휘젓는 중도 있었다.

처참하고 무시무시한 도살이 벌어진 후, 말로 표현할 수 없는 적막함이 들판을 뒤덮었다. 태양도 차마 눈 뜨고 볼 수 없다는 듯 구름 속으로 숨어 버렸다. 몰살이었다. 그 많던 낭인들 중에 한 사람도 이 한나 들판에서 벗어나지 못했다.

무사시는 자신의 눈을 믿을 수가 없었다. 하지만 칼을 들고 있는 손도, 팽팽하던 긴장감도 늦출 수 없었다.

'같은 편끼리 어째서?'

도저히 이해가 되지 않았다. 비록 야차와 맹수를 하나로 합친 듯한 투혼으로 피비린내 나는 혈투를 펼친 무사시가 여전히 그 열기에서 벗어나지 못하고 있다고는 하지만, 너무나 잔혹한 살육의 광경에 경악을 금할 수가 없었다. 하지만 다른 사람들이 벌인 학살의 광경을 본 순간에 그렇게 느꼈다는 것은 그 자신은 본연의 인간으로 돌아왔다는 증거였다. 그와 동시에 무사시는 땅 속에 깊이 박힌 것처럼 딱딱하게 굳은 자신의 다리와 두 손에 매달려 엉엉 울고 있는 조타로를 발견했다.

"처음 뵙겠습니다. 미야모토 님이십니까?"

하얗고 수려한 얼굴에 키도 큰 중이 성큼성큼 걸어와 정중하게 예를 차렸다.

"예."

제정신을 차린 무사시가 칼을 거두었다.

"저는 보장원의 인순이라고 합니다."

"아, 당신이?"

"전날에 어렵게 찾아오셨는데 제가 자리를 비워서 유감이었습니다. 더구나 그때 문하의 아곤이 예의 없이 행동한 점, 그의 스승으로서 부끄럽게 생각합니다."

'뭐라고?'

무사시는 상대방의 말을 잘못 들은 것처럼 잠시 아무 말도 하지 못했다. 인순의 정중한 말투와 예의바른 행동에 걸맞게 자신도 예의를 갖추고 대하기 위해서는 우선 혼란스러운 머릿속을 정리해야만 했다.

'보장원 중들이 무슨 연유로 자신에게 겨눠야 할 창의 방향을 돌려서 같은 편이라고 믿고 방심하던 낭인들을 도살한 것일까?'

무사시로서는 그 이유를 알 수 없었다. 의외의 결과에 그저 어안이 벙벙했다. 자신의 목숨이 붙어 있는 것도 어처구니가 없었다.

"피라도 씻으시고 잠시 쉬십시오. 자, 이쪽으로."

인순은 앞서 걸으며 모닥불 옆으로 무사시를 인도했고 조타로는 무사시의 곁을 떠나지 않았다. 중들은 준비해 온 무명을 찢어서 창을 닦고 있었다. 중들은 무사시와 인순이 모닥불 옆에 무릎을 나란히 하고 있는 모습을 보고도 조금도 이상해하지 않았다. 당연한 것처럼 그들도 얼마 후 함께 앉아 잡담을 나누기 시작했다.

"저거 봐."

중들 중 한 명이 하늘을 가리켰다.

"벌써 까마귀들이 피 냄새를 맡고 왔네."

"내려오지는 않는군."

"우리들이 가면 시체에게 달려들 테지."

그런 태평한 이야기를 나누는 소리도 들렸다. 정작 무사시의 의문은 자신이 먼저 질문하지 않으면 누구도 말해 줄 것 같지 않았다. 마침내 무사시가 인슌에게 물었다.

"실은, 오늘 저는 당신들을 적이라고 생각하고 한 명이라도 더 저승길에 동행하고자 각오를 하고 왔습니다. 그런데 오히려 제 편이 되어 주셨을 뿐 아니라, 왜 이렇게 정중하게 대해 주시는지 도저히 그 이유를 모르겠습니다."

그러자 인슌이 웃으며 대답했다.

"아니, 귀공의 편을 든 적은 없습니다. 다만 다소 과격했지만 대청소를 했을 뿐입니다."

"대청소라니요?"

그러자 인슌은 손을 들어 저편을 가리키면서 말했다.

"그 일이라면 저보다는 귀공을 잘 알고 계신 니칸 스님께서 친히 말씀하실 것입니다. 보십시오, 저기 들판 너머에 어렴풋이 인마人馬들의 그림자가 보이지 않습니까? 아마도 니칸 스님과 다른 사람들일 것입니다."

"노사老師님, 빠르시군요."

"자네가 늦은 게지."

"말보다 빠르십니다."

"당연하지."

한냐 들판의 연기가 피어오르는 곳을 향해 등이 굽은 니칸만이 말을 타지 않고 걸어오고 있었다. 니칸의 앞뒤로 다섯 명의 관속들이 말을 타고 들판을 가로질러 오고 있었다. 그들이 다가오는 것을 본 중들이 소리쳤다.

"노사님, 노사님."

중들은 모두 사원에서 엄숙한 의식을 치를 때와 마찬가지로 일렬로 서서 니칸과 말을 탄 관속들을 맞이했다.

"처리했는가?"

니칸이 그곳에 와서 처음으로 한 말이었다.

"예, 보시는 바와 같이."

인슌은 니칸에게 예의를 갖추어 말한 뒤 관속들을 보며 말했다.

"검시하러 오시느라 고생하셨습니다."

관속들이 차례로 말에서 내리며 화답했다.

"아닙니다. 고생하신 건 여러분들이시지요. 그럼 어디 한번."

그들은 여기저기 쓰러져 있는 열댓 구의 시체를 보다가 무엇인가를 적으면서 말했다.

"뒤처리는 관청에 시킬 터이니 그만 돌아가셔도 좋습니다."

할 일이 끝났다는 듯, 관속들이 다시 말에 올라 들판을 가로질러 떠났다.

"자네들도 돌아가게."

니칸이 명을 내리자 창을 들고 진열해 있던 중들도 목례를 하고는 귀로에 올랐다. 인슌도 니칸과 무사시에게 인사를 하고 그들과 함께 돌아갔다. 사람들이 모두 떠나자 까마귀 떼가 일제히 땅으로 내려와 환희에 찬 날갯짓을 퍼덕이며 시체들에게 달려들었다.

"요란한 녀석들이군."

니칸이 중얼거리며 무사시 곁으로 와서 편히 말했다.

"일전에는 실례를 했네."

"예? 아닙니다. 오히려 제가……."

무사시는 당황해하며 황급히 두 손을 모으고 고개를 깊이 숙였다.

"고개를 들게. 들판 한가운데에서 그렇게 정중히 예를 차리는 것도 이상하네."

"예."

"어떤가? 뭔가 조금 수행이 되었는가?"

"어찌 이런 일을 도모하셨는지, 자초지종을 상세히 들려주십시오."

"알고 싶은가? 실은 말이네."

니칸은 이번 일의 전말을 들려주었다.

"방금 돌아간 관속들은 나라의 봉행奉行인 오쿠보 나가야스大久保長安의 부하들이네. 그런데 오쿠보 나가야스 님과 저들도 이곳에 부임한 지

얼마 되지 않아서 이곳 사정에 밝지 않네. 그것을 노린 낭인들이 돈을 갈취하고 강도질과 도박, 강간은 물론이고 과부 보쌈 등 온갖 만행을 저지르자 오쿠보 님께서 노심초사하고 있었지. 야마조에 단바치와 야스카와 야스베에를 포함한 열네다섯 명의 저 무리가 그런 낭인들의 중심을 이루고 있었네."

"아……."

"그 야마조에와 야스카와 등이 자네에게 앙심을 품게 된 일이 있었을 것이네. 하지만 자네의 실력을 잘 알고 있으니 보장원의 손을 빌어 복수를 하기 위해 한 가지 계책을 생각해 낸 것이지. 바로 동료 낭인들을 이용해서 보장원의 험담을 퍼뜨리고 조롱하는 글을 써 붙이고는 그 모든 게 자네 소행이라고 우리에게 고자질하러 왔었네. 내가 눈 뜬 장님인 줄 알고 말일세."

니칸의 말을 듣고 있던 무사시의 눈가에 웃음이 떠올랐다.

"나는 이번이 나라의 거리를 대청소할 좋은 기회라고 생각하고 인슌에게 계책을 내린 것이네. 이번 일을 문하의 제자들과 나라의 봉행소도 기뻐했지만, 이 들판의 까마귀들이 가장 기뻐하게 될 줄 누가 알았겠나. 하하하."

하지만 까마귀들 외에 기뻐하는 이가 한 명이 더 있었으니, 니칸의 말을 옆에서 듣고 있던 조타로였다. 이것으로 조타로의 의심과 걱정이 완전히 사라졌다. 그는 덩실덩실 춤을 추면서 어딘가로 달려가더니 목청껏 노래를 부르기 시작했다.

"대청소! 대청소다!"

조타로의 노랫소리에 무사시와 니칸이 뒤돌아보았다. 그는 귀녀의 가면을 얼굴에 쓰고 허리에 차고 있던 목검을 뽑아 들고는 여기저기 나뒹굴고 있는 시체와 몰려든 까마귀 떼를 걷어차며 춤을 추었다.

까마귀야!

나라뿐 아니라

가끔은 대청소가 필요하단다.

자연의 섭리란다.

만물이 변하니

땅 밑에서 싱그러운 봄이 찾아오네.

낙엽을 태우고

들판을 태운단다.

때때로 눈이 오길 바라듯

때때로 대청소도 해야 하는 것.

까마귀야!

너희들에게도 잔치란다.

인간의 눈알이 안주

붉고 끈끈한 술

너무 마셔서 취하지 말거라.

"이놈, 꼬마야!"

니칸이 부르자 조타로가 춤을 추다 말고 뒤를 돌아보며 대답했다.

"예!"

"그런 얼빠진 춤은 그만두고 돌이나 주워 이리로 가져오너라."

"이런 돌이면 돼요?"

"더 많이."

"예, 예."

조타로가 돌을 주워 오자 니칸은 작은 돌멩이 하나하나에다가 '남무사법연화경南無妙法蓮華經'이라고 쓰더니 조타로에게 말했다.

"자, 이것을 시체에다 던져 두어라."

조타로는 돌을 집어서 들판의 사방으로 던졌다. 그사이 니칸은 두 손을 모으고 독경을 외웠다.

"자, 이걸로 됐다. 자네들도 그만 떠나도록 하게. 나도 나라로 돌아가야겠네."

니칸은 홀연히 굽은 등을 돌려 바람처럼 저편으로 걸어갔다. 인사를 나눌 겨를도 없었고 다시 만날 약속도 할 수 없었다. 얼마나 담담한 모습인가. 무사시는 그 뒷모습을 한참 바라보다가 무슨 생각이 떠올랐는지 갑자기 쏜살같이 뒤를 쫓아갔다.

"노사님, 잊은 것이……."

무사시는 칼자루를 두들겼다. 니칸이 발을 멈추고 물었다.

"잊은 것이라니?"

"세상의 인연이란 다시 만나기 어려운데, 이렇게 뵙게 되었습니다. 그러니 부디 한 수 가르쳐 주십시오."

그러자 이가 없는 그의 입에서 목이 쉰 듯한 웃음소리가 울려 나왔다.

"아직 모르겠나? 자네에게 가르칠 것이 있다면 너무 강하다는 것밖에 없네. 그러나 그 강함을 믿고 자만한다면 자네는 서른 살이 되기 전에 죽을 것이네. 벌써 오늘도 목숨을 잃을 뻔하지 않았나? 그런 식으로 어떻게 자기 자신을 지킬 수 있겠나?"

"……"

"오늘 행동만 해도 완전히 글러 먹었네. 젊으니 그럴 수도 있다고 쳐도, 강함이 병법이라고 생각한다면 큰 착각이네. 그런 점에서 나 같은 건 아직 병법을 논할 자격이 없지. 그건 내 선배인 야규 세키슈사이, 또 그의 선배인 가미이즈미 이세노가미 님과 같은 분의 발자취를 이제부터 자네가 직접 걸어 보면 알 수 있을 것이네."

"……"

무사시는 고개를 숙이고 있었다. 니칸의 말소리가 들리지 않아 얼굴을 들어 보니 벌써 그의 모습은 보이지 않았다.

우물 안
개구리

       이곳은 가사기笠置 산 깊은 곳에 있지만 가
사기 촌이라고 하지 않고 '간베의 쇼神戸庄[27] 야규生柳 골짜기'라고 불리
고 있었다. 그 야규 골짜기는 산촌이라고 하기에는 사람들이 지혜로운
듯했고 집의 모양새나 풍속에도 정연함이 느껴졌다. 그렇다고 도성의
마을로 보기에는 집의 수가 적었지만 실속 없이 화려한 기색은 전혀 없
었다. 중국의 촉나라로 가는 도중에 있을 법한 산골 같은 분위기를 풍
기는 곳이었다.

 이 산골 한가운데에는 토착민들이 '저택館'이라고 부르며 올려다보
는 오래된 요새의 모습을 한 큰 건물이 있었는데, 이 돌로 쌓은 저택
은 모든 것의 중심이었다. 주민들은 천 년 전부터 이곳에서 살아왔고,

---

27 옛날의 장원莊園이었던 이름을 그대로 답습한 지역.

영주도 다이라노 마사카도平將門[28]가 난을 일으킨 먼 옛날부터 이곳에 살면서 미흡하나마 토착민들에게 문화를 보급했으며, 활과 화살 같은 무기 창고도 보유하고 있는 토호土豪였다.

그리고 영주와 주민들은 선조의 땅이자 자신들의 고향인 장원莊園 네 곳을 어떤 전란이 닥쳐와도 망설임 없이 목숨을 던질 만큼 사랑하며 굳건히 지키고 있었다. 세키가하라 전투 이후, 바로 옆에 있는 나라奈良의 거리는 부랑자들에게 점령되고 그들이 퍼뜨린 나쁜 문화에 물들어 '칠당가람七堂伽藍'[29]의 법등도 황폐해졌다. 그러나 야규 골짜기에서부터 가사기 지방까지는 그러한 불순분자는 눈을 씻고 찾아봐도 한 명도 들어오지 못했다. 이는 불순한 것들을 결코 받아들이지 않겠다는 기풍과, 굳건히 유지하고 있는 제도가 어떤 것인지를 엿볼 수 있는 일례다.

영주와 주민들만 좋은 것이 아니었다. 가사기 산은 아침저녁으로 아름다웠고 물은 차를 따라 마시면 감미로웠다. 거기에 매화로 유명한 쓰키가세가 가까이 있었기 때문에 눈이 아직 녹지 않는 무렵부터 천둥소리가 들리는 계절까지 꾀꼬리 울음소리가 끊기는 법이 없었다. 또 그 음색은 이곳 산에 흐르는 물보다 맑았다.

어떤 시인은 '영웅이 태어나는 곳의 산하山河는 맑다'라고 했는데, 만약 이런 땅에서 위인이 한 명이라도 태어나지 않는다면 그 시인은 거

---

28 헤이안平安 시대 중기에 실존했던 관동 지방의 호족.
29 전각殿閣, 강당講堂, 승당僧堂, 주고廚庫, 욕실浴室, 동사東司, 산문山門을 모두 갖추고 있는 사찰.

짓말쟁이일 테고, 이곳의 산과 강은 단지 아름답기만 하고 아이를 낳지 못하는 석녀石女의 모습이라고 해도 좋을 것이다. 이곳에도 역시 인걸人傑이 있었는데 영주인 야규가의 혈통이 그것을 증명하고 있었다. 또한 밭일을 하다가도 전란이 벌어질 때마다 공을 세워 충직한 가신이 된 집안에도 뛰어난 인물이 적지 않았다. 그것은 모두 이 야규 골짜기의 산하와 꾀꼬리 울음소리가 낳은 영웅이라고 할 수 있다.

지금 그 석축 저택에는 은퇴한 야규 신자에몬 노조 무네요시柳生新左衛門尉宗嚴가 이름도 '세키슈사이'로 간소하게 개명하고, 성 깊은 안쪽에 있는 작은 산장으로 물러나서 정무를 보고 있었다. 하지만 겉으로 봐서는 누가 정무를 맡고 있는지 알 수 없을 만큼, 세키슈사이에게는 훌륭한 아들과 손자가 많이 있었다. 또한 가신들 중에도 믿음직스러운 자가 많았기 때문에 그가 직접 백성을 돌보던 시대와 별 차이가 없었다.

"이상하군."

무사시가 이 땅에 발을 들여놓은 것은 한냐 들판의 일이 있은 지 열흘 정도가 지나서였다. 그는 그동안 부근의 입치사나 정유리사淨瑠璃寺를 비롯한 겐무建武 시대의 유적 등을 둘러보면서 한곳에 숙소를 잡아놓고 충분히 심신을 정양하고 있었다.

무사시는 숙소에서 산책하러 나온 사람같이 평상복 차림이었고 늘 허리에 목검을 차고 있던 조타로도 짚신을 신고 있었다. 민가의 생활 모습을 구경하고 밭의 작물을 바라다보던 무사시는 지나가는 사람의 몸가짐을 주의 깊게 살피더니 그때마다 몇 번이고 혼잣말로 중얼거렸다.

"이상하군."

"스승님, 뭐가 이상해요?"

조타로는 오히려 무사시가 중얼거리는 것이 더 이상하게 여겨져서
물었다.

"주고쿠中國를 떠나서 셋쓰攝津, 가와치, 이즈미和泉 등 여러 나라를 둘
러보았지만 나는 아직 이런 나라가 있는 줄은 몰랐단다. 그래서 이상
하다고 말하는 것이야."

"어디가 그렇게 달라요?"

"산에 나무가 많구나."

조타로는 무사시의 말에 웃음을 터뜨렸다.

"나무 따윈 어디에나 많잖아요."

"그런 나무와는 다르단다. 이 야규 골짜기 네 곳의 장원에 있는 나무
들은 모두 오래된 것들이란다. 그건 이곳이 전란으로 불타지 않았다
는 증거이자 적에게 남벌당하지 않았다는 증표지. 또한 영주나 백성
들이 굶주린 적이 없다는 역사를 말해 주고 있는 거란다."

"그리고요?"

"밭이 푸르고 보리 뿌리가 잘 밟혀져 있구나. 집집마다 실을 잣는 소
리가 들리고 백성은 길을 지나는 타국 사람들의 사치스러운 옷차림
을 보고도 부러운 눈길로 쳐다보거나 일손을 멈추거나 하지 않는다."

"그것뿐이에요?"

"또 있다. 다른 나라와는 달리 밭에 젊은 처녀가 많이 보인다. 그것

은 이 나라의 젊은 여자가 다른 나라로 떠나지 않는다는 증거일 게다. 그러니까 이 나라는 경제적으로도 풍족하고 아이들은 건강하게 자라며, 노인은 존경 받고 젊은 남녀는 어떤 일이 있더라도 다른 나라로 도망가서 고된 생활을 하려고 하지 않는다. 종합해 보면 이곳 영주의 유복함을 알 수 있고 무기고에는 항상 창과 총이 잘 닦여져 있을 것이라는 상상도 할 수 있단다."

"에이, 뭐 땜에 그렇게 감탄하고 계시나 했더니. 그런 시시한 것 때문이었어요?"

"네게는 대수롭지 않게 여겨질 게다."

"그런데 스승님은 야규가의 사람과 시합을 하기 위해 이곳에 온 거잖아요?"

"무사 수행이란 단지 시합만 하러 다니는 것이 능사가 아니란다. 하룻밤 잠자리와 한 끼의 밥을 얻고자 목검을 메고 싸움만 하며 다니는 것은 무사 수행자가 아니라 떠돌이 낭인에 불과하다. 진정한 무사 수행이란 그러한 무기武技보다 마음을 수행하는 것이지. 또한 모든 나라의 지리와 수리水利를 알고, 백성들의 인정이나 기풍을 체험하며 영주와 백성의 사이가 어떠한지, 성 밖에서 성 안 깊숙한 곳까지 헤아릴 생각으로 세상 구석구석 빠짐없이 발로 밟아 보고 마음으로 보면서 다니는 것이 무사 수행이라는 것이란다."

무사시는 아직 어린아이에겐 설명을 해도 이해하기 어려울 것이라고 생각하면서도 적당히 둘러댈 수는 없었다. 그는 조타로의 끈질긴

질문에 귀찮아하는 기색 없이 이로 씹어서 먹여 주듯 대답하며 걷고 있었다.

그러는 사이, 두 사람의 뒤로 언제 다가왔는지 말발굽 소리가 들리더니 마흔 살 가량으로 보이는 풍채 좋은 무사가 말 위에서 말하며 지나갔다.

"옆으로, 옆으로!"

언뜻 말 위를 올려다본 조타로가 소리를 질렀다.

"앗, 쇼다 님이다!"

조타로는 쇼다의 얼굴에 있는 곰과 같은 턱수염을 잊지 않고 있었던 것이다. 우지宇治 다리가 있는 야마토지大和路에서 조타로가 잃어버렸던 대나무 통을 주워 준 바로 그 사람이었다. 조타로의 외침에 그를 알아본 쇼다 기자에몬이 말 위에서 돌아보며 싱긋 웃어 주었다.

"오, 넌 그 꼬마구나."

쇼다는 그렇게 한마디 하고 그대로 말을 몰아 야규가의 석축 안으로 사라져 버렸다.

"조타로, 방금 말 위에서 너를 보고 웃던 사람이 누구냐?"

"쇼다 님이에요. 야규가의 가신이래요."

"어떻게 알고 있는 거지?"

"며칠 전에 나라로 오던 중에 만났는데, 친절하게 대해 줬어요."

"흠."

"그리고 이름은 기억이 안 나지만 여자도 동행했는데, 기즈가와 나루터까지 저하고 셋이서 함께 왔어요."

고야규小柳生 성의 겉모습과 야규 골짜기의 풍토를 한 차례 돌아본 무사시는 왔던 방향으로 발길을 옮기며 말했다.

"돌아가자."

여인숙은 단 한 곳이었지만 규모는 매우 컸고, 이가伊賀 길목에 접해 있어 정유리사나 입초사에 가는 사람들도 묵었다. 그래서 저녁때면 여인숙 입구에 있는 나무나 처마 밑에 늘 짐을 실은 열 마리 정도의 말이 매어 있었고, 엄청난 양의 밥을 짓느라 쌀을 씻는 물이 앞에 있는 개울을 뿌옇게 물들였다.

"손님, 어디 가셨나요?"

방에 들어가자 감색 둥근 소매의 작업복을 입고 붉은 띠를 매서 금방 여자아이임을 알 수 있는 계집아이가 서 있다가 말했다.

"바로 목욕하세요."

조타로는 마침맞게 제 또래의 친구를 발견했다는 듯 말했다.

"넌, 이름이 뭐야?"

"몰라."

"바보, 자기 이름도 몰라!"

"고차小茶야."

"이상한 이름이군."

"말 다했어!"

고차는 조타로를 때렸다.

"날 쳤겠다."

무사시가 복도에서 돌아다보며 물었다.

"얘, 고차야. 목욕탕은 어디니? 오른쪽인가? 아, 알았다."

탈의실 선반에 세 사람의 옷가지가 보였다. 무사시의 옷을 합하면 네 명분이었다. 문을 열고 후끈한 연기 속으로 들어가니 먼저 들어와 있던 손님들이 신나게 이야기를 하고 있다가 그의 늠름한 몸을 올려 다보고는 입을 꾹 다물었다.

"흐음."

무사시가 육 척에 가까운 몸을 욕조에 담그자 욕조 밖에서 가느다란 다리를 씻고 있던 세 사람이 떠내려 갈 정도로 물이 넘쳐흘렀다.

무리 중에 한 사람이 무사시 쪽을 돌아보았다. 그는 욕조 가장자리를 베개 삼아 눈을 감고 있었다. 그러자 조금 안심했는지 세 사람은 도중에 끊었던 이야기를 이어서 하기 시작했다.

"아까 왔던 야규가의 무사 이름이 뭐라고 했더라?"

"쇼다 기자에몬."

"야규가 가신을 보내서 시합을 거절하는 걸 보니 명성만큼 대단하지 않은 듯하군."

"그 가신이 말한 것처럼, 근래 세키슈사이는 은거하고 있고 다지마 노가미 무네노리는 에도에 출사 중이라는 이유로 어느 누구와도 시합을 거절하는 게 아닐까?"

"아니, 그렇지 않을 거야. 상대가 요시오카의 차남이라는 말을 듣고 기피한 것이 틀림없어."

"여행길을 위로한다며 과자 따위를 들려 보내는 걸 보면 야규도 꽤 눈치가 빠른 것 같지 않은가?"

도성 사람인 듯 등이 하얗고 근육도 부드러워 보이는 그들의 대화는 세련됐으면서도 풍자와 재치가 담겨 있었다.

'요시오카?'

문득 귀에 들린 그 이름에 무사시는 무심코 욕조에서 고개를 돌렸다.

'요시오카의 차남이라면, 세이주로의 동생인 덴시치로를 말하는 것인데.'

무사시는 경계심을 가지고 주의를 기울였다.

'내가 시조 도장을 찾았을 때, 도장의 누군가가 동생인 덴시치로는 친구와 이세 신궁伊勢神宮에 참배하러 가서 없다고 했었다. 그 참배길에서 돌아오는 것이라면, 어쩌면 저 세 명은 덴시치로의 일행일지도 모른다.'

무사시는 마음속으로 경계했다.

'나는 목욕탕에서 곧잘 습격을 당하곤 했지.'

무사시는 고향인 미야모토 촌에서 혼이덴 마타하치의 어머니인 오스기의 꾐에 넘어가 욕실에서 적에게 포위당한 적이 있었고, 지금은 우연찮게 자신에게 깊은 원한을 품고 있는 요시오카 도장 사람들과 벌거벗은 채로 마주치고 만 것이다. 여행을 떠나왔다고는 하지만 필시 교토의 시조 도장 사건을 틀림없이 들었을 것이다. 이곳에서 자기가 무사시라는 것을 알면 즉시 판자문 너머에 있는 칼을 집어 들고 달려들 것이다.

무사시는 자신이 생각한 바를 세 사람에게는 절대 내색하지 않았다. 으스대며 말하고 있는 모양으로 봐서는 이곳에 도착하자마자 바로 야규가에 편지를 보낸 모양이었다. 요시오카라면 아사카가 구보足利公方 이래의 명문으로 지금의 세키슈사이가 '무네요시'로 불리던 때부터 선대인 겐포와는 다소의 교분도 있어서 야규가에서도 모른 척할 수 없었을 것이다. 그래서 가신인 쇼다 기자에몬에게 여행 선물을 들려서 이곳으로 인사를 보낸 듯했다. 하지만 야규가의 예의에 대해서 이들은 '야규가의 눈치가 빠르다거나 무서워서 피했다, 또 대단한 인물이 없는 모양이다'라고 마음대로 해석하면서 득의양양하게 여행에서의 묵은 때를 씻고 있었다.

방금 전, 고야규 성의 외곽에서 풍속과 인정人情을 직접 둘러본 무사시는 그들의 그런 득의만면함과 해석이 우습기 짝이 없었다. 저 애송이들은 거대한 도성에 살면서 시시각각으로 변하는 시대의 흐름을 지켜봤음에도 불구하고 오히려 '우물 안 개구리'가 아무도 모르게 강력한 힘과 위대함을 갖출 수 있다는 사실에는 생각이 미치지 않는 듯했다. 그들은 야규가를 몇십 년 동안 중앙 세력의 성쇠와는 동떨어진, 깊은 우물과 샘의 바닥처럼 달을 품고 낙엽이나 띄우는 그런 평범한 시골의 촌스러운 무가라고 생각하고 있었다. 하지만 근세에 이르러서 야규가라는 유서 깊은 우물은 병법의 대가인 세키슈사이 무네요시를 배출했다. 그리고 세키슈사이가 낳은 아들인 다지마노 무네노리는 도쿠가와 이에야스에게 인정을 받았고, 그의 형들인 고로자에몬五郎左衛門과 도시카츠嚴勝 역시 용맹함으로 이름을 떨치고 있었다. 또한 손자에 이르러서는 가토 기요마사加藤清正가 많은 봉록을 내리면서 간곡히 요청해서 비고肥後로 데려간 기린아麒麟兒 효고 도시토시兵庫利嚴 등과 같이 '위대한 개구리'를 세상에 많이 배출하고 있었다.

병법으로만 보면 요시오카와 야규가는 비교되지 않을 정도로 요시오카 집안 쪽이 격이 높은 건 사실이었다. 그러나 그것도 어제까지의 일이었다. 여기 있는 덴시치로나 다른 자들은 그러한 사실을 아직도 깨닫지 못하고 있었다. 무사시는 그들의 득의양양함이 우습기도 하고 유감스럽게 여겨져서 쓴웃음을 지었다. 그는 웃음을 감추려 욕실 구석에 있는 홈통 아래로 가서 머리를 묶었던 끈을 풀고 점토 한 줌을 머리에 문지르며 오랜만에 머리를 감았다. 그러는 동안 세 사람은 몸을 닦고 떠들어 대며 밖으로 나갔다.

"아, 기분 좋다."

"여행의 정취는 목욕 후의 바로 이 순간이지."

"여자가 따라 주는 술을 밤새 마시는 건?"

"더 좋지."

감은 머리를 수건으로 닦으며 방으로 돌아오니 고차가 구석에서 울고 있었다. 행색이 꼭 사내 같아 보이는 계집아이였다.

"왜 그러느냐?"

"손님, 쟤가 나를 이렇게 때렸어요."

"거짓말!"

한쪽 구석에서 뾰로통해 있던 조타로가 아니라며 고개를 저었다.

"여자를 왜 때렸느냐?"

무사시가 조타로를 꾸짖었다.

"글쎄, 저 계집애가 스승님이 약하다고 하잖아요."

"거짓말, 거짓말!"

"네가 그랬잖아!"

"난 손님이 약하다는 말을 하지 않았어. 네가 '내 스승님은 일본 제일의 무예가로 한냐 들판에서 수십 명의 낭인을 베었다' 하고 자랑하며 으스대기에, 내가 일본 제일의 검술 선생님은 이곳의 영주님 외에는 없다고 하니까, 무슨 소리냐며 내 뺨을 때렸잖아!"

무사시는 웃으며 고차를 달랬다.

"그랬구나. 조타로가 나빴구나. 나중에 내가 혼을 낼 테니 고차 네가 용서하거라."

조타로는 불만인 듯했다.

"조타로."

"네."

"목욕하고 오너라."

"목욕은 싫어요."

"그건 나와 똑같구나. 그래도 땀 냄새가 심하니 어서 씻고 오너라."

"내일 강에 가서 헤엄치면 되죠."

함께 지내며 익숙해질수록 조타로의 고집 센 성격이 점점 심해지는 듯했다. 하지만 무사시는 조타로의 그런 점이 좋았다.

밥상머리에 마주 앉아도 조타로는 여전히 뾰로통해 있었다. 쟁반을 들고 음식을 차리는 고차도 아무 말 없이 조타로를 노려보기만 했다. 무사시는 요 며칠 동안 온통 한 가지 생각에 빠져 있었다. 그가 가슴에 품고 있는 숙원은 일개 방랑자에게는 다소 과한 대망이었다. 그러나 그는 불가능하다고 생각하지 않았다. 이 여인숙에 계속 머물고 있는 이유도 바로 그 때문이었다. 야망으로 불타오르는 젊은 무사인 그의 바람은 야규가의 주인인 세키슈사이를 만나는 것이었다.

'어차피 부딪치려면 대적大敵과 마주쳐야 한다. 오야규大柳生의 이름을 꺾든가, 자신의 검명에 오점을 남기든가. 목숨을 걸어도 좋다. 야규 무네요시를 상대로 한칼에 쳐 내지 못하면 검의 길에 뜻을 둔 의미가 없다.'

만약 다른 사람이 그의 숙원을 들었다면 무모하다고 비웃었을 것이다. 물론 무사시도 그 정도 상식은 당연히 있었다. 비록 작다고는 하지만 상대는 한 성의 주인이었고, 그의 아들은 에도 막부의 무술 사범으로 일족 모두 전형적인 무인이었다. 뿐만 아니라 바야흐로 새로운 시대의 조류를 온몸으로 받아들인 야규가의 가운家運은 찬란하게 빛을 발하고 있었다.

'이대로 맞붙을 수 없다.'

무사시는 상대에 걸맞게 마음속으로 준비를 하며 때를 기다리고 있
었다.

작약의
사자

　　　　　　학 같은 노인이었다. 이미 여든에 접어들
고 있었지만 나이에 걸맞은 품위와 선비의 기풍을 겸비했을 뿐 아니라
언변도 좋고 눈에서도 광채가 났다.

"나는 백 살까지 산다."

세키슈사이가 그렇게 말하는 것도 나름의 신념이 있었기 때문이었다.

"야규 가문은 대대로 장수했다. 이십 대나 삼십 대에 죽은 사람은 모
두 전장에서 뿐이다. 선조 중에 다다미 위에서 오십이나 육십에 돌아
가신 분은 없다."

가문의 혈통이 아니더라도 세키슈사이처럼 처세와 노후에 신경을
쓰면 백 살까지 사는 것은 당연한 듯했다. 그는 교로쿠享禄, 덴분天文, 고
지弘治, 에이로쿠永禄, 겐키元亀, 덴쇼, 분로쿠文禄, 게이초와 같은 긴 난세

의 시대를 온몸으로 헤쳐 왔다. 특히 미요시토三好堂[30]의 난이나 아시카가足利 가문을 비롯한 마쓰나가松永 가문과 오다織田 가문의 흥망까지, 그의 장년기인 마흔일곱 살까지는 이 아규 골짜기도 활과 화살을 내려놓을 겨를이 없었다. 그럼에도 세키슈사이는 '신기하게 죽지 않았다'라고 입버릇처럼 말했다.

세키슈사이는 마흔일곱이 되면서부터 무엇을 느꼈는지 일절 활을 잡지 않았다. 가령 아시카가 요시아키足利義昭 장군이 호의를 가지고 권하고, 오다 노부나가가 끊임없이 부르고, 도요토미 히데요시가 위세를 떨치는 오사카와 도쿠가와 이에야스의 세력권인 교토와 지척에 있는데도, 그는 귀머거리나 벙어리처럼 세상에 자신을 감추고 굴속의 곰처럼 이 산간 삼천 석의 영지를 소중하게 지키며 밖으로 나가지 않았다. 후에 그는 사람들에게 곧잘 그렇게 말했다.

"잘도 지켜 왔지. 아침저녁으로 어떻게 될지 모르는 치란흥망治亂興亡의 시대에 이런 작은 성 하나가 동그라니 무사한 것을 보면 기적이 아니겠는가."

이 말을 들은 사람들은 그의 식견에 감복했다. 요시아키를 섬겼다면 노부나가에게 공격을 받았을 것이고, 노부나가를 따랐다면 히데요시와의 사이가 어떻게 됐을지 몰랐다. 또한 히데요시의 은혜를 입었다면 세키가하라에서 이에야스에게 당했을 것이다.

---

30 전국 시대 때, 미요시 나가요시三好長慶의 사후에 미요시 정권을 지탱한 미요시 나가야스三好長逸, 미요시 마사야스三好政康, 이와나리 도모미치岩成友通 세 명을 일컫는 말.

미야모토 무사시 2_물水의 장

세키슈사이는 그 흥망의 파도 속에서 가문을 무사히 보존하는 데에 부끄럼이나 추문도 없었다. 절개와 지조 없이 오늘은 같은 편이 되었다가 내일 배신하는 일도 없었다. 그것은 때에 따라서는 일족이나 가족에게조차 칼을 겨누고 그들을 죽여야 하는 무사도武士道 외의 강건함을 지니고 있지 않으면 불가능한 일이었다.

"나는 그럴 수 없다."

세키슈사이의 말은 진실이었다. 그래서인지 그는 자신의 방 한쪽 벽에 손수 시 한 수를 지어 족자처럼 걸어 놓았다.

세상을 살아가는 재주 없으니
병법을 은둔처로 삼을 뿐.

그러나 이 노자老子를 닮은 달인도 이에야스가 두터운 예로써 청하자 '간절한 청을 거절하기 어렵구나' 하고 되뇌며 몇십 년 동안 칩거하던 거처를 나와 교토의 시치구紫竹 촌의 다가게미네鷹峰 진지에서 처음으로 이에야스를 알현하였다. 그는 스물네 살이던 다섯째 아들 마타에몬 무네노리又右衛門宗矩와 열여섯 살인 손자 신지로 도시토시新次郎利嚴를 동반했다. 이에야스는 세키슈사이에게 영지 삼천 석을 내리며 말했다.

"이후로 도쿠가와가의 병법소에서 나를 섬기도록 하시오."

세키슈사이가 말했다.

"청하옵건대, 부디 아들 무네노리만을……."

그는 아들을 천거하고 자신은 다시 야규 골짜기의 산장으로 물러나 칩거했다. 그리고 아들인 무네노리가 장군 가의 무술 사범으로 에도에 나가게 되었을 때, 그가 가르쳐 준 것은 재주나 검술이 아닌 세상을 다스리는 병법이었다.

세키슈사이의 '세상을 다스리는 병법'은 한편으로는 '몸을 다스리는 병법'이기도 했다. 그는 그 모든 것이 스승의 은혜라고 말하며 항상 가미이즈미 이세노가미 노부쓰나上泉伊勢守信綱의 덕을 잊지 않았다.

"이세 님이야말로 야규가의 수호신이다."

그가 입버릇처럼 얘기하는 것처럼 그의 거처 선반에는 이세노가미에게 받은 신카게류新陰流[31]의 인가印可와 네 권의 오래된 목록이 봉안되어 있었는데, 스승의 기일이 돌아오면 잊지 않고 제를 올렸다. 그 네 권의 오래된 목록은 일명 '회목록繪目錄'이라고도 하는데, 가미이즈미 이세노가미가 신카게류의 비전을 직접 그림과 문장으로 남긴 것이었다. 세키슈사이는 나이가 들어서도 가끔씩 목록을 펼쳐 보면서 스승을 그리워했다.

"그림도 아주 뛰어나셨지."

그가 항상 신비한 감명을 받는 것은 그림이었다. 덴분 시대의 풍속을 한 사람들이 칼을 들고 대련을 하고 있는 그림을 바라보고 있으면

---

31 1560년대에 가미이즈미 노부쓰나上泉信綱가 병법의 3대 원류인 넨류念流, 신토류新当流, 가게류陰流를 참고로 하고, 그중에서 특히 가게류를 발전시킨 검술의 유파.

신비로운 기운이 흘러넘쳐 산장의 추녀에 안개가 몰려드는 듯했다.

이세노가미가 고야규 성에 찾아온 것은 세키슈사이가 무예나 싸움에 대한 야심이 왕성하던 서른일고여덟 때였다. 그 무렵 이세노가미는 조카인 히키다 분고로疋田文五郎와 동생 스즈키 이하쿠鈴錄木意伯를 데리고 여러 나라의 무예가를 찾아서 유랑하고 있었는데, 어느 날 이세의 큰 고쇼御所32라고 불리는 기타바다케 도모노리北畠具教의 소개로 보장원을 찾게 되었다.

보장원의 가쿠젠보 인에이는 당시 야규 무네요시라는 이름으로 불리고 있던 고야규 성의 세키슈사이에게 '이러한 사내가 찾아왔다'라는 전갈을 넣었다. 이것이 인연이었다. 이세노가미와 무네요시는 사흘에 걸쳐 시합을 했다. 첫날 맞설 때, 이세노가미는 자신이 공격할 곳을 이야기하고 말한 그대로 공격했다. 둘째 날도 세키슈사이는 똑같이 패했다. 자존심이 상한 그는 다음 날 시합에서 그간의 연구를 바탕으로 정신을 집중하고 자세를 바꿨다. 그러자 이세노가미가 말했다.

"그것은 좋지 않소. 그런 자세라면 이렇게 공격하겠소."

이세노가미는 전날과 똑같이 검으로 자신이 지적한 곳을 공격했다. 세키슈사이가 칼을 버리고 말했다.

"처음으로 진정한 병법을 보았습니다."

그로부터 반년 동안 세키슈사이는 이세노가미를 고야규 성에 붙잡아 놓고 그의 가르침을 열심히 배웠다.

---

32 일본의 천황天皇이나 상황上皇의 거처, 또는 궁궐.

이세노가미가 고야규 성을 떠나는 날 그에게 말했다.

"아직 나의 병법은 미완성입니다. 당신은 젊으니 미완성인 나의 병법을 완성시켜 보도록 하십시오."

그러고는 하나의 공안公案을 세키슈사이에게 던져 주고 떠났다.

'무도無刀의 칼은 어떠한가?'

세키슈사이는 그 후 수년간 무도無刀의 이법理法을 생각했다. 침식도 잊은 채로 연구에 몰두했다. 그 후로 이세노가미가 그를 다시 찾았을 때, 그의 눈썹은 하얗게 변해 있었다.

"어떠한지요?"

세키슈사이가 시합을 청했다.

"음!"

이세노가미는 한눈에 알아보고 말했다.

"이제 그대와의 시합은 쓸모없는 짓이오. 그대는 진리를 깨달았소."

이세노가미는 그렇게 말하며 인가와 회목록 네 권을 남기고 떠났다. 야규류柳生流는 그렇게 해서 탄생했다. 또한 세키슈사이가 만년에 은퇴하게 된 것도 이 병법이 낳은 하나의 처세술이 가져온 결과였다.

세키슈사이가 머물고 있는 산장은 고야규 성 안에 있지만 요새처럼 지은 굳건한 건물은 노령인 그의 심경과는 맞지 않았다. 그래서 간소한 암자 한 채를 짓고 입구도 따로 내어 '산사람'과 같은 생활을 하며 여생을 즐기고 있었다.

"오츠, 내가 꽂은 꽃이 살아 있느냐?"

세키슈사이는 이가에서 만든 병에 작약 한 묶음을 꽂고서 자신이 한 꽃꽂이에 도취되어 바라보고 있었다.

"오도노大殿33 님은 다도와 꽃꽂이도 배우셨나 봅니다."

오츠가 뒤에서 바라보며 대답했다.

"그런 말 말거라. 난 오도노라고 불릴 만한 귀족도 아니고, 꽃꽂이나 다도를 배울 스승도 없다."

"그래도 그렇게 보입니다."

"아무렴, 그럴 리가 있겠느냐. 나는 그저 꽃꽂이도 검도로서 하는 것뿐이다."

"어머!"

오츠는 놀란 눈을 하고 물었다.

"검도로 꽃꽂이를 할 수 있나요?"

"있고말고. 꽃꽂이란 것도 기氣로 하는 것이다. 손끝을 구부리거나 꽃의 목을 조르거나 하지 않잖느냐. 들에 핀 꽃을 그대로 가져와서 이렇게 기를 넣어 물에 던져 넣으면, 봐라, 꽃이 살아 있지 않느냐."

오츠는 그의 곁에 있고 나서부터 많은 것을 배운 기분이 들었다. 길에서 닿은 우연한 인연으로, 야규가의 가신인 쇼다 기자에몬이 무료한 주군을 위해 피리 한 곡을 청해서 그를 따라왔던 것이다. 그리고 오츠를 만난 세키슈사이는 그 피리 소리가 몹시 마음에 들었거나, 아

---

33 대신의 높임말로 신분이나 벼슬이 높은 사람을 부르는 호칭.

니면 산장에 한 명쯤 젊은 여인의 부드러움이 있기를 바란 듯했다. 오츠가 생각할 시간을 달라고 하자 세키슈사이는 조금 더 머물라면서 자신이 차를 가르쳐 주겠다고 했다.

"와카和歌를[34] 부를 줄 아느냐? 그럼, 나에게도 고킨초古今調[35]를 가르쳐 다오. 만요萬葉[36]도 좋지만 막상 이런 쓸쓸한 암자의 주인이 되고 보니 역시《산카슈山家集》[37]같이 담담한 것이 좋구나."

세키슈사이는 오츠를 떠나보내려 하지 않았고, 그녀 또한 아직 그곳을 떠나려는 마음이 없는 듯했다.

"두건을 만들어 보았습니다. 나리께 이런 것이 어울릴 것 같아서요. 머리에 써 보시겠습니까?"

"호, 아주 좋구나."

두건을 머리에 쓴 세키슈사이는 무골인 남자 가신들에게서는 바랄 수 없었던 세심한 배려에 오츠를 귀여워하며 더 없이 소중한 사람처럼 대했다.

달밤이면 오츠가 세키슈사이에게 불어 주는 피리 소리가 고야규 성 밖까지 들렸다.

---

34 '5-7-5-7-7'의 서른한 자字로 된 일본의 전통 정형시로, 사계절의 정취와 남녀 간의 사랑을 주로 다루고 있다.

35 다이고醍醐 천황의 명으로 905년에 편찬된 일본 전통 시가 문학 작품집인《고킨와카슈古今和歌集》에 실린 노래나 가락.

36 4~8세기까지 450여 년간 불린 단가 및 장가 등 4,500여 수의 노래를 담은 일본의 대표적 시가집인《만요슈萬葉集》에 실린 노래.

37 헤이안 시대 말기의 승려인 사이교西行가 와카를 수록해 편찬한 개인 작품집.

"정말로 마음에 드시나 보다."

쇼다 기자에몬도 보물을 주운 것처럼 흐뭇하게 생각했다. 조금 전에 성으로 돌아온 그는 오래된 요새의 안쪽 숲을 지나 당주當主의 조용한 산장을 살짝 들여다보고 있었다.

"오츠 님."

"예."

오츠가 사립문을 열고 나왔다.

"어머, 쇼다 님 어서 오세요."

"세키슈사이 님은?"

"책을 보고 계십니다."

"기자에몬이 사자로 갔다가 지금 돌아왔다고 잠깐 여쭈어 주십시오."

"호호호. 쇼다 님, 그것은 앞뒤가 뒤바뀐 듯싶습니다."

"어찌……?"

"저는 밖에서 불리어 온 피리 부는 여자이고 쇼다 님은 야규가의 가신이 아니십니까?"

"그렇군요."

쇼다도 순간 우스웠지만 다시 말을 이었다.

"그러나 이곳은 주군의 거처이고, 오츠 님은 주군께서 각별히 대하는 분이니 여하튼 전해 주십시오."

"네."

오츠가 안으로 들어갔다가 곧 다시 나와 쇼다를 맞이했다.

"어서 들어오십시오."

세키슈사이는 오츠가 짠 두건을 쓰고 다실에 앉아 있었다.

"갔다 왔는가?"

"예. 말씀하신 대로 전하고 왔습니다. 정중하게 말씀을 전하고 성의
의 표시로 과자도 전했습니다.

"이젠 떠났나?"

"그런데 제가 성으로 돌아오니 다시 그쪽에서 편지를 보내왔습니
다. 모처럼의 여행길이라 고야규 성의 도장을 배견하고 싶으니 내일
은 꼭 방문하겠다면서, 세키슈사이 님도 친히 뵙고 인사를 하고 싶다
고 합니다."

"철부지 같은 녀석들."

세키슈사이는 혀를 차며 불쾌한 표정을 지었다.

"귀찮군. 무네노리는 에도에, 도시토시는 구마모토熊本에, 그리고 다
른 사람들도 모두 부재중이라고 분명히 말했나?"

"말했습니다."

"이쪽에서 정중히 사양하는 사자까지 보냈는데도 억지로라도 찾아
오겠다니 무례하구나."

"그렇습니다."

"소문대로 요시오카의 아들들은 그다지 됨됨이가 좋지 않아 보이는
군."

"이세에 참배를 갔다가 돌아가는 길이라며 여인숙에 머물고 있는

덴시치로라는 자인데, 역시 인품이 별로인 듯했습니다."

"그럴 것이다. 요시오카 가문의 선대인 겐포는 상당한 인물이었다. 이세 님과 함께 상경할 때 두세 번 만나서 술을 나눈 일도 있었는데 근래에는 그의 가문도 영락한 듯싶군. 그의 아들이라니 무시하고 문전박대를 할 수도 없고, 그렇다고 건방진 젊은 아들과 시합을 해서 혼쭐을 내 돌려보내기도 뭐하니 말이야."

"덴시치로라고 하는 자는 상당히 자신이 있는 모양입니다. 꼭 오겠다고 하니 제가 나서서 상대를 해 주는 건 어떻겠습니까?"

"아니다, 그만둬라. 명가의 자식들은 자존심이 강해서 비뚤어지기 쉽다. 혼쭐내서 쫓아 버렸다가는 무슨 돼먹잖은 말을 하고 다닐지 모른다. 나야 상관이 없지만 무네노리나 도시토시를 위해서도 안 될 일이야."

"그러면 어떻게 하시겠습니까?"

"역시 온전히 명문가의 아들로 대하며 달래서 보내는 수밖에. 그렇지, 남자를 사자使者로 보내면 너무 각박한 듯하니……."

세키슈사이는 오츠를 돌아보았다.

"사자는 그대가 좋겠군. 여인이 말이야."

"네, 다녀오겠습니다."

"아니, 지금 당장 갈 필요는 없다. 내일 아침이 좋겠어."

세키슈사이는 간단한 편지를 쓴 후에 병에 꽂고 남은 작약 가지 하나에 묶어 오츠에게 건넸다.

"이것을 가지고 가서 나는 감기 기운이 있어 대신 답신을 가지고 왔다고 전하고 그의 대답을 받아서 오너라."

다음 날 아침, 오츠는 세키슈사이에게 전갈을 받아 들고 그에게 인사를 했다.

"그럼, 다녀오겠습니다."

장옷으로 얼굴을 가리고 산장을 나선 오츠는 성곽 밖에 있는 마구간에 들렀다.

"저, 말 한 필 빌리러 왔습니다."

그곳을 청소하고 있던 마구간 인부가 오츠를 보더니 깜짝 놀란 듯 물었다.

"아니, 오츠 님. 어디에 가시려고요?"

"세키슈사이 님의 전갈을 전하러 성 밖의 와타야線屋 여관까지 갑니다."

"그럼 함께 가시죠."

"아니, 괜찮습니다."

"괜찮으시겠습니까?"

"시골에 있을 때부터 야생마에 익숙했고 저도 말 타는 걸 좋아하니 괜찮습니다."

담홍색 장옷을 쓴 오츠는 말을 타고 출발했다. 말 위에서 그녀는 자연스러운 움직임을 그려내고 있었다. 그녀의 장옷은 도회지에서는 구식 복장이라 하여 상류층은 입지 않았지만, 지방의 토호나 중류층의 여성들은 여전히 선호하는 옷이었다.

꽃망울이 피기 시작한 하얀 작약 가지에 세키슈사이의 편지가 묶여 있었다. 밭에 있는 사람들이 한 손에 작약을 들고 다른 한 손으로 가볍게 말고삐를 쥐고 가는 오츠의 모습을 보고는 저마다 한마디씩 했다.

"오츠 님이 지나가신다."

"저분이 오츠 님이야?"

짧은 기간 동안 오츠의 이름이 밭일하는 사람들에게까지 널리 알려진 것을 보면 세키슈사이와 농부들이 백성과 영주라는 상하 관계가 아니라 매우 친밀한 관계임을 알 수 있었다. 그런 영주를 피리 잘 부는 아름다운 여인이 곁에서 섬기고 있으니 세키슈사이에 대한 농부들의 존경과 친밀감이 저절로 오츠에게까지 이르고 있었던 것이다.

"와타야라는 여관이 어디인지요?"

말을 타고 오 리쯤 온 오츠가 아이를 업고 냇가에서 냄비를 닦는 농가의 여인에게 물었다.

"와타야에 가십니까? 제가 안내해 드리겠습니다."

그녀는 하던 일을 놔두고 앞으로 뛰어가며 말했다.

"아닙니다. 일부러 그렇게 하지 않으셔도 돼요. 그냥 길만 가르쳐 주셔도 됩니다."

"아닙니다. 바로 저긴데요."

하지만 그 여인이 바로 저기라며 가리킨 곳은 십 정町[38]이나 떨어진 곳이었다.

---

38 1정이 60간間으로 60간은 약 109.1미터가 된다.

"와타야는 여기입니다."

"고맙습니다."

오츠가 말에서 내려 처마 아래에 있는 나무에 말을 매고 있을 때, 고차가 문밖으로 나왔다.

"어서 오세요. 숙박하시려고요?"

"아니에요. 세키슈사이 님의 심부름으로 이곳에 묵고 있는 요시오카 덴시치로 님을 만나러 온 거예요."

고차는 안으로 뛰어 들어가더니 잠시 후에 다시 나와서 안내했다.

"자, 이리 오르십시오."

마침 아침부터 여관을 나서려고 떠들썩하게 짚신을 신거나 짐을 어깨에 둘러메던 사람들이 서로 물었다.

"어디 사람이지?"

"누굴 찾아온 걸까?"

사람들은 고차를 따라 안으로 들어가는 오츠의 용모와 품위 있는 모습에 눈길을 보내며 서로 중얼거렸다.

어젯밤 늦게까지 술을 마시고 이제야 겨우 일어난 요시오카 덴시치로와 그 일행은 고야규 성에서 사자가 왔다는 말을 듣자 '또 어제처럼 곰처럼 턱수염이 난 자인가' 하고 기다리고 있었다. 그런데 의외로 미모의 여인이 사자로 온데다가 그녀의 손에 백작약의 가지가 들려 있는 것을 보고 깜짝 놀랐다.

"아니, 이런! 이렇게 지저분한 방에."

그들은 당황한 얼굴로 지저분한 방 안을 치우고 옷매무새를 가다듬은 후에 말했다.

"자, 이쪽으로, 이쪽으로 오시지요."

"고야규의 세키슈사이 님 분부로 온 사람입니다."

오츠는 작약 가지 하나를 덴시치로 앞에 내려놓았다.

"펴 보십시오."

"호! 편지군."

덴시치로는 편지를 풀었다.

"그럼 보겠소이다."

차향이 감도는 연한 먹물로 쓴 짧은 편지였다.

이렇게 글로 인사를 하게 되어 황송할 따름입니다. 노생老生이 공교롭게도 며칠 전부터 감기 기운이 있어 늙은이의 콧물보다 청순한 작약 한 가지가 군자 분들의 여정을 위로하는 데 나을 듯하여 꽃에 꽃을 쥐여 사죄의 뜻을 보내는 바입니다.

늙어 방에 틀어박혀 있는 이 몸은 세상 밖으로 못난 얼굴을 내보이는 것도 근심입니다.

가엽게 여겨 용서하기 바랍니다.

세키슈사이
덴시치로 님 외 제군

"흠."

덴시치로는 어이가 없다는 듯 코웃음을 치며 편지를 접었다.

"이것뿐이오?"

"그리고 이렇게 말씀을 하셨습니다. 하다못해 차 한잔이나마 대접하고 싶으나 집에 남자들뿐이어서 마음을 쓰는 사람이 없고, 때마침 자식 무네노리도 에도에 출사 중이라 도성의 여러분에게 오히려 웃음거리가 될 것이 분명하니, 이 역시 실례를 범할 수 없다고 하시며 후일 다시 이곳을 지나신다면……."

"하하하."

덴시치로는 의심스런 얼굴로 물었다.

"말씀에 의하면 세키슈사이 님은 우리들이 차나 한잔 대접받으려고 이리 한다고 생각하시는 모양인데, 우리들은 무가의 아들이니 차 따위는 필요 없소이다. 내가 바라는 것은 건재하신 세키슈사이 님을 뵙고 겸해서 한 수 가르침을 받고자 청한 것이오."

"네, 잘 알고 계십니다. 그러나 근래 달과 바람을 벗 삼아 여생을 보내고 계시는 몸으로, 무슨 일이든 차와 관련시켜 말씀을 하시는 것이 습관이 되셨습니다."

"어쩔 수 없군."

덴시치로는 쓴웃음을 지으며 말했다.

"그럼 후일, 이곳을 다시 방문했을 때는 꼭 뵙겠다고 전해 주십시오."

덴시치로가 작약 가지를 되돌려 주자 오츠가 정중히 말했다.

"저, 이것은 여행 중 위로의 표시로 가마나 말안장에 꽂아도 좋으니 가지고 돌아가시면 좋겠다고 말씀하셨습니다."

"뭐라, 이걸 선물이라고?"

그는 모욕을 당했다는 듯, 눈을 아래로 내리깔고 화난 기색을 띠며 말했다.

"누굴 놀리는가. 작약은 교토에도 피어 있다고 전하시오!"

그렇게 거절하는 것을 억지로 강요할 수는 없어서 오츠는 작약을 들고 일어섰다.

"그럼, 돌아가서 그렇게 전하겠습니다."

오츠는 가볍게 인사를 하고 복도로 나왔다. 어지간히 불쾌했는지 덴시치로의 일행 중에 배웅하러 나오는 사람도 없었다. 그녀는 등 뒤로 그들의 따가운 시선을 느끼며 복도로 나와서 '쿡' 하고 웃었다.

같은 복도에 있는 몇 칸 떨어진 앞쪽의 방에는 이미 이곳에 온 지 십여 일이나 된 무사시가 묵고 있었다. 오츠가 검은 광택이 나는 복도를 곁눈으로 보면서 반대쪽으로 나가려고 할 때, 무사시의 방에서 누군가 급하게 일어나 복도로 나왔다. 그는 쿵쾅거리며 쫓아와서 물었다.

"벌써 돌아가세요?"

오츠가 뒤를 돌아보자 자신을 안내했던 고차였다.

"네, 볼일이 끝났으니까요."

"빠르시네요."

고차는 그렇게 말하더니 그녀의 손을 들여다보며 물었다.

"이 작약, 하얀 꽃도 피나요?"

"그래요. 성 안에 있는 백작약인데 갖고 싶으면 줄까요?"

"주세요."

오츠는 고차가 손을 내밀자 손 위에 작약을 올려놓으며 작별 인사를 했다. 그러고는 처마 아래에 묶어 두었던 말 등에 올라타서 장옷으로 몸을 감쌌다.

"또 오세요."

고차는 그녀를 배웅한 뒤에 여관의 일꾼들에게 백작약을 보이면서 자랑했다. 하지만 아무도 예쁘다든가 아름답다고 해 주지 않자 실망한 고차가 그 꽃을 무사시의 방으로 들고 갔다.

"아저씨, 꽃 좋아해요?"

"꽃?"

무사시는 창가에서 턱을 괴고 고야규 성 쪽을 바라보고 있었다.

'어떻게 하면 그에게 접근할 수 있을까? 어떻게 하면 세키슈사이를 만날 수 있을까? 또 어떻게 하면 검성劍聖이라 불리는 저 늙은 용에게 일격을 가할 수 있을까?'

먼 곳을 바라보는 그의 시선이 깊은 생각에 잠겨 있었다.

"호, 예쁜 꽃이구나."

"좋아해요?"

"좋아하지."

"작약이래요. 하얀 작약."

"마침 잘됐다. 저기 있는 병에 꽂아 줄래?"

"저는 꽃꽂이를 할 줄 몰라요. 아저씨가 꽂아요."

"아니, 네가 하는 게 나을 거야. 오히려 무심無心한 게 좋단다."

"그럼, 물을 담아 올게요."

고차가 꽃병을 안고 나갔다. 방 안에 놓여 있는 작약 가지의 절단면에 눈길이 멈춘 무사시가 고개를 갸웃거렸다. 무엇이 그의 주의를 끈 것일까. 한동안 물끄러미 작약 가지를 바라보던 그는 손을 뻗어 꽃이 아닌 가지의 절단면을 유심히 살펴보고 있었다.

"어머! 어머!"

꽃병에 넘치도록 물을 담은 고차가 소리를 지르며 방으로 들어왔다. 그리고 벽감壁龕에 병을 놓고 작약 가지를 아무렇게나 꽂아 넣었다.

"아저씨, 이상해요."

아이의 눈에도 좀 부자연스럽게 보인 듯했다

"가지가 너무 길구나. 내가 알맞게 잘라 줄 테니 이리 가져와 보거라."

고차가 작약 가지를 뽑아 들고 왔다.

"잘라 줄 테니까 병에 세워서…… 그래, 그렇게 땅에 피어 있는 것처럼 세워서 들고 있거라."

무사시가 시키는 대로 작약 가지를 세워 들고 있던 고차가 갑자기 '꺅' 소리를 질렀다. 그러고는 그대로 작약 가지를 던져 버리더니 무서운 듯이 울기 시작했다.

사실 고차가 우는 것도 무리가 아니었다. 부드러운 꽃가지를 자르는 무사시의 방법이 너무 과장되고 지나쳤던 것이다. 그의 칼은 눈에 보이지 않을 만큼 빨랐다. 앞으로 찬 작은 칼에 그의 손이 닿았다고 생각한 순간, '얏' 하는 날카로운 소리가 들리더니 칼을 칼집에 집어넣는 소리와 거의 동시에 하얀 빛이 고차의 두 손 사이를 지나갔던 것이다.

꺌짝 놀란 고차가 울음을 터뜨렸는데도 무사시는 달래기는커녕 자신이 칼로 자른 가지의 끝과 본래의 가지 끝을 양손에 들고 뚫어져라 쳐다보고 있었다.

"으음."

그러고는 웅크리고 울고 있는 고차의 머리를 쓰다듬으며 사과했다.

"미안, 미안하다."

고차를 달래면서 무사시가 물었다.

"그런데 이 꽃을 누가 잘라 왔는지 아니?"

"받은 거예요."

"누구에게?"

"성에 있는 사람한테서."

"고야규 성의 사람?"

"아뇨, 여자요."

"흠, 그러면 성 안에 피어 있던 꽃이겠구나."

"그렇겠죠."

"잘못했다. 아저씨가 나중에 과자를 사 주마. 지금 길이가 딱 좋으니 병에 꽂아 보렴."

미야모토 무사시 2_물*의 장

"이렇게요?"

"그래, 그래. 딱 좋은데."

고차는 재미있는 아저씨라고 따르던 무사시가 칼을 휘두르는 것을 보고는 갑자기 무서워졌는지 그길로 방을 나갔다.

무사시는 병에 꽂혀 미소 짓고 있는 작약 꽃보다 무릎 아래에 떨어져 있는 일곱 치†짜리 꽃가지의 잘린 면에 온 마음을 빼앗겼다. 고차가 가져온 작약 가지는 가위나 작은 칼로 자른 것이라고 여겨지지 않았다. 검을 사용해서 유연한 작약의 줄기를 자른 것으로 보였다. 그것도 그냥 손쉽게 자른 것이 아니었다. 기껏 꽃가지의 잘린 면이지만 그것을 자른 사람의 비범한 실력이 빛을 내고 있었다.

무사시도 시험 삼아 따라서 잘라 보았지만 자세히 비교해 살펴보니 역시 다른 데가 있었다. 어디가 어떻게 다르다고 확실히 말할 수 없었지만, 자신이 자른 면이 훨씬 뒤떨어진다는 느낌을 받았다. 가령, 불상 하나를 조각하는 데 같은 칼을 사용한다고 해도 그 칼자국 하나에서 명장과 평범한 목공의 기술의 차이가 느껴지는 것처럼 말이다.

'혹시?'

무사시는 홀로 생각에 잠겼다.

'성 안의 일개 무사조차 이 정도의 실력을 가지고 있다고 한다면 야규가의 실체는 세간에 알려진 것 이상일지도 모른다.'

무사시는 그렇게 생각하자 겸손한 마음이 들었다.

'잘못 생각했구나. 나는 아직 멀었다.'

하지만 그런 생각을 떨쳐 내려는 듯, 또 다른 생각이 떠올랐다.

'상대하기에 부족함이 없는 자이다. 패하면 떳떳하게 그의 발밑에 무릎을 꿇고 항복하면 된다. 그러나 죽음을 기약하고 싸움에 임한다면 과연 어떻게 될까?'

무사시는 앉아 있는 동안에도 투지로 온몸이 뜨거워졌다. 젊은 공명심에 온몸의 피가 끓어올랐다. 하지만 방법을 생각해야 했다.

"세키슈사이 님은 무사 수행자를 만나 주시지 않습니다. 어느 누구의 소개장을 가지고 가더라도 마찬가지입니다."

여관의 주인은 무사시에게 그렇게 말했었다. 세키슈사이의 아들인 무네노리는 부재중이고 손자인 도시토시도 멀리 다른 나라에 있었다. 아무래도 야규가를 치고 이 땅을 지나가려면 세키슈사이를 목표로 하는 수밖에 없었다.

'무슨 좋은 방법이 없을까?'

다시 생각이 거기에 미치자 그의 핏속에 솟구치던 야성과 정복욕이 다소 진정된 듯했다. 그의 눈길이 벽감에 놓여 있는 청순한 백작약으로 향했다.

"……."

무심히 바라보고 있던 무사시는 작약을 닮은 누군가를 떠올렸다.

'오츠!'

싸움만을 생각하는 거칠고 단순한 생활 속에서 오랜만에 그녀의 착하고 아름다운 모습을 떠올렸다.

미야모토 무사시 2_물水의 장

오츠는 고야규 성 쪽으로 말머리를 향해 가고 있었다.

"야아!"

잡목이 무성한 벼랑 아래에서 자신을 부르는 누군가가 있었다.

'아이인 듯한데.'

이 고장의 아이들은 좀처럼 젊은 여자를 보고 놀리지 않을 텐데, 하며 말을 세웠다.

"피리 부는 누나, 아직 있었구나!"

발가벗은 사내아이였다. 머리에서 물이 뚝뚝 떨어지고 옷은 돌돌 말아서 옆구리에 끼고 있었다. 그는 배꼽도 내놓은 채로 벼랑에서 뛰어 올라오더니 '여자가 말을 다 타고 있네' 하며 조롱하는 듯한 눈으로 오츠를 쳐다보았다.

"어머."

오츠는 뜻밖이었다.

"누군가 했더니, 일전에 야마토 길가에서 울며 난리치던 조타로구나?"

"울며 난리쳤다고? 거짓말하지 마요. 난 그때 울거나 하지 않았다고요!"

"그건 그렇고, 여긴 언제 왔니?"

"며칠 전에."

"누구하고."

"스승님하고."

"그래, 맞다. 너는 무사의 제자였지? 그런데 오늘은 어쩐 일로 옷을 다 벗고 있니?"

"요 아래 계곡에 헤엄치러 왔어요."

"저런, 아직 물이 차가울 텐데 헤엄을 치다니. 사람들이 보면 웃어요."

"스승님이 땀내가 난다고 해서 목욕 대신에 들어갔다 온 거예요."

"호호호. 숙소는?"

"와타야!"

"와타야라면 내가 방금 다녀온 집이구나."

"그래요? 그럼, 내 방에 와서 놀다 가면 좋았을걸. 다시 돌아가면 안 돼요?"

"심부름 갔던 거라서."

"그럼 잘 가요."

오츠는 뒤돌아보며 말했다.

"조타로, 성에 한번 놀러 오렴."

"가도 돼요?"

그냥 겉치레로 한 말에 조타로가 그렇게 물어보자 오츠는 다소 곤란해졌다.

"괜찮지만, 그런 모습으로는 안 된다."

"그럼, 싫어요. 그런 숨 막히는 곳에 가서 뭐해."

조타로의 말을 들은 오츠는 한숨 돌리며 웃으면서 성 안으로 들어갔다. 마구간에 말을 돌려준 그녀는 세키슈사이의 암자로 돌아갔다. 세

미야모토 무사시 2_물*의 장

키슈사이에게 사자로 갔던 일을 이야기하자 그가 웃으면서 말했다.

"화를 내더라고? 화가 나도 어디 흠잡을 데가 없을 테니 그걸로 됐다."

잠시 후, 다른 이야기를 하던 세키슈사이가 뭔가 생각났다는 듯이 오츠에게 물었다.

"작약 가지는 버리고 왔느냐?"

여관집 소녀에게 주고 왔다고 말하자 그는 고개를 끄덕이며 물었다.

"그런데 요시오카의 아들인 덴시치로가 그것을 손에 들고 보더냐?"

"네, 편지를 풀 때요."

"그리고?"

"그대로 돌려줬습니다."

"가지의 잘린 면은 보지 않더냐?"

"예."

"아무도 그것을 보고 뭔가 말하지 않더냐?"

"아무 말도 하지 않았습니다."

세키슈사이는 벽에다 말하듯 중얼거렸다.

"역시 만나지 않기를 잘했군. 만나 볼 필요도 없는 인물이야. 요시오카 가문도 겐포의 대에서 끝이로군."

네 명의
수제자

        장엄하다고 해도 좋을 정도의 도장이었다.
세키슈사이가 마흔 살 무렵에 다시 지었다는 야규 성의 도장은 마루와
천장이 거대한 재목들로 이루어져 있었고, 성곽 외부의 일부분으로 자
리하고 있었다. 도장에서 수련했던 사람들의 이력을 말해 주듯이 고색
창연했고 전시에 무사들의 대기소로 쓸 수 있을 만큼 매우 넓었다.

"가볍다! 칼끝이 아니라 배, 배에 힘을 주고 쳐라."

쇼다 기자에몬이 주반襦袢[39] 위에 주름이 잡힌 하의를 입고 한 단 높
은 마루에 걸터앉아 소리치고 있었다.

"틀렸다. 처음부터 다시."

혼이 나고 있는 자는 야규가의 무사로 땀으로 범벅이 된 얼굴을 좌
우로 흔들어 땀을 떨쳐 내고는 기합을 넣었다.

---

39 속옷을 가리키는 말로, 포르투갈어인 '지방gibão'에서 유래했다.

"후우. 에이, 얏!"

무사들은 불과 불이 맞부딪치듯이 대련하고 있었다. 야규가의 도장에서는 초심자에게 목검을 들게 하지 않고 가미이즈미 이세노가미의 가문에서 고안했다는 '토우袋'라는 것을 사용했다. 토우는 쪼갠 대나무를 가죽 주머니에 넣어 감싼 것으로 날밑이 없는 막대기였다. 그러나 강하게 내려칠 때에는 경우에 따라서 귀가 떨어져 나가기도 하고 코가 주저앉기도 했다. 또한 대련에서는 일부러 칠 곳을 정하지 않았다. 옆으로 다리를 후려쳐서 쓰러뜨려도 좋고, 쓰러진 자의 얼굴을 재차 공격해도 규칙에 어긋나지 않았다.

"아직 멀었다! 그 정도밖에 못하나!"

녹초가 될 때까지 연습을 시키고도 초심자일수록 더욱 냉혹하게 다루고 호되게 야단쳤다. 대부분의 무사는 이것 때문에 야규가를 섬기는 일이 쉽지 않다고 말하곤 했다. 오래 버티는 자도 드물었다. 그래서 체로 걸러 선별된 사람만이 야규가의 가신이 되었다. 잡일을 하는 하급 무사나 마구간 일을 하는 자라고 해도 야규가의 사람은 조금이라도 검술을 체득하지 못한 자가 없었다.

쇼다 기자에몬의 본분은 출납 서무를 맡아보는 것이었지만 이미 신카게류에 통달했고, 세키슈사이가 연구했다는 야규류柳生流의 비전도 체득하고 있었다. 또한 그는 나름의 특성과 연구를 가미해서 스스로 쇼다신류生田眞流라고 칭하는 검술도 완성했다.

기무라 스케구로木村助九郎는 기마무사였는데 그 또한 검술에 능했다.

세간 등을 관리하는 무라타 요조村田与三는 비고肥後에 가 있는 야규가의 적손인 효고의 호적수라고 알려진 자였다. 데부치 마고베出淵孫兵衛도 일개 관리에 지나지 않지만 어릴 때부터 야규가에서 자란 무사로 화려한 검을 쓰는 걸로 유명했다. 때문에 데부치는 에치젠의 제후로부터, 무라타는 기슈의 가문으로부터 그들의 휘하로 들어오라는 간절한 청을 받고 있을 정도였다. 또한 이들의 실력을 소문으로 들은 여러 곳의 다이묘들도 마치 사위를 맞이하듯, 너도나도 그들을 자신의 휘하로 데려가고자 했다. 이는 물론 야규가에게 있어서 명예이기도 했지만, 한편으론 곤란을 겪기도 했다. 만약 거절이라도 할라치면 '야규가는 좋은 인재를 얼마든지 키워낼 수 있지 않나' 하는 말을 듣기 일쑤였다.

이 오래된 요새의 도장에서 당대의 무사들이 무한히 샘솟듯 배출되고 있었다. 그러한 가운家運 아래 봉공하는 무사가 죽도와 목검으로 가혹한 수련을 쌓지 않으면 어엿한 한 사람의 무사로 성장하지 못한다는 것 또한 야규가의 당연한 가훈이기도 했다.

"거기 누구냐?"

쇼다가 벌떡 일어서서 문밖의 사람에게 말했다. 보초 뒤에 조타로가 서 있었다.

"아니?"

쇼다가 눈을 크게 떴다.

"아저씨, 안녕하세요."

"아니 네가 어떻게 이곳에 들어왔느냐?"

"성문에 있던 사람이 데려다 줬어요."

조타로는 당연하다는 듯 말했다.

"그랬군."

쇼다 기자에몬은 조타로를 데려온 정문 보초에게 물었다.

"이 아이가 왜 이곳에 있는가?"

"쇼다 님을 뵙고 싶다고 하기에……."

"아이의 말을 그대로 믿고 성 안으로 데려와서는 안 된다. 그리고 꼬마야!"

"네."

"여기는 네가 놀러 올 곳이 아니다. 돌아가거라."

"놀러 온 게 아니에요. 스승님의 편지를 가지고 사자로 온 거예요."

"스승님? 하하하, 그렇군. 네 스승은 무사 수행자였지."

"이 편지를 보세요."

"읽지 않아도 된다."

"아저씨, 글 못 읽어요?"

"뭐라고?"

쇼다는 쓴웃음을 지으며 말했다.

"바보 같은 소리."

"그럼 읽으면 되잖아요."

"이 녀석, 넉살도 좋구나. 편지를 읽지 않아도 내용을 대강 알고 있다는 뜻이다."

"알고 있어도, 대강이라도 읽는 게 예의 아니에요?"

"장구벌레나 구더기만큼 많은 무사 수행자에게 일일이 예의를 차릴 수 없는 걸 이해해 다오. 이 야규가에서 그렇게 하자면 우리들은 매일 무사 수행자를 위해 봉사하지 않으면 안 될 게다. 고생해서 심부름을 온 너에겐 미안하지만, 이 편지도 제발 한 번만 성의 도장을 구경시켜 달라는 내용이거나 천하제일 사범의 칼 그림자만이라도 좋으니 같은 길에 뜻을 둔 후배를 위해서 한 수 가르침을 부탁한다는 내용일 게다."

조타로는 동그란 눈을 끔뻑거리며 말했다.

"아저씨, 마치 편지를 읽은 것처럼 말하네요?"

"그러니까 본 거나 다름없다고 하지 않느냐. 하지만 야규가를 위해서도 찾아온 사람을 인정머리 없이 쫓아낼 수도 없는 일."

쇼다는 조타로에게 친절하게 말했다.

"다른 일반 무사 수행자들처럼 이 보초의 따라가거라. 정문을 지나 중문의 오른쪽을 올려다보면 거기에 신음당新陰堂이라는 나무 현판이 걸려 있는 건물이 있다. 그곳에 있는 사람에게 말하면 자유롭게 쉴 수 있고, 하루 이틀 밤 정도는 묵을 수도 있다. 그리고 후진을 위해서 얼마 안 되지만 떠날 때에는 여비도 희사하도록 되어 있다. 그러니 이 편지는 신음당의 관리한테 가지고 가는 것이 좋을 것이다. 알겠느냐?"

"모르겠어요."

조타로는 오른쪽 어깨를 으쓱하고는 고개를 저으며 말했다.

"저, 아저씨."

"뭐냐?"

"사람을 보고 말해요. 나는 거지의 제자가 아니에요."

"음, 이놈. 입버릇이 고약하구나."

"만약 이 편지를 뜯어 봐서 아저씨가 말한 것과 내용이 다르면 어떻게 할 거예요?"

"흐음."

"목을 내놓을래요?"

"잠깐, 잠깐."

쇼다는 턱수염 속에서 빨간 입을 보이며 웃고 말았다.

"목은 내놓지 못하겠구나."

"그럼 편지를 읽어 주세요."

"꼬마야."

"왜요?"

"네가 스승에게 받은 사명을 다하려는 마음이 갸륵해서 보도록 하겠다."

"당연한 일이죠. 아저씨는 야규가의 가신이니까요."

"요 녀석, 말은 참 잘하는구나. 칼솜씨도 그리되면 좋겠다만."

쇼다는 그렇게 말하며 겉봉을 뜯어 무사시의 편지를 묵묵히 읽은 후에 다소 무서운 표정을 지었다.

"조타로, 이 편지 외에 무엇을 가져왔느냐?"

"아, 잊고 있었다. 이거요."

조타로가 품속에서 불쑥 꺼낸 것은 일곱 치 정도로 잘린 작약 가지였다. 쇼다는 아무 말 없이 위아래 잘린 면을 비교해 보면서 고개만 갸웃거릴 뿐, 무사시의 편지 속에 담긴 의미를 이해하지 못하는 듯했다.

무사시의 편지에는 우연히 여인숙집 소녀로부터 작약 가지를 얻은 일과 그것이 성 안의 것이라는 것, 그리고 잘린 면을 보고 비범한 분이 자른 것임을 알았다는 내용이 담겨 있었다. 그리고 편지 하단에 다음과 같이 쓰여 있었다.

'꽃을 병에 꽂고 그 신묘한 운치를 느끼면서 어떤 분이 그것을 잘랐는지 꼭 알고 싶다는 생각이 들었습니다. 대단히 당돌한 청인 줄 알지만 성 안의 어떤 분이라도 좋으니 방해가 되지 않는다면 심부름을 간 아이를 통해 답신을 받아 보고 싶습니다.'

자기가 무사 수행자라고도 하지 않았고 시합을 하고 싶다고도 하지 않았다. 그저 그 말뿐이었다.

'무슨 생각인지 알 수가 없군.'

쇼다는 그렇게 생각하면서 도대체 잘린 면이 어떻게 다른지 자세히 들여다보았다. 그러나 어느 쪽이 먼저 잘린 것인지, 어떤 차이가 있는 것인지 도무지 알 수가 없었다. 그는 편지와 잘린 가지를 도장 안으로 가지고 들어갔다.

"무라타, 이것 좀 보게."

가지를 무라타에게 보여 주면서 쇼다가 말했다.

"이 가지 양쪽 끝의 잘린 면 중에서 어느 쪽이 달인이 자른 것인지 자네는 구분할 수 있겠는가?"

무라타 요조는 가지를 번갈아 비교해 보더니 내뱉듯이 말했다.

"모르겠는데."

"기무라에게 보여 보자."

안으로 들어가 기무라 스케구로에게 가지를 보여 주며 의견을 물었다.

"글쎄."

역시 의아한 듯 고개만 갸우뚱거릴 뿐이었다. 그런데 때마침, 그 자리에 있었던 데부치 마고베가 생각난 듯 말했다.

"이건 그제 주군께서 직접 자르신 것이다. 자네도 그때 옆에 있지 않았는가?"

"꽃이 병에 꽂혀 있는 것은 보았지만……."

"그때의 그 작약 가지네. 그것을 오츠 님이 주군의 명을 받고 요시오카 덴시치로에게 줄 편지에 묶어서 가지고 갔었네."

"오, 그런가?"

쇼다는 그렇게 말하면서 다시 한 번 무사시의 편지를 읽어 보더니 깜짝 놀란 표정을 지었다.

"자네들, 여기 신멘 무사시라는 서명이 있네. 며칠 전에 보장원 중들과 함께 한냐 들판에서 못된 낭인들을 베었다는 그 미야모토 무사시와 같은 사람이 아닐까?"

"무사시라면 아마 그 무사시임에 틀림없을 것이네."

데부치 마고베도, 무라타 요조도 그렇게 말하며 편지를 차례로 읽어 보았다.

"글에도 기품이 엿보이는군."

"인물인 듯하군."

그들의 뇌까리는 소리를 들은 쇼다 기자에몬이 말했다.

"만일 이 편지에 쓰여 있는 대로 정말 작약 가지의 잘린 면을 보고 한 번에 비범함을 느꼈다면 그는 우리들보다 한 수 위네. 주군께서 손수 자른 것이니 안목이 있는 자가 보면 뭔가 특별함을 느꼈을지도 모를 일이지."

"음."

데부치가 불쑥 말했다.

"한번 만나 보고 싶군. 가지에 대해서도 물어보고, 또 한냐 들판에서의 일도 들어 보는 것도 좋을 듯싶군."

쇼다가 생각이 난 듯 말했다.

"심부름을 온 꼬마가 기다리고 있을 테니 불러 볼까?"

"어떤가?"

혼자서는 판단을 내릴 수 없다는 듯, 데부치는 기무라의 생각을 물었다.

그러자 기무라는 지금은 모든 무사 수행자를 만나는 것을 거절하고 있으니 도장의 손님으로는 맞이할 수 없다고 했다. 하지만 마침 중문 위의 신음당 연못가에 제비붓꽃이 피어 있고 철쭉꽃도 여기저기 피어 있으니, 거기에 술상이라도 차려 놓고 하룻저녁 검에 관한 담소를 나누자고 하면 그도 흔쾌히 올 것이고, 주군이 알게 되더라도 그리 뭐라 하지 않을 듯싶다고 했다. 쇼다가 무릎을 치며 말했다.

"그것 좋은 생각이네."

무라타 요조도 동의했다.

"우리들에게도 좋은 일이니 빨리 그렇게 답신을 보내도록 하세."

조타로는 문밖에서 하품을 하며 답신을 기다리고 있었다.

"아아, 너무 늦네."

그때 조타로는 자신의 냄새를 맡고 슬그머니 다가온 크고 검은 개를 보더니 좋은 친구가 생겼다는 듯 귀를 잡아당겼다.

"이놈, 씨름하자."

조타로는 개를 끌어안고 몸을 뒤집었다. 그러고는 이리저리 자신이 하고 싶은 대로 두세 번 집어 던지기도 하고 주둥이를 손으로 꼭 쥐고 짖어 보라며 장난을 쳤다. 그런데 뭔가가 개의 신경을 거슬리게 했는지 갑자기 조타로의 소매를 물고는 으르렁거렸다.

"이놈이, 내가 누군 줄 알고."

조타로가 목검을 손에 쥐고 자세를 취하자 목에서 그르렁거리는 소리를 내던 개가 맹렬하게 짖어 댔다. 조타로의 목검이 둔탁한 소리를 내며 개의 단단한 머리를 내려치자 그 검은 개가 조타로의 등으로 달려들어 허리끈을 물더니 그의 몸을 이리저리 흔들다가 내동댕이쳤다.

"저놈이!"

땅바닥에 나뒹굴던 조타로가 바로 일어서려고 했지만 개가 훨씬 빨랐다. 조타로가 비명을 지르며 양손으로 얼굴을 감싸고 도망치기 시작하자 뒷산이 울릴 정도로 짖어 댔다. 얼굴을 감싸고 있는 양손의 손가락 사이에서 피가 흘러나왔다. 조타로는 도망을 치면서 개가 짖는 소리보다 더 큰 소리로 울음을 터뜨렸다.

원죄

"다녀왔습니다."

조타로는 아무 일도 없었다는 듯 태연한 얼굴로 무사시 앞에 다소곳이 앉았다. 무심코 그의 얼굴을 보던 무사시가 깜짝 놀랐다. 그의 얼굴에 바둑판처럼 긁힌 상처가 나 있었고 코도 모래 속에 떨어진 딸기같이 피투성이였다. 꽤나 아플 텐데도 무슨 일이 있었는지 조타로가 아무 말도 하지 않자 무사시도 굳이 캐묻지 않았다.

"답장을 받아왔습니다."

쇼다 기자에몬의 답장을 방바닥에 내밀며 그들의 반응에 대해 두어 마디 하는데 조타로의 얼굴에서 피가 뚝뚝 떨어졌다.

"그뿐입니다. 이제 됐지요?"

"수고했다."

무사시가 쇼다의 답신에 눈을 돌리는 사이에 조타로는 양손으로 얼굴을 가리고 얼른 밖으로 나왔다. 고차가 뒤에서 따라오며 걱정스럽게 얼굴을 들여다보았다.

"조타로, 무슨 일이니?"

"개한테 당했어."

"어머! 어느 집 개한테?"

"성에 있는……."

"아! 그 시커먼 기슈紀州 개? 그 개라면 너도 당해낼 수 없어. 언젠가 성 안에 몰래 숨어들던 타국의 첩자도 물어 죽였던 개니까."

고차는 친절하게 그를 데리고 뒤편 개울가로 가서 얼굴을 씻어 주고 약을 가져다 발라 주었다. 항상 고차를 구박하기만 했던 조타로도 그녀의 다정함에 감동했는지 이때만은 장난을 치지 않고 온순하게 있었다.

"고마워."

조타로는 그렇게 말하며 연신 고개를 숙여 댔다.

"조타로, 남자는 그렇게 쉽게 머리를 숙이면 안 돼."

"그래도."

"난 매일같이 너와 싸움을 하지만 사실은 네가 좋아."

"나도."

"정말로?"

군데군데 고약을 바른 조타로의 얼굴이 새빨개졌다. 고차는 불에 덴 듯 빨개진 얼굴을 두 손으로 가렸다. 두 사람 외에는 아무도 없었다. 근처에 말라비틀어진 말똥에서 아지랑이가 피어오르고 있었고 복숭

아꽃이 햇빛을 받아 눈부시게 피어 있었다.

"하지만 네 스승님은 이제 곧 여기를 떠나겠지?"

"아직은 좀 더 계실 모양이야."

"일 년이고 이 년이고 묵으면 좋은데……."

마구간 여물을 쌓아 놓은 곳에서 둘은 천장을 보며 손을 잡고 누웠다. 몸이 삶은 메주콩처럼 뜨거워지자 조타로는 미친 듯이 고차의 손가락을 깨물었다.

"아얏, 아파."

"아파? 미안해."

"아냐, 괜찮아. 더 깨물어."

"괜찮아?"

"아아, 더 깨물어 줘. 더 세게."

두 사람은 여물을 머리까지 뒤집어쓰고 강아지들이 장난치듯 서로 안고 있었다. 무엇을 하려는지도 모른 채, 그저 서로 괴로워하며 안고 있었다. 그때, 고차를 찾으러 온 그녀의 아버지가 기가 찬 듯이 이들을 바라보다가 도덕군자라도 된 듯한 얼굴로 소리쳤다.

"이런, 어린것들이 무슨 짓을 하고 있는 게야!"

고차의 아버지가 둘의 목덜미를 붙잡고 끌어내더니 고차의 엉덩이를 두세 대 때렸다.

무사시는 이틀 동안 무슨 생각을 하는지 입을 거의 열지 않고 팔짱만 끼고 있었다. 침통한 그의 얼굴을 본 조타로는 '마구간에서 있었던 고차와의 일을 스승님이 알고 있는 건 아닐까?' 하고 은근히 걱정이 들었다. 한밤중에 문득 눈을 떠 보면 무사시는 어둠 속에서 눈을 뜬 채 깊은 생각에 빠진 듯한 얼굴로 천장만 쳐다보고 있어서 무서울 정도였다. 그리고 이튿날, 어스름이 창가에 내릴 무렵이었다.

"조타로, 여관 사람에게 가서 빨리 와 달라고 전하거라."

조타로가 황급히 달려갔다가 돌아온 후, 곧 관리인이 들어왔고 곧바로 누군가 계산서를 가지고 왔다. 무사시는 그사이에 떠날 차비를 하고 있었다.

"저녁 식사는 어떻게?"

관리인이 묻자 무사시가 대답했다.

"필요 없습니다."

고차가 우두커니 방 한쪽 구석에 서 있다가 물었다.

"아저씨, 이젠 여기서 주무시지 않을 거예요?"

"응, 오랫동안 고차에게 신세를 졌구나."

고차는 손으로 얼굴을 가리더니 울음을 터뜨렸다.

"잘 쉬었다 갑니다."

"예, 안녕히 가십시오."

와타야 여관집 사람들이 대문에 늘어서서 저녁 무렵에 길을 떠나는 나그네를 배웅했다. 그런데 여관을 나선 무사시가 뒤를 돌아보니 조타로가 따라오지 않고 있었다. 그는 다시 열 걸음 정도 돌아가서 조타로를 찾았다. 조타로는 처마 옆 창고에서 고차와 이별을 나누고 있었다.
그들은 무사시의 모습을 보고는 황급히 떨어지며 작별 인사를 했다.

"잘 가."

"안녕."

조타로는 무사시 옆으로 뛰어오더니 그의 눈치를 살피며 계속 뒤를
돌아봤다.

야규 골짜기 산촌의 등불이 이내 두 사람의 뒤편으로 멀어졌다. 무
사시는 여전히 묵묵히 걷기만 했다. 뒤돌아봐도 고차의 모습이 보이
지 않자 풀이 죽은 조타로는 그냥 그를 따라 걸을 수밖에 없었다. 얼
마 후, 무사시가 물었다.

"아직 멀었느냐?"

"어디요?"

"고야규 성의 정문 말이다."

"성에 가는 거예요?"

"응."

"오늘 밤은 성에서 자게요?"

"글쎄다. 어떻게 될지 모르겠구나."

"정문은 바로 저기예요."

"저기?"

무사시는 걸음을 우뚝 멈췄다.

이끼로 둘러싸인 석축과 울타리 위로 커다란 나무숲이 바다처럼 펼

처져 있었다. 그곳의 돌담 한쪽에 어둠에 잠긴 커다란 정문이 있었다. 정문에는 작은 문이 여러 개 있었는데 네모난 창 하나에서 불빛이 흘러나오고 있었다. 사람을 부르자 파수꾼이 나왔고 무사시는 그에게 쇼다 기자에몬의 편지를 보여 주었다.

"초청을 받고 찾아온 미야모토라는 사람이오. 전해 주시오."

파수꾼은 이미 누가 올지 알고 있었다는 듯 말했다.

"기다리고 계십니다. 어서 들어오시지요."

파수꾼은 바로 앞장서서 바깥 성곽의 신음당으로 손님을 안내했다. 그곳은 성내에 사는 자제들이 유학을 배우는 강당이면서 성의 서고인 듯했다. 안으로 들어가는 통로 양편으로 모든 방의 벽에 책들이 가득했다.

'야규가가 무명武名을 떨치고 있다고 하더니 무武뿐만은 아닌 듯하구나.'

성 안에 발을 들여놓은 무사시는 야규가에 대한 인식이 자신이 예상했던 것 이상으로 중후하고 역사가 깊다는 것을 느꼈다.

'과연.'

보이는 것마다 그의 머리를 끄덕이게 했다. 가령, 정문에서부터 이곳까지 깨끗이 청소된 길이나 응대하는 파수꾼의 태도, 엄숙하면서도 온화한 등불이 흘러나오는 본성과 그 주위를 봐도 마찬가지였다. 그것은 어느 집을 방문했을 때 그 집의 봉당에 신발을 벗는 순간, 가풍과 주인의 됨됨이를 알 수 있는 것과 같은 이치였다. 무사시는 감명을

받으며 안내 받은 넓은 마루에 앉았다. 신음당의 모든 방은 다다미가
아닌 마룻바닥이었다.

"자, 앉으십시오."

나이가 어린 듯한 무사가 그에게 짚으로 엮은 얇고 둥근 원좌圓座라
는 방석을 권했다.

"고맙소."

무사시는 사양하지 않고 그것을 받아서 깔고 앉았다. 조타로는 여기
까지 들어올 수 없었기 때문에 밖에 있는 대기실에서 기다리게 했다.
잠시 후, 조금 전의 무사가 다시 오더니 양해를 구했다.

"기무라 님과 데부치 님, 무라타 님은 기다리고 계십니다만 쇼다 님
께서 급한 공무로 나가셨습니다. 다소 늦어질 듯하지만 곧 오실 테니
잠시 기다려 주십시오."

"한가로운 객이니 너무 신경 쓰지 마시오."

무사시는 원좌를 구석 쪽 기둥 아래로 가져가더니 기둥에 기대어 앉
았다. 작은 등불이 툇마루 쪽을 비추고 있었다. 향긋한 향기가 풍겨
오는 쪽을 바라보니 자주색과 흰색 등꽃이 흐드러지게 피어 있었다.
신기하다는 생각이 든 것은 뜻밖에 이곳에서 올해 처음으로 개구리
울음소리를 들었기 때문이었다. 이따금씩 물 흐르는 소리가 들리는
것으로 보아 근처에 지하수가 있는 듯했다.

지하수는 마루 아래에도 흐르는지 마음이 차분해질수록 원좌 밑에
서도 졸졸 물 흐르는 소리를 느낄 수 있었다. 마침내는 벽과 천장, 그

원좌

리고 등잔의 불빛에서까지 물이 흐르는 것이 아닌가 의심할 정도로 무사시는 차가운 정적 속에 파묻혔다.

그러나 그 적막 속에서도 그의 몸속에서는 억누를 수 없이 솟아오르는 무언가가 있었다. 그건 바로 끓는 물과 같은 투지를 지닌 피였다.

'야규는 무엇인가?'

무사시는 원좌 위에 앉아서 생각했다.

'그도 일개 검인이고 나도 일개 검인이다. 같은 길을 가는 자로서 호각互角이다.'

생각이 꼬리를 물었다.

'아니, 오늘 밤에는 그 호각지세에서 한 발 더 나가 그를 내 발밑에 무릎을 꿇게 할 것이다.'

무사시는 신념에 차 있었다.

"이거, 기다리게 해서 죄송합니다."

쇼다 기자에몬의 목소리가 들렸다.

"잘 오셨습니다."

그와 함께 동석한 다른 세 사람도 무사시에게 인사말을 건넸다.

"기마무사인 기무라 스케구로입니다."

"세간 등을 관리하고 있는 무라타 요조입니다."

"데부치 마고베라고 합니다."

그들은 인사를 한 후 차례대로 자신의 이름을 밝혔다. 그들이 자리를 잡고 앉자 술이 나왔다. 고풍스러운 잔에 이 지방에서 만든 걸쭉하고 차진 술과 함께 접시에 안주가 사람 수대로 따로따로 나왔다.

"손님, 이렇듯 산촌이어서 아무것도 없습니다만 너그러이 봐주십시오."

"자, 편히 드십시오."

"가까이 오십시오."

주인 격인 네 사람은 한 명의 손님을 정중하고 허물없이 대했다.

"그럼 잘 마시겠습니다."

무사시는 평소에 술을 잘 마시지 않았다. 싫은 것은 아니었지만 아직 술맛을 알지 못했던 것이다. 그러나 오늘 밤에는 드물게 잔을 들어 입가로 가져갔다. 맛이 없지는 않았지만 그렇다고 별다른 맛을 느끼지도 못했다.

"술이 강하신 것 같습니다."

무사시의 옆에 앉아서 드문드문 말을 걸던 기무라가 술병을 기울이며 말했다.

"귀공께 어제 물어보신 작약의 가지 말입니다. 실은 저희 주군께서 손수 자르신 것이랍니다."

무사시가 무릎을 치며 화답했다.

"어쩐지 남다르다 싶었습니다."

기무라가 상 쪽으로 바짝 다가앉으며 말했다.

"그런데 귀공께서는 그토록 가늘고 유연한 꽃가지의 단면을 보고 자른 사람의 솜씨가 비범하다는 것을 어떻게 아셨는지요? 저희들은 오히려 그것이 더 의아했습니다."

"……."

무사시는 고개를 갸웃거리며 대답하기가 곤란한 듯 묵묵히 있다가 이윽고 반문했다.

"그렇습니까?"

"그렇고말고요."

쇼다, 데부치, 무라타도 이구동성으로 말했다.

"저희들로서는 알 수가 없었습니다. 역시 비범함이 비범함을 알아보는 것인지, 그 점에 대해 후학을 위해서 가르침을 구하고자 합니다."

무사시는 또 한 잔 마시고 말했다.

"황송합니다."

"아닙니다. 겸손해하지 마시고……."

"겸손이 아닙니다. 있는 그대로 말씀드리자면 그저 그렇게 느낀 것에 지나지 않습니다."

"그 느낌이란 어떤 것인지요?"

야규가의 네 수제자는 그 점을 추궁하여 무사시의 인간됨을 시험해보려는 듯했다. 처음 무사시를 본 네 사람은 무사시가 젊은 것을 보고 다소 의외라고 생각했다. 다음에는 그 늠름한 골격이 눈에 들어왔고 시선이나 행동거지에 느슨함이 없는 것에 감복했다. 하지만 무사시가 술을 마실 때, 술잔을 잡는 방법이나 젓가락을 사용하는 동작에서는 어딘지 촌스러움이 느껴졌다.

'하하하, 역시 촌사람이군.'

그들은 무사시를 무시하는 경향을 보였다.

겨우 서너 잔을 마셨을 뿐인데 무사시의 얼굴은 새빨갛게 달아오른 구리처럼 붉어지고 화끈거려 어찌할 바를 모르는 듯 수시로 자신의 얼굴을 만졌다. 그 모습이 마치 처녀같이 보여서 네 사람은 웃곤 했다.

"귀공께서 말씀하신 그 느낌이 어떤 것인지 말씀해 주십시오. 이곳 신음당은 가미이즈미 이세노가미 선생님께서 성에 묵으실 때 특별히 지은 별실이어서 검법과는 인연이 깊은 곳입니다. 오늘 밤 무사시 님의 가르침을 듣는 데에도 가장 어울리는 자리인 듯싶습니다."

"그거 참 곤란하군요."

무사시는 그렇게 말할 뿐이었다.

"감각은 감각일 뿐, 도저히 다른 말로는 설명하기가 어렵습니다. 굳이 눈으로 확인하고 싶으시다면 칼을 잡고 저를 시험해 보시는 수밖에 없을 듯합니다."

무사시는 어떻게 해서든지 세키슈사이에게 접근할 기회를 잡아야 했다. 무사시는 그와 시합을 하고 싶었고 병법의 대가라 불리는 늙은 용을 자신의 칼 아래 무릎 꿇게 하고 싶었다. 그것은 자신의 승패에 커다란 승리 하나를 더하는 일이었다. '무사시가 왔다 갔다'라는 커다란 족적을 이 땅에 남기는 일이었다. 무사시의 내면에는 그러한 야망이 불타오르고 있었지만 겉으로 드러내지 않았다. 다만 그 야망을 위해 객기를 부리며 앉아 있었다.

밤의 적막 속에 손님도 조용히 침묵하고 있었다. 가끔 등잔불이 먹물처럼 시커먼 그을음을 토해 냈고, 바람 속 어딘가에서 개구리의 외마디 울음소리가 들렸다. 쇼다와 데부치는 얼굴을 마주 보며 웃었다. '굳이 눈으로 확인하고 싶다면 자신을 시험해 보는 수밖에 없는 듯하다'는 무사시의 말은 온화한 듯했지만 분명한 도전이었다. 네 제자 중에서 나이가 가장 많은 데부치와 쇼다는 이미 무사시의 패기를 꿰뚫어 보고 그의 젊은 혈기와 미숙함을 속으로 비웃고 있었다.

화제는 한 가지에만 머무르지 않았다. 검과 선禪에 관한 얘기, 여러 나라의 풍문 등, 그중에서도 특히 세키가하라 전투에 대해서 이야기할 때에는 데부치와 쇼다, 그리고 무라타도 주군을 따라 싸움에 나갔었기 때문에 당시 적이었던 무사시와 이야기가 잘 통했다. 그러다 보니 네 사람도 재미가 있었는지 말이 많아졌고 무사시도 흥에 겨워 이야기에 빠져들었다. 그렇게 시간은 꽤 빨리 지나갔다.

'오늘 밤이 아니면 다시는 세키슈사이에게 접근할 기회가 없다.'

무사시는 방법을 찾기 위해 생각에 잠겨 있었다.

"손님, 보리밥입니다."

술이 물러가고 보리밥과 국이 나왔다. 무사시는 밥을 먹으면서도 온통 그 생각뿐이었다.

'어떻게 하면 그에게……'

마침내 무사시는 마음을 굳혔다.

'어차피 평범한 방법으로는 접근할 수 없다. 좋다!'

무사시는 자신이 생각해도 하책下策으로 여겨지는 방법을 취할 수밖에 없었다. 즉 상대의 화를 돋우어 끌어내는 방법이었다. 그러나 자신이 냉정함을 유지하면서 상대를 격분시키기란 어려운 일이었다. 무사시가 일부러 폭언을 하거나 무례한 태도를 보였지만 쇼다와 데부치는 웃으면서 흘려 넘기기만 했다. 네 명 중에서 그의 수에 넘어가 실수할 사람은 없었다.

무사시는 짐짓 초조해졌다. 이대로 돌아가고 싶지 않았다. 그들이 자신의 생각을 훤히 들여다보고 있는 것 같다는 생각이 들었다.

"자, 편히 얘기나 합시다."

식사 뒤에 차가 나오자 네 사람은 원좌를 각자 편한 곳으로 옮겨서 무릎을 세우고 앉거나 책상다리를 하고 앉았는데, 무사시만 여전히 구석의 기둥에 등을 기대 앉아 있었다. 입을 꾹 다문 무사시는 답답한 마음에 이 자리를 즐길 수가 없었다.

'승리를 장담할 수는 없다. 죽을지도 모른다. 그렇다고 해도 세키슈사이와 싸워도 보지 않고 이 성을 떠나면 평생 후회할 것이다.'

"어?"

갑자기 무라타가 툇마루에 서서 어두운 밤을 내다보며 중얼거렸다.

"타로太郎의 짖는 소리가 여느 때와 다르다. 무슨 일이 생긴 거 아닐까?"

타로는 그 검은 개의 이름이었는데, 정말로 성곽 쪽에서 맹렬히 짖어 대고 있었다. 타로가 짖는 소리는 산 곳곳으로 메아리쳐서 처절하게 울려 퍼졌다.

선전포고

개 짖는 소리는 좀처럼 멈추지 않았다. 예삿일이 아닌 듯 했다.

"무슨 일일까? 무사시 님, 실례지만 잠깐 나가 보고 오겠습니다. 편히 있으십시오."

데부치가 자리에서 일어나 나가자 무라타와 기무라도 무사시에게 예를 표한 후에 데부치의 뒤를 따라 밖으로 나갔다. 먼 어둠 속에서 들려오는 개의 소리는 주인에게 위급함을 알리려는 듯 멈출 줄 몰랐다. 세 사람이 나간 신음당에는 멀리서 개 짖는 소리가 더욱 선명하고 처절하게 들려와 흡사 등잔불에 귀기鬼氣마저 감도는 듯했다. 성 안을 지키는 개가 이처럼 이상하게 짖는 것을 보면 성 안에 어떤 사단이 생긴 것이 틀림없었다.

오늘날 겉으로는 여러 나라들이 태평스러워 보였지만 이웃한 나라간에 마음을 놓을 수 있는 상황은 아니었다. 언제, 어떤 효웅梟雄이 떨치고 일어나 야심을 채우려고 할지 알 수 없기 때문이었다. 또 어느 나라 첩자가 언제 성 안으로 잠입해 베개를 높이 돋우고 자고 있는 성주를 찾아 죽이려고 할지 모를 일이었다.

"아니?"

그곳에 혼자 남아 있는 쇼다도 매우 불안해 보였다. 왠지 모르게 불길하게 빛을 발하는 등잔불을 바라보며 음울하게 메아리치는 개 짖는 소리를 헤아리듯 귀 기울여 듣고 있었다. 그 순간, '깽' 하는 괴상한 울음소리가 꼬리를 물고 길게 울려 퍼졌다.

"앗!"

쇼다가 무사시의 얼굴을 보았다.

"앗!"

무사시 역시 가느다란 신음 소리를 흘리며 동시에 무릎을 치고 일어났다.

"죽었다."

거의 동시에 쇼다가 말했다.

"타로가 죽었구나."

두 사람의 직감이 일치했다. 쇼다는 탄식하듯 중얼거리며 자리에서 일어났다.

"대체 무슨 일이란 말인가."

무사시는 뭔가 짚이는 것이 있는지 신음당의 바깥 쪽 방에 있는 하급 무사에게 물었다.

"나와 함께 온 조타로라는 아이는 어디 있습니까?"

조타로에게 갔는지 잠시 후 그의 대답이 들려 왔다.

"아이가 보이지 않습니다."

무사시는 아차 싶었다.

"혹시……."

무사시가 쇼다에게 말했다.

"뭔가 짚이는 것이 있는데, 개가 죽어 있는 곳으로 갔으면 합니다. 안내해 주시겠습니까?"

"그렇게 하십시다."

쇼다는 앞장서서 성곽 쪽으로 달려갔다. 도장에서 일 정 정도 떨어진 곳에 네다섯 개의 횃불이 무리지어 있었다. 먼저 가 있던 무라타와 데부치도 그곳에 있었다. 그 외에 병졸과 하급 무사들이 새까맣게 무리 지어 서서 뭐라고 떠들고 있었다. 그 사람들 뒤에서 횃불이 밝히고 있는 곳을 보던 무사시는 아연실색했다. 예상한 대로 거기에는 피투성이가 된 조타로가 있었다. 목검을 들고 이를 앙 다문 채 어깨를 들썩이며 가쁜 숨을 몰아쉬고 있었다. 자신을 둘러싼 무사들을 노려보고 있는 조타로 옆으로 털이 검은 타로가 사지를 쭉 뻗은 채 어금니를 드러내 놓고 쓰러져 있었다.

한동안 아무도 입을 열지 않았다. 개의 눈은 횃불을 노려보고 있었지만 입에서 피를 토한 것을 보니 이미 숨이 끊어진 듯했다. 무사시는 눈을 부릅뜨고 그 광경을 바라보고 있었다.

"아, 애견 타로다!"

누군가가 신음하듯 그렇게 외치자 갑자기 가신 한 명이 망연히 서 있는 조타로에게 달려가 소리쳤다.

"이놈, 네놈이 타로를 죽였느냐?"

그가 조타로의 뺨을 손바닥으로 후려쳤고 조타로는 그의 손이 날아오는 순간, 얼굴을 피하면서 큰 소리로 외쳤다.

"그래, 나다!"

"왜 죽였느냐?"

"죽일 이유가 있어서 죽였다!"

"이유라고?"

"원수를 갚았다."

"뭐라고!"

의외의 표정을 지은 것은 조타로와 마주 선 가신뿐만이 아니었다.

"누구의 원수냐?"

"내가 내 원수를 갚았다. 그저께 사자로 왔을 때, 저 녀석이 내 얼굴을 이렇게 만들었기 때문에 오늘 밤에야말로 저놈을 쳐 죽일 생각으로 찾아다녔다. 그런데 저놈이 마루 밑에서 잠을 자고 있기에 당당히 승부를 내자고 이름을 말하고 싸워서 내가 이긴 거다."

조타로는 얼굴을 붉히면서 자기가 결코 비겁한 방법으로 결투를 한 것이 아니라는 사실을 주장했다. 하지만 그를 책망하는 가신이나 이곳 사람들에게 중요한 것은 개와 아이의 싸움이 아니었다. 사람들이 화내고 걱정하는 이유는 타로가 에도에 있는 무네노리가 무척 사랑하는 개였기 때문이었다. 더욱이 타로는 기슈에 있는 도쿠가와 요리노부德川賴宣 공이 끔찍이 아끼는 라이코雷鼓라는 암컷의 새끼를 무네노리가 간청해서 얻은 혈통이 있는 개였다. 그런 개를 죽여 버렸으니 그냥 지나칠 수만은 없는 문제였다. 타로를 돌보는 무사도 두 명이나 되었는데, 방금 전 혈안이 되어 조타로에게 달려든 가신이 바로 그들 중 한 명인 듯했다.

"닥쳐라!"

그 가신이 다시 주먹으로 조타로의 머리를 후려쳤다. 하지만 이번에는 조타로도 피하지 못하고 귀를 맞고 말았다. 그는 한 손으로 귀를 부여잡고는 소리를 질렀다.

"무슨 짓이냐!"

"네가 개를 때려 죽였으니 그처럼 너도 때려 죽여야겠다."

"나는 일전의 보복을 했을 뿐이다. 보복에 다시 보복을 하는 게 어디 있어? 어른이 그 정도의 이치도 몰라?"

조타로로서는 목숨을 걸고 한 일이었다. 무사에게 가장 수치스러운 일은 얼굴에 상처를 입는 것으로 무사로서 자신의 기개를 분명하게 보여 준 행동이었다. 어쩌면 조타로는 오히려 칭찬을 받을 것이라고 생각했는지도 모른다. 그래서 조타로는 타로를 돌보는 가신이 아무리 화를 내고 책망해도 겁을 내지 않았던 것이다. 오히려 그는 자신의 심정을 몰라주는 것에 분개해서 대들었다.

"시끄럽다! 아무리 어려도 개와 사람을 구분하지 못할 나이는 아니다. 개에게 앙갚음을 하다니 말도 안 되는 짓이다. 너도 저 개처럼 만들어 주겠다."

가신은 자신의 직분에 따라 응당 할 일을 해야겠다는 듯이 조타로의 목덜미를 부여잡고 사람들을 바라보며 동의를 구했다. 무사들은 묵묵히 고개를 끄덕였고 네 명의 제자들도 곤란한 표정을 짓긴 했지만 아무 말도 하지 않았다. 무사시도 묵묵히 보고만 있었다.

"자, 꼬마야 짖어라."

조타로는 두세 번 목덜미를 잡혀 돌림을 당하자 눈이 빙글빙글 돌았고 곧 땅바닥에 내동댕이쳐졌다. 타로를 돌보던 가신은 떡갈나무로 된 몽둥이를 휘두르면서 소리쳤다.

"이놈, 네가 개를 쳐 죽인 것처럼 내가 개를 대신해서 너를 쳐 죽일테다. 일어나서 짖으면서 어디 덤벼 보아라."

갑자기 당한 일이라 얼른 일어나지 못하던 조타로가 이를 악물고 한손으로 땅바닥을 짚었다. 그러고는 목검을 들고 천천히 일어서더니 죽음을 각오한 듯 두 눈을 부릅떴다. 그의 머리털은 분노로 곤두섰고 얼굴은 나한羅漢의 형상을 하고 있었다. 개처럼 으르렁거리는 조타로는 허세가 아니었다.

'내가 한 일은 올바르고 잘못된 것이 아니다.'

조타로는 그렇게 믿고 있었다. 어른들의 분노에는 반성이 뒤따르지만 아이가 정말로 화가 나면 그를 낳은 부모조차 말릴 수 없을 때가 많다. 하물며 상대가 떡갈나무 몽둥이를 들고 있자 그의 분노는 불같이 치밀어 올랐다.

"죽여라, 죽여 봐라!"

조타로가 울부짖으며 고함을 쳤다. 어린아이가 내뿜는 살기가 아니었다.

"죽어라."

떡갈나무 몽둥이가 '붕' 하고 날아왔다. 일격에 조타로는 그 자리에서 죽게 될 것이다. '쾅' 하는 커다란 울림이 거기 있던 사람들의 귓가에 울려 퍼졌다. 무사시는 그때까지도 냉담할 정도로 팔짱만 끼고 묵묵히 바라보고만 있었다.

순간, 조타로의 목검이 공중으로 날아가 버렸다. 그는 무의식중에 처음의 일격을 목검으로 받아내긴 했지만 손에 가해진 충격으로 목검을 놓쳐 버린 듯했다. 다음 순간, 조타로는 눈을 질끈 감고 고함을 지르며 적의 허리춤으로 달려들더니 그의 허리를 부여잡고 죽을힘을 다해 놓지 않았다. 떡갈나무 몽둥이가 두어 번 허공을 갈랐다. 어린애라고 얕잡아 보았던 그자의 실수였다. 반면 조타로의 얼굴은 말로 표현할 수 없을 정도로 결의에 차 있었다. 그의 이는 적의 살을 물고 그의 손톱은 적의 옷을 파고들었다.

"이놈의 새끼!"

몽둥이를 든 또 한 명이 나서더니 필사적으로 매달려 있는 조타로의 허리를 향해 내리치려고 할 때였다. 무사시가 비로소 팔짱을 풀었다. 돌담처럼 둘러선 사람들을 헤치고 나온 것은 눈 깜짝할 사이의 일이었다.

"비겁하다."

두 다리와 몽둥이가 허공에서 원을 그리는 듯하더니 공처럼 저만치 땅바닥으로 '쿵' 하고 나뒹굴었다.

"이 못된 녀석."

무사시는 호통을 치면서 조타로의 허리끈을 양손으로 잡고 자신의 머리 위로 높이 쳐들었다. 그러고는 몽둥이를 쥐고 서 있는 가신을 향해 말했다.

"나도 처음부터 지켜보고 있었는데 전말에 다소 잘못된 점이 있는 듯하오. 이 아이는 나의 종복인데 귀공들은 죄를 이 아이에게 물으려는 것이오, 아니면 주인인 나에게 물으려는 것이오?"

그러자 그 가신이 격분하며 말했다.

"두말하면 잔소리. 둘 다에게 물을 것이다."

"좋소. 그렇다면 우리 둘이 상대를 하겠소. 자, 받으시오."

그 순간, 조타로의 몸이 가신을 향해 날아갔다.

주위 사람들은 무사시의 행동에 놀라고 있었다.

'너무 흥분해서 이성을 잃은 것이 아닐까? 자신의 종복인 아이를 머리 위로 높이 쳐들고 대체 어떻게 하려는 것일까?'

사람들은 무사시의 마음을 알 수가 없었다. 그때 무사시가 양손으로 들고 있던 조타로를 상대방을 향해 던지자 사람들은 저도 모르게 깜짝 놀라 뒤로 물러나고 말았다. 가신을 향해 조타로를 내던진 무사시의 뜻밖의 행동에 사람들은 기가 꺾여 버렸다. 무사시에게 던져진 조타로는 하늘에서 강림한 신의 아이처럼 몸을 동그랗게 말고 그대로 방심한 채 서 있던 상대방의 가슴께로 '쿵' 하고 떨어졌다.

"깩!"

턱이 빠진 듯한 괴상한 소리가 나더니 가신의 몸은 조타로의 몸과 포개지면서 그대로 뒤로 자빠졌다. 땅바닥에 뒷머리를 심하게 부딪쳤는지, 아니면 가슴에 부딪칠 때 조타로의 단단한 머리가 늑골이 부러뜨렸는지, 그는 비명과 함께 입에서 피를 토했다. 조타로는 그의 가슴 위에서 공중제비를 돈 듯하더니 그대로 공처럼 두세 번 굴러서 저만치 나뒹굴었다.

"무슨 짓이냐?"

"떠돌이 낭인 놈이!"

타로를 돌보는 가신이든 뭐든 상관없이 이제는 주위에 있던 야규가의 모든 가신들이 무사시를 향해 소리치며 흥분했다. 그가 오늘 밤에 네 명의 제자가 초대한 미야모토 무사시라는 사실을 알고 있는 사람이 드물었기 때문에 그런 모습을 보고 살기를 띠는 것도 무리는 아니었다.

"여러분!"

가신들을 향해 돌아선 무사시가 살벌한 표정으로 조타로가 떨어뜨렸던 목검을 주워 오른손에 잡으며 말했다.

"종복의 죄는 주인의 죄이니 어떻게 되든 처벌을 받겠소. 하지만 나와 조타로는 검을 잡는 무사임을 자처하는 사람들이니 개처럼 몽둥이에 맞아 죽을 수는 없지 않겠소. 일단 상대와 겨루고자 하니 그리 아시길 바랍니다."

그것은 벌을 받겠다는 것이 아니라 분명한 도전이었다. 만약 무사시가 조타로를 대신해서 사죄와 해명을 하면서 무사들의 감정을 달래려 노력했다면 일을 원만하게 수습할 수 있었을 것이었다. 또 아까부터 끼어들지 못하던 네 제자들도 그것을 구실로 중재할 기회를 얻을 수 있었을 터인데, 무사시의 태도는 흡사 그것을 거부하고 오히려 갈등을 부채질하고 있는 것처럼 보였다.

"이상하군."

눈살을 찌푸리며 무사시의 태도가 몹시 마음에 들지 않는다는 듯 네 제자들은 한쪽으로 비켜서서 예리한 눈으로 그를 지켜보고 있었다.

무사시의 폭언은 네 제자와 그곳에 있는 모든 사람들을 몹시 격분시켰다. 그가 어떤 자인지도 모르고 또 그의 의중도 알 길 없는 가신들의 격앙된 감정은 마치 불에 기름을 부은 것처럼 폭발했다.

"뭐라고?"

모두가 무사시를 향해 소리쳤다.

"건방진 놈!"

"분명 어디 첩자일 게다. 사로잡아라."

"아니, 베어 버려라."

"도망가지 못하게 해라."

칼을 든 야규가의 가신들이 소리치면서 무사시와 그의 손을 잡고 있는 조타로를 둘러쌌다.

"멈춰라."

쇼다가 외쳤다. 그리고 함께 있던 무라타와 데부치도 나섰다.

"위험하다."

"움직이지 마라."

네 명의 수제자가 비로소 앞으로 나섰다.

"물러나라. 여기는 우리에게 맡기고 모두 돌아가라."

모두를 진정시키며 말했다.

"아무래도 이자는 어떤 계책을 가지고 있는 듯하다. 그의 도발에 무심코 말려들어 부상이라도 입으면 주군께 우리의 면목이 서지 않는다. 개도 중요하지만 더 중요한 것은 사람의 목숨이다. 너희들에게 절대로 피해가 가지 않도록 할 것이며 그 책임도 우리 넷이 질 터이니 안심하고 돌아가라."

잠시 후, 그곳에는 방금 전까지 신음당에 앉아 있던 주인과 객만 남아 있었다. 그러나 이제 그들은 주객이 아니라 적대적인 사이로 일변해 있었다.

"무사시라 했는가. 유감스럽게도 그쪽의 계책은 깨졌다. 추측컨대 그대는 누군가의 부탁으로 이 고야규 성을 정탐하러 왔거나 아니면 성 안을 교란시키러 온 것임에 틀림없다."

네 사람의 눈이 무사시를 둘러싸고 조여 오는 듯했다. 네 명 중에서 어느 한 명도 달인의 경지에 이르지 못한 자가 없었다. 무사시는 조타로를 옆구리에 끼고 보호하면서 꿈쩍도 하지 않고 제자리에 서 있었다. 만약 무사시가 지금 이곳을 빠져나가려고 해도, 설사 날개가 있다고 네 명의 틈을 뚫고 도망치는 것은 어려운 듯 보였다.

"무사시!"

데부치가 칼집을 풀어 칼자루를 약간 앞으로 밀면서 뽑을 자세를 취했다.

"일이 이렇게 된 이상, 깨끗이 자결하는 것이 무사의 도리다. 비록 첩자라고는 하나 고야규 성에 아이 한 명을 데리고 당당히 들어온 대담함은 칭찬받을 만하다. 하여 호의를 베풀어 주겠다. 배를 갈라라! 네가 할복할 준비를 하는 동안은 기다려 줄 터이니 무사로서의 의기를 보여라."

네 제자들은 그것으로 모든 것이 해결될 것이라고 생각했다. 그들은 애초에 주군의 허락 없이 무사시를 초대했기 때문에 무사시의 정체와 목적을 불문에 부쳐 어둠 속에 묻어 버릴 생각인 듯했다. 하지만 무사시는 응하지 않았다.

"뭐라, 이 무사시에게 배를 가르라고 말하는 것인가? 바보 같은 소리!"

무사시는 의연하게 어깨를 들썩이며 웃었다. 그는 싸움을 걸기 위해서 끝까지 상대를 도발했다. 좀처럼 감정이 흔들리지 않던 네 제자들도 드디어 눈살을 찌푸리기 시작했다.

"좋다."

조용한 말이었지만 단호한 결의가 담겨 있었다.

"우리가 자비롭게 대할수록 더 기어오르는군."

데부치의 말이 끝나기도 전에 기무라가 나섰다.

"여러 말 할 것 없다."

그는 무사시의 뒤로 돌아가더니 그의 등을 밀었다.

"걸어라!"

"어디로?"

"감옥으로!"

그러자 무사시는 고개를 끄덕이며 걷기 시작했다. 그러나 그것은 본성으로 가기 위해서 자진해서 걷고 있는 것이었다.

"어디로 가느냐?"

기무라가 무사시의 앞으로 가서 양손을 벌려 그를 가로막았다.

"감옥은 이쪽이 아니다. 뒤로 돌아가라!"

"가지 못하겠소."

무사시는 자기 옆에 꼭 붙어 있는 조타로를 향해 속삭였다.

"너는 저 앞 소나무 아래에 가 있거라."

그곳은 본성의 정문에서 가까운 화단인 듯했다. 곳곳에 가지가 보기 좋게 뻗은 소나무가 있었고 그 밑에는 체에 거른 듯한 모래가 반짝반짝 빛나고 있었다. 무사시의 말을 들은 조타로가 그곳을 향해 힘차게 달려가더니 소나무를 방패 삼아 숨었다.

'드디어 스승님이 뭔가 시작하려는 모양이구나.'

조타로는 한냐의 들판에서 보았던 무사시의 강함을 떠올리며 가시를 한껏 치켜세운 고슴도치처럼 온몸에 잔뜩 힘을 주고 있었다. 그러는 사이에 쇼다와 데부치가 양쪽에서 무사시의 팔을 꺾으며 말했다.

"돌아가라."

"못 간다."

무사시는 같은 말만 되풀이하고 있었다.

"정말 가지 못하겠느냐?"

"한 발자국도."

"흐음."

마침내 기무라가 무사시의 앞으로 가서 고함을 치며 칼을 빼들었다. 기무라보다 나이가 많은 쇼다와 데부치가 잠깐 기다리라 말하더니 무사시에게 물었다.

"돌아서지 못한다면 그걸로 좋다. 그런데 너는 대체 어디로 가려고 하느냐?"

"이 성의 주인인 세키슈사이를 만나러 간다."

"뭐라고?"

네 명의 제자들은 무사시의 말에 얼굴색이 변했다. 수상하기 짝이 없는 이 청년의 목적이 세키슈사이를 만나는 것이라고는 아무도 생각하지 못했던 것이다. 쇼다가 다그치듯 물었다.

"주군을 만나서 무엇을 할 생각이냐?"

"나는 병법을 수행 중인 젊은 무사다. 야규류의 대조大祖에게 한 수 가르침을 청하고자 한다."

"그렇다면 왜 처음부터 우리에게 그렇게 말하지 않았느냐?"

"대조는 일체 사람을 만나지 않고, 또 수행자에게 가르침을 주지 않는다고 들었다."

"물론이다."

"그렇다면 그를 만나려면 도전하는 길밖에 다른 방법이 없을 터. 하지만 도전을 해도 쉽사리 받아들이지 않을 것이다. 그래서 나는 먼저 야규 성을 상대로 전쟁을 선포하고자 한다."

"뭣이, 전쟁?"

네 제자는 어이가 없다는 표정으로 그렇게 반문했다. 그러고는 무사시가 미친놈이 아닌가 하고 그의 눈을 쳐다보았다. 상대에게 양팔이 잡혀 있던 무사시가 하늘을 올려다보았다. 어둠 속에서 무엇인가 날갯짓하는 소리가 들렸기 때문이었다. 네 사람도 눈을 들어 하늘을 바라보았다. 그 순간, 별이 총총한 입치 산의 어둠 속에서 독수리 한 마리가 성 안의 곡간穀間 지붕가로 날아오더니 그 위에 내려앉았다.

사 대 일

　　　　　　　　야규 성을 상대로 전쟁을 벌이겠다는 말
은 다소 과장된 듯이 느껴졌지만 무사시가 지금 자신의 결의를 표현하
는 데에는 부족함이 없는 말이었다. 단순히 실력이나 겨루는 시합이 아
니었다. 무사시는 그런 어중간한 시합을 원하는 것이 아니었던 것이다.
그것은 결투였고 어디까지나 전쟁이었다. 자신의 총력을 걸고 운명을
결정하는 승패에 임하는 이상, 형식은 다를지라도 그의 심정은 대전大戰
을 치를 때와 조금도 다를 바가 없었다. 단지 삼군三軍을 움직이는 것과
자신의 모든 지식과 힘을 움직이는 것의 차이만이 있을 뿐이었다. 한
사람과 한 성 간의 전쟁이었다. 땅을 굳게 밟고 서 있는 무사시의 뒤꿈
치에 그러한 강한 의지가 담겨 있었다.
　무사시의 입에서 전쟁이라는 말을 들은 네 제자는 그가 제정신인지
의심이 들어 그의 눈을 들여다보았다. 그들이 그렇게 의심하는 것도

무리가 아니었다.

"재미있군. 좋다."

기무라가 흔쾌히 말하며 신고 있던 신발을 벗어 던지고는 아래옷을 걷어 올렸다.

"전쟁이라니 재미있군. 진중의 북과 종이 울리지는 않지만 그런 마음으로 받아 주겠다. 여보게들, 그놈을 내게로 밀어 주시게."

기무라는 전부터 무사시를 치고 싶은 마음을 꾹 참아 오던 터였다.

'이제 더 이상 말은 필요 없지 않은가?'

네 제자는 서로 눈으로 이야기를 끝냈다는 듯 외쳤다.

"알았네. 마음대로 하게."

두 사람이 양쪽에서 잡고 있던 무사시의 팔을 동시에 놓으며 등을 떠밀자 육 척에 가까운 무사시의 몸이 기무라 앞으로 비칠거리며 네다섯 발자국 정도 떠밀려 갔다. 기무라는 기다리고 있었다는 듯 슬쩍 한 발 뒤로 물러섰다. 그는 떠밀려 오는 무사시의 몸과 자신의 팔과의 거리를 가늠하며 물러섰던 것이다.

"꿀꺽."

기무라는 어금니 안쪽으로 숨을 죽이며 오른팔을 얼굴 위로 들어올렸다. 그리고 비칠거리며 다가온 무사시의 그림자를 향해 칼을 내리쳤다. 후드득하며 칼이 울었다. 기무라의 칼이 신력神力을 발하듯 장연한 울림을 토해 냈다. 그와 동시에 '앗' 하는 소리가 들렸다. 무사시가 낸 소리가 아니라 저쪽의 소나무 아래에 있던 조타로가 펄쩍 뛰며 외친 소리였다. 기무라의 칼이 후드득하는 소리를 냈던 것도 조타로가 던진 모래 때문이었다.

하지만 이 상황에서 한 줌의 모래 따위로는 아무런 효과를 발휘할 수 없었다. 무사시는 등을 떠밀렸을 때, 이미 기무라가 거리를 잴 것을 계산하고는 오히려 더 빨리 그의 가슴팍으로 돌진했다. 등이 떠밀려 비칠거리며 오는 속도와 필사의 의지를 담아 가속도를 더해 달려온 속도에는 엄청난 차이가 있었다.

기무라가 물러서며 무사시를 향해 내려친 칼에 오차가 생기고 말았다. 그의 칼은 보기 좋게 허공을 갈랐다. 기무라의 칼이 빗나가고 무사시의 손이 칼에 닿으려는 순간, 두 사람은 펄쩍 튀어 뒤로 물러났다. 두 사람은 약 열두세 척의 간격을 두고서 어둠 속으로 빨려 들어가듯 잔뜩 움츠리고 있었다.

"오, 볼 만한 싸움이군!"

그렇게 말한 것은 쇼다였다. 데부치와 무라타는 아직 자신들이 싸움에 합세한 것도 아닌데 무언가에 끌리듯 몸이 반응을 하고 있었다. 그리고 각자 위치를 바꾸며 흡사 자신들이 싸우고 있는 것처럼 자세를 취하면서 무사시의 일거수일투족에 따라 시선을 움직였다.

'이놈, 보통 실력이 아니군.'

몸을 파고드는 냉기가 팽팽하게 흐르고 있었다. 기무라의 칼끝은 어렴풋이 검게 보이는 무사시의 가슴보다 약간 아래를 향한 채 꼼짝도 하지 않고 있었다. 기무라는 그 상태로 움직이지 않았다. 무사시도 적에게 오른쪽 어깨를 보인 채 우두커니 서 있었다. 그는 오른팔을 높이 쳐들고 아직 칼을 뽑지 않은 칼집에 정신을 집중하고 있었다.

"……."

두 사람의 호흡을 셀 수 있었다. 당장이라도 어둠을 가를 듯한 무사시의 얼굴에서 두 눈이 하얀 바둑알처럼 보이는 것이 있었다. 인내의 싸움이자 소모전이었다. 한동안 서로 한 치도 다가서지 않았지만 기무라의 몸을 감싸고 있는 어둠 속에서 미미한 동요가 조금씩 느껴졌다. 분명 그의 호흡은 무사시보다 거칠고 빨라져 있었다.

"흐음."

데부치가 자신도 모르게 신음을 냈다. 자칫하면 기무라가 당할 것이 분명했기 때문이었다. 쇼다도 무라타도 같은 느낌을 받았다.

'저자는 보통내기가 아니다.'

세 사람은 이미 기무라와 무사시의 승부가 결판났다는 것을 알았다. 비겁하지만 큰일이 일어나기 전에, 또 공연히 시간을 지체해서 불필요한 부상을 당하기 전에, 이 침입자를 일격에 해치워야 했다. 세 사람은 눈으로 서로의 의중을 전달했고 즉시에 행동으로 옮겼다. 그들이 무사시의 좌우로 흩어지자 그가 팽팽하던 활시위가 끊어진 것처럼 팔을 튕기며 갑자기 뒤편으로 치솟았다.

"이얏!"

무시무시한 기합 소리가 허공에서 들려왔다. 무사시의 입에서 나온 그 소리가 허공에서 나는 것처럼 들린 이유는 그의 전신이 범종처럼

미야모토 무사시 2_물水의 장

울려서 사방의 적막을 깨뜨렸기 때문이었다.

"타앗!"

상대의 입에서 침을 뱉는 듯한 숨이 나왔다. 네 사람은 네 자루의 칼을 나란히 해서 무사시를 에워쌌다. 무사시의 몸은 연꽃 사이에 맺혀 있는 이슬과 같았다. 그 순간 그는 신기하게도 자기 자신을 깨달았다. 몸의 모든 모공에서 피가 뿜어져 나오듯 뜨거웠지만 가슴과 머리는 얼음처럼 차가웠다. 불가에서 말하는 홍련紅蓮이란 바로 이런 상태를 말하는 것인 듯했다. 차가움의 극치와 뜨거움의 극치는 물과 불처럼 다른 것이 아니라 같은 것이다. 그리고 지금, 무사시의 몸이 그러했다.

더 이상 모래는 날아오지 않았다. 조타로는 어디로 갔는지 그림자도 보이지 않았다. 때때로 입치 산의 정상에서 불어온 검은 바람이 좀처럼 움직이지 않는 칼을 갈아 주기라도 하듯, 어둠 속에서 도깨비불처럼 넘실거리다가 저 멀리로 불어 갔다.

'사 대 일'이었다. 하지만 무사시는 자신이 그 '일'이라는 사실에 그다지 개의치 않았다.

'머릿수가 무슨 상관인가.'

무사시는 혈관이 팽팽하게 차오르는 것을 느낄 뿐이었다. 죽음, 신기하게도 오늘 밤에는 언제나 머릿속에서 떨쳐내려 했던 그 관념도 사라졌다. 또 이길 수 있다고 하는 생각조차 들지 않았다. 입치 산에서 불어오는 바람이 그의 머릿속을 통과해서 불어 나가는 심경이었다. 정신은 새털처럼 가벼웠고 밤인데도 눈앞이 선명하게 보였다.

'오른쪽의 적, 왼쪽의 적, 앞쪽의 적. 하지만……'

무사시의 피부는 땀으로 끈적거렸다. 이마에도 진땀이 맺혀 있었다. 태어날 때부터 남들보다 컸던 심장이 팽팽하게 부풀어 오르면서 움직이지 않는 육신의 내부에서 맹렬히 불꽃을 일으키고 있었다.

그때, 왼쪽에 있던 적의 발이 미묘하게 땅을 스쳤다. 무사시의 칼끝은 귀뚜라미의 더듬이처럼 민감하게 그것을 감지하고 있었고 적도 그것을 깨달았는지 들어오지 않았다. 여전히 사 대 일의 대치가 지속되고 있었다.

"……"

무사시는 지금의 대치가 불리하다는 사실을 잘 알고 있었다. 그는 네 명의 포위망을 직선 형태로 바꾸고 그 일선에 있는 적부터 차례로 베려고 생각했지만 상대는 오합지졸이 아닌 고수들이었다. 그의 노림수에 좀처럼 걸려들지 않았다. 네 명의 제자들은 완고하게 위치를 바꾸지 않았다. 무사시 또한 상대가 위치를 바꾸지 않는 한, 먼저 치고 들어갈 수 있는 방법은 전혀 없었다. 저들 중에서 한 명과 맞서 싸우다 죽을 생각이라면 그것도 가능하지만, 그렇지 않다면 한 명이 먼저 들어오는 것을 기다려 네 명의 행동이 한순간이라도 일치하지 않을 때를 노려서 치는 수밖에 없었다.

'만만치 않은 자이다.'

이제는 네 명의 제자들도 무사시에 대한 생각을 고쳐먹었다. 그들

　　　　　　　　미야모토 무사시 2_물水의 장

중 어느 누구도 같은 편의 머릿수를 믿고 있는 자는 없었다. 만일 머릿수만 믿고 털끝만큼이라도 허점을 보이게 되면 무사시의 칼이 분명 그를 향해 닥쳐올 것이었다.

'세상에는 있을 것 같지 않은 인간도 역시 있구나. 기이한 자다.'

야규류의 진수를 모아 쇼다신류의 진리를 체득했다고 하는 쇼다 기자에몬도 무사시를 칼끝으로 겨누며 지켜보고 있을 뿐이었다. 그조차 아직 단 한 번의 공격도 하지 못했다.

칼과 사람, 땅과 하늘이 모두 얼음으로 변했다고 생각한 순간, 생각지도 않은 소리가 무사시의 귀를 놀라게 했다.

'누가 부는 것인가?'

피리 소리였다. 그리 멀지 않은 본성의 숲 쪽에서 바람을 타고 청아한 소리가 들려오고 있었다.

'아련히 울려 퍼지는 피리 소리. 누구인가? 누가 피리는 불고 있는가?'

자아도 타아도 없는, 오로지 생사의 상념조차 초월한 칼의 화신으로만 존재하던 무사시의 귓가에 뜻밖의 음률이 들려온 찰나, 그는 다시 본연의 자신으로 돌아왔다. 그의 육체 역시 상념으로 가득 찬 본연의 모습으로 되돌아오고 말았다.

그 소리는 그의 육신이 살아 있는 한 결코 잊을 수 없을 만큼 뇌리에 깊이 새겨져 있는 소리였다. 고향 미마사카의 높이 솟은 봉우리 근처에서 밤마다 쫓기며 굶주림과 피곤에 지쳐서 머리까지 몽롱해졌을 때, 귓가에 들려오던 그 피리 소리였다. 피리 소리는 '어서 와, 이리 와' 하고 부르며 자신의 손을 붙잡고 이끌었었다. 그리고 결국 다쿠안에게 붙잡히는 기연機緣을 가져다 준 소리였다. 무사시 자신은 잊었다고 생각했지만 그의 잠재의식 속에 결코 잊을 수 없는 감동으로 남아 있었음이 틀림없었다.

'아, 그 소리가 아닌가. 소리만 닮았을 뿐 아니라 노래도 그때와 같다.'

짧은 단말마와 함께 전율이 전신의 신경을 꿰뚫고 지나갔다.

'아, 오츠!'

머릿속에서 그렇게 외치자 무사시의 오체가 순식간에 허물어지는 듯했다. 그리고 적들이 그 순간을 놓칠 리가 없었다. 네 명의 눈에 무사시의 빈틈이 창호지에 난 구멍처럼 커다랗게 보였다.

"이얏!"

일갈과 함께 정면에서 기무라의 팔꿈치가 마치 칠 척이나 늘어난 것처럼 눈앞으로 닥쳐왔다.

"얏!"

무사시는 기합과 함께 그 칼끝을 되받아 쳤다. 온몸에 불이 붙은 듯 뜨거움이 느껴졌다. 근육은 반사적으로 딱딱하게 수축됐고 피가 밖으로 뿜어져 나오려는 듯 소용돌이치며 몸의 한곳으로 쏠리는 것이 느껴졌다.

'베였구나.'

무사시는 그렇게 느꼈다. 왼쪽의 소매가 날카롭게 찢어져 있었다.

팔 한쪽의 소매가 훤히 드러나 있었다. 필시 살이 베이면서 소매도 함께 잘려 나간 것이리라.

'하치만八幡!'

절대 자아 외에 무신武神의 이름이 떠올랐다. 그것은 칼에 베인 상처가 마치 번개가 치듯 절규하며 내뱉은 소리였다. 무사시는 자세를 바로 잡았다. 그 순간, 뒤돌아보니 자신을 향해 달려오는 무라타의 허리와 발바닥이 보였다.

"무사시!"

데부치가 외쳤다.

무라타와 쇼다가 옆을 향해 달려오며 소리쳤다.

"이얏, 각오해라."

무사시는 발꿈치로 땅을 차고 올랐다. 그의 몸이 근처의 낮게 드리워진 소나무 가지 끝을 스칠 정도의 높이로 뛰어올랐다. 그는 몇 번 비약하더니 뒤도 돌아보지 않고 어둠 속으로 사라져 버렸다.

"비겁하다!"

"무사시!"

"부끄러운 줄 알아라!"

물 없이 급경사를 이루고 있는 해자의 비탈 부근에서 야수가 질주하듯 나무가 부러지는 소리가 들렸다. 그리고 그 소리가 멈춘 순간, 다시 피리 소리가 밤하늘에 유려하게 울려 퍼지고 있었다.

일편단심

　　　　　　　　　서른 자나 되는 물이 없는 해자였다. 하지만 깊고 어두운 바닥에 빗물이 고여 있을지도 몰랐다. 관목이 빽빽하게 우거진 비탈을 미끄러져 내려가던 무사시는 해자 안으로 돌멩이를 던져 보더니 돌을 따라 뛰어들었다.

　해자 속에서 바라보는 별들은 아련히 멀기만 했다. 무사시는 해자 바닥의 잡초 위로 벌렁 드러눕더니 한동안 가만히 있었다. 늑골 부근에서 통증이 큰 물결처럼 밀려왔다. 그렇게 한참을 있는 사이에 호흡이 점차 정상으로 돌아왔다.

　'오츠, 오츠가 이 고야규 성에 있을 리가 없는데.'

　땀도 식고 호흡도 가라앉았지만 난마처럼 흐트러진 마음은 쉽게 가라앉지 않았다.

　'마음의 번뇌다. 잘못 들은 것이다.'

　　　　　　　　　　　　　　　　　미야모토 무사시 2_물水의 장

하지만 달리 생각하기도 했다.

'아니다. 사람의 유전流轉이란 알 수 없는 것이니, 어쩌면 오츠가 있을지도 모른다.'

무사시는 오츠의 눈동자를 밤하늘에 그려 보았다. 그녀의 눈이나 입술은 굳이 허공에 그리지 않아도 항상 그의 가슴 속에 담겨 있었다. 달콤한 환상이 잠시 그를 에워쌌다. 그는 국경 고갯마루에서 그녀가 했던 말이 떠올랐다.

"저에게 당신 외의 남자는 없어요. 당신이야말로 진정한 남자예요. 저는 당신이 없으면 살 수 없어요."

하나다 다리의 난간에서 그녀가 했던 말도 떠올랐다.

"여기에서 구백 일이나 서 있었어요. 당신이 올 때까지……."

그리고 그녀는 이런 말도 했었다.

"만약 오지 않으신다면 십 년이고 이십 년이고 백발이 되어서라도 이 다리 위에서 기다릴 작정이었어요. 데려가 주세요. 어떠한 고달픔도 마다하지 않겠어요."

무사시는 가슴이 아파왔다. 자신은 난처한 나머지 그토록 순수한 오츠의 마음을 저버리고 쏜살같이 도망쳐 버렸던 것이다.

'그 후로 나를 얼마나 원망했을까? 내 행동을 이해할 수 없었던 만큼 얼마나 나를 저주하며 입술을 깨물었을까?'

무사시는 자신도 모르게 하나다 다리 난간에 칼로 새겨 놓고 온 말이 입에서 새어 나왔다.

"나를 용서하시오."

그의 눈에서 하얗게 선을 그리며 눈물이 흘러내렸다.

"여기가 아니다."

갑자기 높은 비탈 위에서 사람의 목소리가 들렸다. 서너 개의 횃불이 나무 사이를 헤집고 다니다 사라지는 것이 보였다. 자신이 눈물을 흘리고 있었음을 깨달은 무사시가 손으로 눈을 비비며 외쳤다.

"여자 따위로 이 무슨 짓이야!"

달콤한 환상을 떨쳐 내듯 벌떡 일어나서 고야규 성의 검은 지붕을 올려다보며 말했다.

"비겁하다고 했겠다. 부끄러운 줄 알라고 했겠다. 나는 아직 항복한다고 말하지 않았다. 내가 물러난 것은 도망친 것이 아니라 병법이다."

그는 해자 바닥을 걷기 시작했다. 아무리 걸어가도 해자 안이었다.

"가만 두지 않을 것이다. 네놈들은 내 상대가 아니다. 내 상대는 바로 야규 세키슈사이이다. 두고 봐라, 전쟁은 지금부터다!"

무사시는 근처에 떨어져 있는 마른 나뭇가지를 주워서 무릎에 대고 뚝뚝 부러뜨리기 시작했다. 그것을 돌담 틈새에 박아 넣고 발을 디딜 것을 만들었다. 어느새 그의 그림자가 해자의 바깥쪽으로 올라와 있었다. 피리 소리는 이제 들리지 않았다.

무사시의 머릿속에는 조타로가 어디에 숨어 있는가 하는 생각조차 없었다. 그는 자신도 주체하지 못할 정도의 왕성한 혈기로 가득 찬, 공명심의 화신으로 변해 있었다. 그 지독한 정복욕을 토해 낼 방법을 찾는 데에만 온 정신을 집중하고 있었다.

"스승님!"

멀리 어둠 속 어딘가에서 자신을 부르는 소리가 들린 듯했다. 귀를 기울이지 않으면 들리지 않을 정도로 작은 소리였다.

'조타로인가?'

무사시는 언뜻 그렇게 생각했지만 곧 조타로는 괜찮을 것이라고 생각하며 개의치 않았다. 조금 전, 비탈 중간쯤에서 횃불이 보이긴 했지만 야규가 사람들이 더 이상 자신들을 찾지 않으리라 생각했기 때문이다.

'이 틈을 노려 세키슈사이에게.'

무사시는 그렇게 생각하며 깊은 산속 같은 숲과 골짜기를 헤매며 걸었다. 어떤 때는 자신이 성 밖으로 나온 것이 아닌가 하는 의심이 들었지만 곳곳에 있는 석축과 해자, 곳간 같은 건물을 보며 아직 성 안에 있다는 것을 확신했다. 하지만 세키슈사이가 살고 있다는 암자가 어디에 있는지 도저히 찾을 수가 없었다. 세키슈사이가 성곽이나 본성에도 살지 않고 성지城地 어딘가에 암자 하나를 짓고서 여생을 보내고 있다는 말은 와타야의 여인숙 주인에게 들어 알고 있었다. 그 암자만 어디 있는지 알면 직접 문을 열고 들어가 결투를 신청할 참이었다.

'어디인가!'

무사시는 목청껏 소리치고 싶은 감정에 휩싸여 정신없이 걸었다. 어느새 입치 산의 절벽에까지 다다른 무사시는 성의 뒤편 울타리를 보고 허무하게 돌아설 수밖에 없었다.

'내 상대인 자여, 어서 나오너라.'

변신한 요괴라도 좋으니 세키슈사이가 여기에 나타나기를 바랐다. 사지를 가득 채우고 있는 투지는 그를 악귀惡鬼처럼 밤새 걷게 했다.

'앗? 여기인 듯하다.'

성의 동남쪽으로 비스듬히 경사진 비탈 아래였다. 주위의 나무들이 잘 다듬어져 있고 풀들도 손질이 잘 되어 있는 것으로 보아 아무래도 사람이 살고 있는 곳인 듯했다. 문은 띠를 엮어 만들었고 가로대는 덩굴로 덮여 있었는데, 울타리 안에는 대나무 숲이 우거져 있었다.

'아, 여기다.'

안을 들여다보니 길이 대나무 숲을 지나 높은 산 위로 뻗어 있었다. 무사시는 단숨에 울타리를 박차고 뛰어들려고 했다.

'아니다. 잠깐.'

문 주변을 깨끗하게 청소한 고아함과 주위에 하얗게 피어 있는 병꽃나무가 어딘지 주인의 풍모를 느끼게 했다. 요동치는 마음을 달래던 무사시는 문득 자신의 흐트러진 머리와 옷가지에 마음이 쓰였다.

'이제, 서두를 건 없다.'

또한 자신도 지쳐 있음을 깨달았다. 세키슈사이를 만나기 전에 우선 자신을 가다듬어야겠다는 생각이 들었다.

'아침이 되면 누군가 문을 열고 나오겠지. 그때가 좋겠다. 만약 그때도 만나기를 거부하면 달리 방법이 없다.'

무사시는 문의 처마 밑에 앉아 기둥에 등을 기대고 편안하게 잠을 청했다. 밤하늘에 별이 고요하게 떠 있고 바람이 불 때마다 병꽃나무의 꽃이 하얗게 몸을 흔들었다.

'톡······.'

목덜미로 떨어진 차가운 이슬방울에 무사시가 눈을 떴다. 어느 새 날이 밝아 있었다. 귓가에 꾀꼬리 울음소리가 들렸고 맑은 아침 바람이 느껴졌다. 숙면을 취한 그의 머릿속은 이제 갓 세상에 태어난 듯이 깨끗했고 몸에는 아무런 피곤함도 남아 있지 않았다. 눈을 비비며 고개를 들자 새벽의 붉은 태양이 이가와 야마토의 연봉連峯 위로 떠오르고 있었다.

무사시는 벌떡 일어났다. 충분히 휴식을 취한 육체가 햇살을 받자마자 희망으로 불탔고 공명심과 야심으로 이글거렸다. 손과 발은 밤새 축적된 힘을 분출하고 싶어 아우성을 치는 듯했다.

"우와아."

무사시는 한껏 기지개를 폈다.

"오늘이다."

그는 자기도 모르게 그렇게 중얼거렸다. 갑자기 허기가 느껴지자 조타로 생각이 들었다.

'어찌 되었을까?'

무사시는 어젯밤에 다소 지나치게 조타로를 대한 듯했지만 그래도 그의 수행에 보탬이 될 것이라고 여겼다. 어쨌든 조타로는 위험하지 않을 것이라고 생각했다.

물 흐르는 소리가 들렸다. 문 안쪽의 높은 산에서 비탈을 타고 흘러 내린 한 줄기의 계곡물이 기세 좋게 대나무 숲을 휘감아 돌면서 담장 아래를 지나서 성 아래로 흘러가고 있었다. 무사시는 세수를 하고 조반 삼아 물을 마셨다.

'맛있다!'

물맛이 온몸으로 퍼져 갔다. 그러고 보면 세키슈사이는 이 약수 때문에 이 수원지 근처에 암자를 지었는지도 몰랐다. 무사시는 다도도 모르고 차의 맛도 몰랐지만 단순히 맛있다고 자신도 모르게 외칠 정도로 물이 맛있을 수도 있다는 사실을 오늘 아침에 처음으로 느꼈다.

품속에서 더러운 수건을 꺼내어 냇물에 빨았더니 금세 깨끗해졌다. 목덜미 안쪽을 닦고 손톱 사이에 긴 때도 깨끗이 닦았다. 칼집에 꽂아 두었던 계[40]를 뽑아서 흐트러진 머리를 빗었다. 오늘 아침에는 야규류의 대조인 세키슈사이를 만날 것이다. 그는 천하에서 몇 안 되는 당대의 한 문화를 대표하는 인물이었다. 세키슈사이를 무사시와 같은 이름 없는 일개 낭인에 비긴다면 달과 잔별이라 할 만큼 격이 달랐다. 대선배나 다름없는 사람을 만나러 가면서 옷매무새를 단정히 하고 머리를 빗는 일은 응당한 예절의 표시였다.

---

40 칼집에 꽂아 넣은 가늘고 납작한 도구로 투구나 모자를 썼을 때 가려운 곳을 긁는 데 사용한다.

'좋다.'

　마음의 준비도 끝냈고 머릿속도 상쾌해진 무사시는 태연하고 차분한 태도로 문을 두드리려고 했다. 그런데 산 위에 있는 암자라 문을 두드려도 그 소리가 들릴 리가 없었다. 혹시 사람을 부르는 종이라도 없는지 살피던 그의 눈에 문의 양쪽 문설주에 하나씩 걸려 있는 주련柱聯[41]이 들어왔다. 주련 안쪽은 청니靑泥로 칠해져 있었다. 무사시는 먼저 오른쪽 주련에 적혀 있는 시 한 수를 읽어 보았다.

　　관리들이여 괴히 여기지 말라,
　　산장의 문을 즐겨 닫음을.

　그 후, 눈길을 돌려 왼쪽의 주련을 읽었다.

　　이 산에 무용한 것은 없고,
　　다만 들의 맑은 꾀꼬리만 있을 뿐······.

　무사시는 사방 가득 둘러싼 나무들 너머로 들려오는 늙은 꾀꼬리 울음소리를 들으며 물끄러미 그 시구를 응시하고 있었다. 문에 걸려 있는 주련의 시구는 분명 산장 주인의 심경이라고 봐도 무방했다.
　"관리들이여 괴히 여기지 말라, 산장 문을 즐겨 닫음을. 이 산에 무

---

41 기둥이나 벽 등에 장식으로 써서 붙이는 글귀를 뜻함.

용한 것은 없고, 다만 들의 맑은 꾀꼬리만 있을 뿐……."

무사시는 몇 번이고 시구를 입가에서 되뇌었다. 아침에 예의를 갖추고 명징한 마음가짐을 유지하고 있던 그는 그의 의미를 이내 알 수 있었다. 그와 동시에 세키슈사이의 심경과 인품과 생활이 그의 마음속에 그대로 투영되었다.

'나는 아직 어리구나.'

무사시는 절로 고개가 숙여졌다. 세키슈사이가 문을 닫은 채 칩거하는 것은 결코 무사 수행자들 때문만은 아니었다. 일체의 명리名利와 명문名聞, 아욕我慾과 타욕他慾을 향한 문을 닫은 것이었다. 관리의 일에 대해서조차 괴이하게 생각지 말라며 거절하고 있었던 것이다. 세키슈사이가 그렇게 세상을 피하고 있는 모습을 생각하니 높은 우듬지에 걸려 빛을 비추고 있는 달이 연상되었다.

'다다를 수 없다! 지금의 나 따위가 다다를 수 있는 사람이 아니다.'

그는 도저히 문을 두드릴 엄두가 나지 않았다. 문을 박차고 쳐들어가는 생각을 하는 것만으로도 두려워졌다. 아니, 자신이 부끄러워졌다. 화조풍월花鳥風月만이 이 문으로 들어갈 수가 있었다. 세키슈사이는 이제 더 이상 천하의 검법 명인도, 일국의 영주도, 아무것도 아니었다. 자연의 품에 귀의한 한 명의 은둔자일 뿐이었다. 그러한 사람의 고즈넉한 거처를 소란하게 하는 일은 너무나 분별없는 짓이었다. 명리도 명문도 없는 사람과 싸워서 이긴들 그것이 자신의 명리나 명문이 된단 말인가.

미야모토 무사시 2_물水의 장

'아아, 만일 이 주련에 시가 없었다면 나는 세키슈사이의 웃음거리 밖에 되지 않았을 것이다.'

얼마간 해가 높이 떠오른 때문인지 꾀꼬리 울음소리도 새벽녘보다 잦아들었다. 그때, 문 안쪽 저편 언덕 위에서 누군가 잰걸음으로 걸어오는 소리가 들렸다. 발소리에 놀라 날아오르는 작은 새의 날갯짓 소리가 사방에 작은 무지개를 그려 냈다.

"앗?"

무사시의 얼굴에 당황한 기색이 역력했다. 울타리 틈으로 사람의 모습이 보였다. 문 안쪽의 언덕길을 뛰어서 내려온 것은 젊은 여자였다.

"오츠다!"

무사시는 어젯밤의 피리 소리가 떠올랐다.

'만나야 하나? 말아야 하나?'

무사시의 마음속은 망설임으로 가득 찼다. 만나고 싶다고 생각하면서도, 한편으로는 만나서는 안 된다고 생각했다. 그의 가슴속에서는 격렬한 떨림이 폭풍우처럼 소용돌이치고 있었다. 이 순간, 그는 여자에게 약한 풋내기 청년에 지나지 않았다.

'아, 어떻게 해야 하나.'

그는 마음을 정하지 못하고 있었다. 그사이에 산장 쪽에서 언덕길을 뛰어 내려온 오츠가 바로 앞까지 와서 발길을 멈췄다.

"어머!"

오츠는 뒤를 돌아보았다. 그녀는 기쁜 일이라도 있는 사람처럼 활기 찬 눈으로 여기저기를 살폈다.

"뒤따라온 것 같았는데."

그녀는 누군가를 찾는 듯하더니 두 손을 입가로 가져가 산 쪽을 향해 외쳤다.

"조타로 님."

그녀의 목소리를 듣고 모습을 가까이에서 본 무사시는 얼굴을 붉히며 슬금슬금 나무 그늘로 몸을 숨겼다.

"조타로 님."

사이를 두고 그녀가 다시 부르자 이번에는 저편에서 누군가 외쳤다.

"어이!"

조타로의 활달한 목소리가 대나무 숲 위쪽에서 들렸다.

"어머, 이쪽이에요. 그쪽으로 길을 잘못 들면 안 돼요. 그래요, 그쪽에서 이리로 내려와요."

조타로는 대나무 아래를 헤치며 오츠 곁으로 뛰어왔다.

"뭐야, 여기에 있었잖아."

"그러니까 내 뒤에 꼭 붙어서 따라오라고 했잖아요."

"꿩이 있어서 쫓아갔던 거예요."

"꿩 따위나 잡으려고 하지 말고 날이 샜으니 중요한 사람을 찾아야 하지 않나요?"

"그건 걱정하지 않아도 돼요. 스승님은 절대로 죽지 않으니까요."

"그런데 어젯밤엔 나한테 달려와서 뭐라고 했죠? 지금 스승님의 목숨이 위험하니 성주님께 말해서 칼싸움을 못 하도록 해 달라고 애걸하지 않았나요? 그때 조타로 님의 얼굴은 금세라도 울음을 터뜨릴 것 같았어요."

"그거야 놀랐기 때문이죠."

"놀란 것은 오히려 나였어요. 조타로 님의 스승님이 미야모토 무사시라는 말을 들었을 때 난 너무 놀라 말도 못 했다고요."

"오츠 님은 어떻게 내 스승님을 전부터 알고 있죠?"

"같은 고향 사람이거든요."

"그것뿐이에요?"

"예? 예."

"이상한데. 고향이 같다고 해서 어젯밤 그렇게 울면서 불안한 듯 초조해할 일은 없지 않나요?"

"내가 그렇게 울었다고요?"

"남의 일은 잘도 기억하면서 자기 일은 까맣게 잊어버리다니. 내가 '정말 큰일이다. 상대는 네 명이다. 그것도 그냥 네 명이 아니라 모두 고수들이라고 했으니, 저대로 내버려 두면 스승님이 오늘 밤에 죽을지도 모른다'라고 생각해서 스승님을 도우려고 모래를 집어서 네 놈에게 던지고 있었을 때, 오츠 님은 어디선가 피리를 불고 있었죠?"

"예, 세키슈사이 님 앞에서."

"나는 피리 소리를 듣고 '아, 맞다! 오츠 님에게 말해서 성주님에게 빌어야겠다' 하고 속으로 생각했던 거예요."

"그럼 그때 내가 불던 피리 소리를 무사시 님도 들었겠군요. 마음이 통했나 봐요. 왜냐하면 나는 무사시 님을 생각하면서 세키슈사이 님 앞에서 피리를 불었으니까."

"그런 것은 아무래도 좋지만, 나는 그 피리 소리가 들려서 오츠 님이 있는 방향을 알았어요. 피리 소리가 나는 곳까지 정신없이 달려갔던 거예요. 그러곤 내가 뭐라고 외쳤죠?"

"'전쟁이다, 전쟁!' 하고 소리쳤죠. 세키슈사이 님도 무척 놀라신 듯했어요."

"그런데 그 할아버지는 좋은 사람인가 봐요. 내가 개를 죽인 얘기를 했는데도 부하들처럼 화를 내지 않았잖아요."

조타로와 얘기를 하다 보니 오츠는 저도 모르게 그 얘기에 빠져 모든 걸 잊어버리고 있었다.

"자, 이젠 그만하고 어서……."

멈출 줄 모르는 조타로의 수다를 제지하며 오츠는 문 쪽으로 다가갔다.

"이야기는 나중에 해요. 지금 가장 급한 건 무사시 님을 찾는 일이에요. 세키슈사이 님도 전례를 깨고 그런 남자라면 만나 보고 싶다고 말씀하셨고, 기다리고 계시니 말이에요."

빗장을 여는 소리가 들리더니 문이 양쪽으로 열렸다. 이날 아침의 오츠는 유난히 아름답게 보였다. 곧 무사시를 만날 수 있다는 기대감과 함께 젊은 여자로서 생전 처음 느끼는 듯한 기쁨이 온몸에 그대로 드러나고 있었다. 초여름 태양은 그녀의 볼을 과일처럼 매끄럽게 비추었고 훈훈하게 부는 신록의 바람은 폐 속까지 푸르게 만들었다. 등 뒤로 떨어지는 아침이슬을 맞으며 나무 그늘에 숨어 그녀의 모습을 바라보던 무사시는 이내 깨달았다.

'아, 건강해졌구나.'

칠보사의 툇마루 끝에서 늘 애처롭고 공허한 눈길로 있던 때의 그녀는 지금처럼 생기에 찬 볼과 눈을 하고 있지 않았다. 늘 외롭고 서글픈 고아의 모습이었다. 그 무렵의 오츠에게는 사랑이 없었다. 있었다고 해도 막연한 것이었다. '왜 나는 고아인가?' 하고 남몰래 원망하며 옛일을 추억하던 감상적인 소녀였다. 그러나 무사시를 알게 되고 그만이 진정한 남자라 믿게 된 후부터 그녀는 처음으로 여자로서의 뜨거운 정열에서 자신의 삶의 의미를 발견하게 되었다. 더욱이 그를 찾아 여행길에 나서고부터는 모든 것을 참고 이겨 낼 힘도 갖추게 되었다. 무사시 또한 나무 그늘에서 그렇게 단련된 오츠의 아름다움에 도취되어 있었다.

'완전히 달라졌구나!'

무사시는 사람이 없는 곳으로 가서 자신의 본심을, 강한 척하는 자신의 이면에 숨겨진 나약함을 털어놓으며 하나다 다리의 난간에 새겨 놓았던 무정한 글은 거짓말이었다고 고백할까 생각했다. 그리고 '사람들만 보지 않으면 상관없다, 여자에게는 아무리 약해져도 부끄러운 일이 아니다, 그녀가 저렇게까지 자신을 흠모하는 열정에 고마워하며 자신의 정열도 이야기하자, 안아 주자, 뺨도 비비고 눈물도 흘려 주자' 하고 몇 번이고 생각했다. 그리고 언젠가 오츠가 자신에게 했던 말들이 귓가에 생생하게 되살아날수록 그녀의 솔직한 연정을 외면하는 것이 남자인 자신의 큰 죄악으로 여겨져서 괴로웠다.

무사시는 그러한 마음을 어금니를 악물며 참고 견디고 있었다. 지금 그의 마음은 두 편으로 갈라져서 치열하게 싸우고 있었다. 한쪽 마음이 오츠, 하고 부르려 하면 이내 다른 마음이 질책했다. 어느 쪽이 제 본연의 마음인지, 어느 것이 자신의 진짜 성격인지 스스로도 알 수 없었다.

그렇게 가만히 나무 그늘 속에 숨어 있는 무사시는 비록 머릿속이 혼란한 상태였지만 무명無名의 길과 유명有名의 길이 무엇인지 어렴풋이 가늠하고 있었다. 아무것도 모르는 오츠는 문을 나와 열 걸음 정도 걷다가 뒤돌아서고는 문 옆에서 또 한눈을 팔고 있는 조타로에게 말했다.

"조타로 님, 뭘 줍고 있어요? 빨리 와요."

"잠깐만요."

"어머, 그런 더러운 수건을 주워서 뭐하려고요."

문 옆에 떨어져 있던 수건이었다. 그것은 방금 물을 쥐어짠 듯 젖어 있었는데 조타로는 자신도 모르게 그 수건을 발로 밟았던 것이었다.

"이거, 스승님 거다."

오츠가 조타로의 옆으로 다가와서 말했다.

"무사시 님 거라고요?"

조타로는 수건의 귀퉁이를 잡고 양손으로 펼치며 말했다.

"맞아요. 나라의 과부 아줌마 집에서 받은 거예요. 단풍이 물들어 있고 소인 만두의 '림林' 자도 찍혀 있어요."

"그럼, 이 근방에 무사시 님이?"

오츠가 급히 주변을 둘러보자 조타로는 그녀의 옆에서 펄쩍 뛰며 소리쳤다.

"스승님!"

바로 그때 근처의 숲 속에서 이슬이 반짝하며 사슴이 뛰어오르는 듯한 소리가 났다. 오츠는 깜짝 놀라 얼굴을 두리번거리더니 외쳤다.

"앗!"

오츠는 조타로를 내버려 두고 갑자기 내달렸다. 조타로가 뒤에서 숨을 헐떡이며 쫓아갔다.

"오츠 님, 어디 가요!"

"무사시 님이 뛰어가고 있어요."

"예? 어느 쪽으로요?"

"저쪽으로."

"안 보여요."

"저기 숲 속이에요."

얼핏 무사시의 모습을 본 것 같은 기쁨은 순식간에 실망으로 바뀌었다. 점점 멀어져 가는 그를 따라잡기 위해 죽을힘을 다해 쫓아가는 그녀는 조타로의 물음에 답할 여유조차 없었다.

"거짓말! 다른 사람일 거예요."

조타로는 함께 뛰어가면서도 아직 믿기지 않는 얼굴이었다.

"스승님이라면 우리를 보고 도망칠 까닭이 없어요. 사람을 잘못 본
거 아니에요?"

"하지만, 저길 봐요."

"그러니까 어느 쪽요?"

"저기."

마침내 그녀는 미친 듯이 소리를 질렀다.

"무사시 님!"

길가의 서 있는 나무에 걸려서 비틀거리던 오츠를 조타로가 안아 일
으키자 그녀가 소리쳤다.

"빨리 불러요! 조타로 님, 빨리 무사시 님을 불러요!"

조타로는 흠칫 놀란 듯 오츠의 얼굴을 빤히 쳐다봤다. 그리고 섬뜩
한 생각이 들었다. 누구를 닮은 듯했다. 입만 찢어지지 않았지 핏발이
선 눈과 푸르스름하게 날이 선 미간, 밀랍으로 빚어 놓은 듯한 콧날과
턱 선까지, 나라의 과붓집에서 받았던 귀녀 가면과 너무나 닮았던 것
이다. 그는 움찔하며 그녀의 몸에서 손을 뗐다.

오츠는 조타로가 멈칫하자 힐책하듯 소리쳤다.

"빨리 쫓아가지 않으면 안 돼요. 무사시 님은 돌아오지 않을 거예요.
어서 불러요, 나도 목청껏 부를 테니까."

조타로는 그럴 리 없다고 속으로 부정했지만, 너무나 진지한 오츠의 얼굴을 보자 그녀의 말대로 해야 한다는 생각이 들었다. 그는 온 힘을 다해 큰 소리로 무사시를 부르며 그녀를 따라 뛰었다.

숲을 벗어나자 작은 언덕이 나왔고 산 능선으로 쓰키가세에서 이가로 빠지는 샛길이 있었다.

"앗, 정말이네."

언덕길에 올라서자 조타로의 눈에도 무사시의 모습이 또렷하게 보였다. 하지만 무사시는 이미 목소리가 들리지 않을 정도로 저 멀리에 있었다. 그는 뒤도 돌아보지 않고 바람처럼 달려가고 있었다.

"앗, 저쪽!"

오츠와 조타로는 발이 부서질 만큼, 목이 찢어질 만큼, 달리며 소리쳤다. 울음 섞인 두 사람의 절규가 언덕을 타고 넘어 들판을 가로질러 산기슭의 골짜기까지 이르러서 메아리로 울려 퍼졌다. 그러나 멀리 조그맣게 보이던 무사시의 모습은 산기슭으로 뛰어든 후부터는 자취도 없이 사라지고 말았다.

두텁게 깔린 흰 구름이 막막하게 떠 있었고 공허한 계곡물 소리만 아련히 들려왔다. 엄마의 젖꼭지에서 강제로 떨어져 나온 갓난아기처럼 조타로는 땅바닥을 구르며 울부짖었다.

"바보, 멍청이. 나를 버리고, 나를 이런 곳에 버리고 가 버리다니. 제길, 대체 어디로 간 거야."

오츠는 커다란 호두나무에 가슴을 대고 가쁜 숨을 몰아쉬며 그저 흐

느껴 울고 있었다. 자신을 내던지고 일생을 함께하려는 이 마음으로 도 아직 그의 발을 멈추게 하는 데 부족하단 말인가. 그녀는 그것이 분했다. 그 사람이 지금 무엇을 목적으로 하고 있는지, 또 무엇 때문에 자기를 피했는지 히메지의 하나다 다리에서부터 잘 알고 있었다. 그러나 그녀는 이렇게 생각했다.

'어째서 나를 만나는 것이 그 뜻에 방해되는 걸까?'

또 이런 생각도 들었다.

'그것은 한낱 구실일 뿐, 내가 싫은 건 아닐까?'

그러나 오츠는 칠보사의 삼나무에 매달려 있던 그를 며칠 동안 바라보면서 무사시가 어떤 남자인지 잘 알고 있었다. 그는 싫으면 싫다고 확실하게 말을 하지 결코 여자에게 거짓말을 할 사람은 아니라고 믿고 있었다. 더군다나 그는 하나다 다리에서 말했다.

"결코 당신이 싫은 것은 아니오."

오츠는 그것이 더 원망스러웠다.

'이제 나는 대체 어떻게 해야 좋단 말인가?'

고아는 일종의 냉정함과 옥생각을 가지고 있어서 좀처럼 사람을 믿지 않지만, 일단 믿으면 그 사람 외에는 의지하고 믿을 수 있는 사람이 없다고 단정하는 경향이 있었다. 하물며 그녀는 혼이덴 마타하치라는 남자에게도 배신을 당했다. 그 일은 그녀가 남자를 보는 데 있어 깊이 생각하고 조심해야 한다는 경각심을 일깨워 줬다. 그런 그녀가 무사시를 세상에서 드문 진실한 남자라고 생각하며 일생을 함께하기로 마음먹고 그를 찾아 나선 것이다. 무슨 일이 있어도 후회하지 않겠다는 각오를 하고 말이다.

"왜, 한마디 말도 해 주지 않고……."

호두나무 잎사귀들이 떨고 있었다. 마치 그들도 오츠의 이야기에 눈물을 흘리는 듯했다.

"너무하세요."

원망할수록 오히려 미치도록 그리워졌다. 그것은 숙명이었다. 무슨 일이 있어도 그 사람과 하나가 되지 못하면 참다운 삶을 살아갈 수 없는 존재로 태어났다는 것은 여리고 가냘픈 그녀의 마음에 견딜 수 없는 고통임에 분명했다. 가슴 한쪽이 잘려 나간 것과 같은 고통이었다.

"아, 스님이 온다."

불같이 화를 내고 있던 조타로의 말에도 오츠는 호두나무에서 얼굴을 돌리려고 하지 않았다.

이가伊賀의 산들에 초여름이 찾아오고 있었다. 한낮이 되면 하늘은 한층 투명해지고 신록은 짙어져 갔다.

행려승 하나가 산을 느릿느릿 내려오고 있었다. 흰 구름 속에서 태어난 듯 속세와는 아무런 인연도 없는 듯한 모습이었다. 그는 호두나무 쪽을 지나가다 그 아래에 서 있는 오츠를 돌아보았다.

"아니?"

그 소리에 오츠가 얼굴을 들었다. 울어서 퉁퉁 분 그녀의 눈이 놀라

움에 커졌다.

"아! 다쿠안 스님."

때마침 나타난 슈호 다쿠안의 모습은 오츠에게 커다란 광명이었다. 지금 그를 이곳에서 만나게 된 우연이 믿기지 않았다. 자신이 마치 백일몽 속에서 헤매고 있다는 착각이 들 정도였다. 다쿠안과 만난 것이 오츠에게는 의외의 일이었지만 다쿠안에게는 자신의 예측이 맞았던 것에 불과했다. 또 세 사람이 세키슈사이의 암자로 돌아가는 것도 그에게는 딱히 우연도 기적도 아니었다.

다쿠안과 야규가는 이미 오래 전부터 인연을 맺고 있었다. 다쿠안이 대덕사의 삼현원三玄院에서 된장을 담그고 걸레를 들고 바닥을 기며 부엌을 닦던 시절부터 알고 지내던 사이였다. 그 무렵, 대덕사의 북파北派로 일컬어지던 삼현원에는 늘 생사生死의 문제를 깨우치려는 무사와 무술 수련과 함께 정신 수양의 필요성을 깨달은 무도가 등, 유별난 사람들의 출입이 끊이지 않았었다. 그래서 '삼현원에는 모반의 안개가 서려 있다'라는 풍문이 나돌 정도로 그곳에는 중보다 무사들이 훨씬 많았다.

그곳을 자주 찾던 인물 중에 가미이즈미 이세노가미의 노제자인 스즈키 이하쿠와 야규가의 아들인 야규 고로자에몬, 그리고 그 아우인 무네노리 등이 있었다. '다지마노가미'로 불리기 이전의 청년 무네노리와 다쿠안은 금세 친구가 되었고, 그 이래로 두 사람의 친교는 날이 갈수록 두터워져 다쿠안이 고야규 성을 여러 번 방문하기도 했다.

그러는 동안 다쿠안은 무네노리의 아버지인 세키슈사이가 무네노리보다 깊은 말을 나눌 수 있는 사람이라 생각하며 존경했고, 세키슈사이 또한 그를 큰 인물이 될 인재로 여기며 가까이 했다.

다쿠안의 이번 방문에는 곡절이 있었다. 규슈九州를 편력하고 얼마 전부터 센슈泉州의 남종사南宗寺에 머물고 있던 다쿠안이 오랜만에 편지를 보내 야규 부자의 소식을 물었던 것이다. 그러자 세키슈사이로부터 상세한 답신이 왔는데 거기에는 이렇게 적혀 있었다.

근래 나는 지극히 복을 받은 듯하오. 에도에 나가 있는 다지마노가미 무네노리도 별 탈 없이 봉공하고 있고, 손자인 효고도 비고肥後의 가토 가에서 나와 지금은 수행을 하며 타국을 여행하고 있는데, 이놈 역시 제 앞가림은 충분히 할 것 같소.

때마침 요즘 내 산장에는 피리를 잘 부는 아리따운 가인이 와서 조석으로 내 수발을 들어주고 차와 꽃은 물론이고 와카和歌도 들려주니, 좌우지간 어둡고 삭막한 내 암자가 한 떨기 꽃이 핀 듯 화사해졌소. 그 여인은 스님의 고향과 바로 이웃한 미마사카의 칠보사라는 절에서 자랐다고 하니 스님과도 가히 말이 통할 듯하오. 가인의 피리 소리를 들으며 저녁나절에 마시는 감미로운 술은 차를 마시며 두견새 우는 밤을 지내던 때와 또 다른 정취를 느끼게 하오. 그곳에 와 있다니 하룻밤 시간을 내어 내 거처를 찾아 주었으면 하오.

편지를 보자 다쿠안은 엉덩이를 붙이고 앉아 있을 수가 없었다. 하물며 편지 속의 피리를 부는 아리따운 여인이라면 때때로 걱정을 하고 있던 오츠인 듯했다. 그런 연유로 다쿠안이 이곳을 찾았으니 야규 골짜기 근처의 산에서 그녀를 만나게 된 일은 그다지 의외라고 생각하지 않았던 것이다.

"안타깝구나."

다쿠안은 오츠에게서 방금 무사시가 이가 쪽으로 달려갔다는 소리를 듣고서 혀를 차며 탄식했다.

여인의
길

오츠는 호두나무 언덕에서 세키슈사이가 있는 산장의 기슭까지 조타로를 데리고 풀이 죽은 모습으로 돌아가고 있었다. 다쿠안이 이런저런 이야기를 묻자 그녀는 그 후로 자신이 어떻게 살아왔는지를 말하고, 이번 일에 대해서도 숨김없이 다 이야기했다. 그녀는 마음속 이야기까지 전부 털어놓으며 의논을 청했다.

"음, 흠."

다쿠안은 누이동생의 하소연을 들어주듯 귀찮은 기색도 없이 몇 번이고 고개를 끄덕였다.

"그랬었군. 음, 여자들은 때로 남자로 인해 불가능한 인생을 선택하기도 하지. 그럼 지금 너는 '앞으로 어떤 길을 가야 하는가?' 하는 선택 앞에 서 있는 게로구나?"

"아니에요."

"그러면?"

"지금 와서 그런 것으로 망설이지는 않아요."

머리를 숙이고 힘없이 걷고 있는 오츠의 옆얼굴에 수심이 가득했다. 그러나 그녀의 말 속에는 다쿠안조차 놀랄 만큼의 굳은 의지가 담겨 있었다.

"단념할까, 어쩔까, 그런 걸로 망설일 거라면 저는 칠보사에서 나오지 않았을 거예요. 앞으로 가고자 하는 길은 이미 정해져 있어요. 다만 그것이 무사시 님에게 해로운 일이 된다면, 제가 살아 있는 것이 그분께 행복이 되지 못한다면 저는 제 자신을 어떻게 하지 않으면 안 될 것 같아요."

"어떻게 하다니?"

"지금은 말씀드릴 순 없어요."

"오츠, 정신 차리거라."

"무엇을 말이에요?"

"이 밝은 태양 아래에서 죽음의 그림자가 네 검은 머리를 잡아당기고 있구나."

"저는 아무렇지도 않아요."

"그럴 것이다. 죽음의 그림자가 부추기고 있으니까. 그러나 죽는 것만큼 어리석은 짓은 없단다. 그것도 짝사랑으로 말이다. 하하하."

오츠는 다쿠안이 자신의 얘기를 대수롭지 않게 흘려듣는 것처럼 말하자 화가 났다. 사랑도 못 해 본 인간은 자신의 마음을 이해할 수 있

미야모토 무사시 2_물*의 장

을 것 같지 않았다. 그것은 다쿠안이 어리석은 자를 앉혀 놓고 선禪을 깨치는 것과 똑같은 것이었다.

선에 인생의 진리가 있다면 사랑에 목숨을 건 인생도 있었다. 적어도 여자에게는 열정도 없는 선승禪僧이 '쌍수음성隻手音声'[42]을 들먹이며 어설픈 공안을 늘어놓는 것보다 때론 자신의 목숨을 걸 만큼 중요한 것이 사랑이었다.

'이젠 말하지 않을 테야.'

오츠는 그렇게 결심한 듯 입술을 깨물고 입을 다물고 있었다. 그러자 다쿠안이 진지하게 물었다.

"오츠, 너는 왜 남자로 태어나지 않았느냐? 그처럼 의지가 강한 남자라면 적어도 한 나라에 큰 보탬이 되고도 남았을 텐데."

"저 같은 여자가 있으면 안 된다는 말씀인가요? 저 같은 여자는 무사시 님에게 해롭다는 말이세요?"

"그런 뜻으로 말한 것이 아니니 곡해하지 말거라. 하지만 무사시는 네가 아무리 사모의 정을 표해도 그렇듯 도망을 치지 않느냐? 그래서는 쫓아가도 붙잡을 수가 없을 것이다."

"저 역시 재미로 이런 고생을 하고 있는 게 아니에요."

"잠시 만나지 않은 사이에 너도 세간의 여인들과 같은 생각을 갖게

---

42 에도시대의 선승禪僧인 하쿠인白隠이 창안한 선의 대표적인 공안 중 하나. 어느 날 하쿠인이 수행자들을 앞에 두고 "쌍수성이 있으니 그 소리를 들어라" 하고 말했다. 즉 양손을 치면 소리가 날 것인데 그럼 손이 하나라면 어떤 소리가 나는가 말해 보라고 물은 것이다. 여기서는 '손뼉도 마주 쳐야 소리가 난다'는 뜻으로 해석할 수 있다.

되었구나."

"하지만…… 아니, 이제 그만해요. 스님 같은 명승께서 여자의 마음을 어찌 이해하실 수 있겠어요."

"나도 여자에겐 두 손 들었단다. 뭐라 해 줄 말이 없구나."

오츠는 훌쩍 발길을 돌리며 조타로를 불렀다.

"조타로 님, 이리 와요."

그녀는 조타로와 함께 다쿠안을 그곳에 남겨 놓고 다른 길로 가려고 했다. 그 자리에 멈춰 선 다쿠안이 잠시 한탄하듯 눈썹을 씰룩거리더니 어쩔 수 없다는 듯 말했다.

"오츠, 그럼 세키슈사이 님에게 작별 인사도 하지 않고 네가 가고 싶은 길로 갈 생각이냐?"

"네, 작별 인사는 여기서 마음속으로 하겠어요. 원래 그 암자에서 이렇게 오래 신세질 생각은 없었으니까요."

"마음을 바꿀 생각은 없느냐?"

"어떻게요?"

"칠보사가 있는 미마사카의 산속도 좋았지만 야규의 산장도 나쁘지 않다. 너와 같은 가인은 피로 얼룩진 속세가 아니라 이런 평화롭고 순박한 산하에서 평생 살게 하고 싶구나. 가령 저기 울고 있는 꾀꼬리처럼 말이다."

"호호호. 스님 고맙습니다."

"안 되겠느냐?"

다쿠안은 탄식했다. 자신의 생각대로 맹목적으로 밀고 나가려는 이 젊은 처녀에게는 자신이 무슨 말을 해도 소용이 없을 듯했다.

"오츠, 네가 가려는 곳은 번뇌에 휩싸인 무명無明의 길이다."

"무명?"

"너는 절에서 자란 아이이니, '무명 번뇌無明煩惱'의 방황이 얼마나 끝없고 슬픈 것인지, 얼마나 구제하기 힘든 것인가 하는 정도는 알고 있을 것이다."

"태어날 때부터 제게는 유명有名의 길이 없었어요."

"아니다. 그렇지 않다."

다쿠안은 한 가닥 희망을 부여잡는 심정으로 오츠에게 다가가 그녀의 손을 잡고서 말했다.

"내가 세키슈사이 님에게 잘 부탁하마. 일생 동안 네 몸을 의탁할 곳을 말이다. 여기 고야규 성에서 좋은 낭군을 얻어서 아이도 낳고 여자로서의 할 일을 해 나간다면 그것만으로도 이 땅은 강해질 것이고 너도 행복해질 것이다."

"스님의 마음은 잘 알겠습니다. 하지만……."

"그렇게 하거라."

다쿠안은 오츠의 팔을 잡아끌며 조타로에게 말했다.

"꼬마야, 너도 함께 가자."

조타로는 머리를 저으며 말했다.

"저는 스승님의 뒤를 따라갈 거예요."

"가더라도 일단 산장으로 돌아가서 세키슈사이 님에게 인사라도 해야지 않겠느냐."

"맞다, 성 안에 소중한 가면을 두고 왔네. 그것을 가지러 가야겠다."

뛰어가는 조타로의 발밑에는 유명도 무명도 없었다. 그러나 오츠는 두 갈래 길에 선 채 움직이지 않았다. 다쿠안이 다시 예전의 친구로 돌아가서 그녀가 가려는 길이 얼마나 위험한지, 여인의 행복이 그 길에만 있는 게 아니라고 절절히 일깨웠지만 그녀의 마음을 움직일 수는 없었다.

"있었다! 있었어요."

조타로는 가면을 쓰고 산장의 비탈길을 뛰어 내려왔다. 잠시 그 귀녀 가면을 바라보던 다쿠안의 온몸에 소름이 돋았다. 세월이 지난 언젠가 무명의 저편에서 다시 만나게 될 오츠의 얼굴을 지금 보는 것 같았기 때문이다.

"그럼, 다쿠안 스님."

오츠는 한 발 물러섰다. 조타로는 그녀의 소매에 매달려서 재촉했다.

"자, 가요. 자, 빨리 가요."

다쿠안은 고개를 들어 하늘에 뜬 구름을 바라보면서 자신의 무력함을 한탄하듯 말했다.

"이제는 어쩔 수가 없는 듯하구나. 부처님도 여인은 구제하기 어렵다고 말씀하시더니."

"안녕히 계세요. 세키슈사이 님께는, 비록 여기서 인사를 드리게 됐지만, 스님께서 잘 말씀드려 주세요."

"아, 가는 곳마다 지옥의 나락으로 떨어질 사람들만 만날 줄 알면서도 너를 잡지 못하는 내가, 중이 이토록 바보처럼 여겨지는구나. 오츠야, '육도 삼도六道三途'에 빠지거든 언제든 내 이름을 부르거라. 알았느냐? 다쿠안의 이름을 떠올리고 불러야 한다. 자, 그럼 네가 갈 수 있는 곳까지 가 보아라."

후시미 성의
노랫소리

후시미 모모야마伏見桃山 성의 터[43]를 에워싸고 있는 요도가와 강淀川江의 강물은 유구히 몇 리를 흘러가서 나니와 강浪華江이 물결치는 오사카 성의 석벽 아래까지 이어지고 있었다. 그래서인지 이곳 교토 주변의 정치적 움직임은 미묘하게 오사카 쪽에 바로 영향을 미치고 있었고, 오사카의 장수와 무사 들의 말과 행동도 민감하게 후시미 성으로 전해지고 있었다. 셋쓰와 야마시로山城, 두 나라를 관통하는 이 대하大河를 중심으로 해서 일본의 문화는 거대한 격변기를 맞이하고 있었다.

태합太閤 도요토미 히데요시의 사후, 마치 지는 해가 그 마지막 아름다움을 더욱 발하는 것처럼 한층 권위를 과시하고 있는 히데요리秀賴

---

43 히데요시가 쌓은 교토 시에 있는 후시미 성의 터. 1602년경에 도쿠가와 이에야스가 '후시미 성 전투'로 소실된 이 성을 다시 재건하였으나 1619년에 폐쇄되었다. 그 후, 성이 있던 터에 복숭아나무가 심어져서 모모야마 성 혹은 '후시미 모모야마 성'으로 불리게 되었다.

와 요도기미淀君⁴⁴의 오사카 성과, 세키가하라 전투 이후에 후시미 성
을 근거지로 하여 도요토미 문화의 구태를 근본부터 개혁하기 위해
전후의 경륜과 대계大計 수립에 박차를 가하고 있는 도쿠가와 이에야
스의 위세가 정면으로 충돌하고 있었다. 이 두 개의 커다란 시대의 조
류는 강 사이를 왕래하고 있는 배에서부터 육지를 오가는 남녀의 풍
속과 유행가는 물론이고 일을 찾아 헤매는 낭인들의 표정에까지 혼
재해 있었다.

"어떻게 될까?"

사람들은 곧잘 그 화제를 끄집어내서 흥미진진하게 이야기했다.

"어떻게 되다니, 뭐가?"

"세상이 말이야."

"그야 빤하잖아? 변할 거야. 후지와라노 미치나가藤原道長⁴⁵ 이래로 세
상이 변하지 않은 날은 단 하루도 없었네. 미나모토源 가문과 다이라平
가문이 정권을 잡게 되면서부터는 더욱 심해졌어."

"결국 또 전란이 벌어지겠군."

"시대가 이미 이렇게 변했는데, 이제 와서 세상을 되돌리려고 해도
너무 늦은 일이야."

"오사카에서도 각 나라의 낭인들에게 손을 뻗치고 있다는데."

---

44 도요토미 히데요시의 측실로 에도에 정권을 구축하기 시작한 도쿠가와 이에야스와 대립해
　서 도요토미 히데요리의 후견인 역할을 했다.
45 헤이안 시대 중기의 귀족으로 정쟁에서 이겨 정권을 장악했다.

"게다가 도쿠가와 님은 은밀히 외국 배에서 총이나 탄약을 잔뜩 사들이고 있다던데."

"그러면서 손녀인 센千 아가씨를 히데요리 공에게 시집보낸 건 대체 무슨 연유일까?"

"높은 분들이 하는 일이야 모두 성현의 길일 테니 우리 같은 아랫것들이 알 턱이 있나?"

돌은 뜨겁게 달아올랐고 강물은 끓어오르고 있었다. 가을이 지척이었지만 삼복더위가 막바지 열기를 토해 내고 있었다. 요도가와의 교바시구치京橋口의 버드나무도 숨을 헐떡이며 축 늘어져 있었다. 매미 한 마리가 울부짖으며 강을 가로질러 상가 안으로 날아갔다. 마을은 어딘가 생기를 잃어버린 듯했고 판자 지붕은 재를 뒤집어쓴 듯 바싹 메말라 있었다. 다리의 위아래에는 수많은 석선石船들이 매어 있었는데 강이나 땅, 어느 곳을 둘러봐도 돌 천지였다.

대부분의 돌들은 모두 다다미 두 장을 합쳐 놓은 것 이상으로 큰 것들이었다. 돌을 나르는 인부들은 뜨겁게 달아오른 돌 위에서 마치 아무 감각이 없다는 듯, 잠을 자거나 앉아 있거나 벌렁 드러누워 있기도 했는데, 아마도 점심을 먹은 후에 잠시 휴식을 취하는 모양이었다. 근방에 있는 목재 운반용 수레를 끌던 소도 온몸에 파리가 달려들었지만 꼼짝 않고 침만 질질 흘리고 있었다.

후시미 성의 개축 공사가 진행 중이었다. 언제부턴가 사람들이 오고

쇼大御所[46]라고 부르는 도쿠가와 이에야스가 이곳에 머물고 있기 때문이 아니었다. 성의 개축은 이에야스의 전후 정책 중 하나로 시행되었는데, 후다이 다이묘譜代大名[47]들이 딴마음을 먹지 않도록 하기 위해서였다. 또 성을 개축하며 도자마 다이묘外樣大名의 권력과 경제력을 소모시키기 위해서이기도 했다. 또한 각지에서 토목공사를 벌여 하층민들에게 돈을 흘려보냄으로써 일반 백성들이 도쿠가와의 정책을 지지하도록 만드는 수단이기도 했다.

성의 개축 공사는 에도 성, 나고야 성, 순푸 성駿府城, 에치고 다카다 성越後高田城, 히코네 성彦根城, 가메야마 성龜山城, 오쓰 성大津城에 이르기까지 전국에서 대규모로 벌어지고 있었다. 후시미 성의 토목공사에서 날품팔이를 하는 노동자만 해도 천여 명에 이르렀다. 그들 대부분은 신쿠루와新曲輪의 석축 공사에 집중되어 있었기 때문에 후시미 마을은 유녀와 행상 들은 물론이고 말파리까지 급격히 늘어났다.

"오고쇼 님 덕분에 경기가 좋아졌다."

후시미 마을 사람들은 도쿠가와의 정책을 칭송하면서 한바탕 돈을 벌 기회를 엿보는 데 열을 올렸다. 그들은 속으로 세상이 돌아가는 형세에 주판알을 튕기고 있었다.

"만약 전쟁이 나면……."

---

46 은퇴한 장군이나 친왕을 가리키는 말.

47 도쿠가와 이에야스가 천하를 장악하기 이전부터 대대로 도쿠가와 가문을 섬겨 온 영주들을 가리킨다. 반면 도자마 다이묘外樣大名는 세키가하라 전투 이후로 도쿠가와 가문을 섬기기 시작한 다이묘들을 가리킨다.

"이곳이야말로 한바탕 돈을 벌 수 있는 곳이다."

활발하게 거래되는 물건들 또한 대부분 군수품이라는 것도 말할 필요가 없었다. 이제 서민들은 도요토미 시대의 문화를 그리워하기보다 목전의 이익에 이끌려 도쿠가와의 정책에 심취해 있었다. 권력자가 누구든 상관없었다. 자신들의 작은 욕망을 하나라도 채울 수 있다면 그것으로 만족해하며 아무 불평도 하지 않았다.

도쿠가와는 그러한 백성들의 심리를 이용했다. 그것은 아이들에게 과자를 나눠 주는 것보다 쉬운 일이었다. 그나마 도쿠가와가의 돈으로 하는 것도 아니었다. 부가 넘쳐 나는 도자마 다이묘들에게 세금을 부가해 그들의 힘을 적당히 감퇴시키면서 원하는 효과를 거두고 있었다. 도쿠가와는 그렇게 도시 정책을 취하는 한편, 농촌에 대해서도 방만하게 벌어지던 살인이나 강도, 징발, 그리고 한 나라 이상의 영토 소유를 일절 허용하지 않았다. 도쿠가와 식 봉건정책을 서서히 펼쳐 나가기 시작한 것이다. 그것은 '백성으로 하여금 정치를 알게 하지 말고, 정치에 의지케 하라'라는 시책에서 '백성들이 굶주리지 않을 정도로 베풀고 제멋대로 행동하지 않게 하는 것이 그들에 대한 자비다'라는 시책으로의 전환을 의미했다. 이는 도쿠가와가가 영원히 권력을 잡기 위해 내세운 계책에 불과했다.

도쿠가와의 시책은 다이묘는 물론 백성들에게까지 영향을 끼치게 되었는데, 그것은 자손대대로 옴짝달싹할 수 없는 족쇄로 작용하는 봉건 통제의 신호탄이었다. 하지만 아무도 백 년 뒤의 일까지 예측할

수는 없었다. 축성 공사로 돈을 벌기 위해 온 사람들에게 당장 내일의
일 따위는 생각조차 없었다. 기껏 점심을 먹으면 빨리 밤이 오기를 바라
라는 것이 그들의 가장 큰 욕망이었다. 하지만 그들도 가끔씩은 세상
돌아가는 형세로 이야기꽃을 피우곤 했다.

"전쟁이 일어날까?"

"일어난다면 언제쯤?"

그러나 그들의 마음속에는 이런 생각이 깃들어 있었다.

'전쟁이 벌어지더라도 이 이상 나빠질 게 없다.'

그들은 시국을 염려하거나 다가올 전란을 걱정하면서 '언제 이 평
화가 깨질까? 과연 어느 쪽이 나라와 백성을 위해 좋은 것인가?' 따위
의 생각은 하지 않았다.

"수박 사세요."

늘 점심 휴식 무렵에 오는 농가의 처녀가 오늘도 수박 광주리를 끼
고 나타났다. 돌 그늘에서 엽전을 엎어 놓고 놀음을 하던 인부들이 수
박 두 개를 샀다.

"이쪽 분들은 수박 안 사세요?"

그녀는 목청을 돋워 여기저기 흩어져 있는 무리를 찾아다니며 외쳤다.

"제길, 난 돈이 없다고."

"공짜라면 먹어 주마."

한 무리의 사내들이 처녀를 희롱하고 있을 때, 돌 사이에 무릎을 세
우고 기대앉아 있던 젊은 인부가 맥없는 눈으로 그녀를 불렀다.

"수박인가?"

눈이 푹 꺼지고 햇볕에 검게 탄 비쩍 마른 모습이 예전과는 확연히 달라졌지만 분명 혼이덴 마타하치였다. 그는 흙이 묻은 동전을 손바닥에 올려놓고 헤아린 후에 처녀에게 값을 치르고 수박 하나를 받았다. 그러고는 수박을 안고 다시 돌에 기댄 채 한동안 맥없이 고개를 숙이고 있었다.

"웩, 우웩……."

마타하치가 한 손을 땅에 짚더니 풀 위에 소처럼 침을 게워 냈다. 수박이 무릎에서 굴러떨어졌지만 그것을 잡을 만한 기력도 없어 보였고, 또 먹으려고 산 것 같지도 않았다.

"……."

마타하치는 흐릿한 눈으로 수박을 바라보고 있었다. 속이 텅 빈 구슬처럼 그의 눈은 어떠한 의지나 희망도 담고 있지 않았다. 숨을 쉴 때마다 어깨가 들썩였다.

"빌어먹을!"

머릿속에 저주스런 자들이 떠올랐다. 오코의 하얀 얼굴과 다케조의 모습이었다. 지금과 같은 처지가 된 자신의 과거를 돌아볼 때마다 '다케조만 없었더라면, 오코를 만나지 않았더라면' 하고 생각했다. 그가 생각건대, 첫 번째 과오는 세키가하라 전투에 나간 것이고 두 번째는 오코의 유혹에 넘어간 것이었다. 그 일들만 없었다면 지금쯤 고향에서 살면서 혼이덴가의 가장으로 아름다운 아내를 맞아 마을 사람들의 부러움을 한 몸에 받고 있었을 것이다.

'오츠는 나를 원망하고 있겠지. 어떻게 지내고 있을까?'

요즘 그의 유일한 위안거리는 오츠를 생각하는 것이었다. 오코라는 여인의 본성을 속속들이 알고 난 뒤부터는 그녀와 같이 사는 동안에도 마음은 오츠에게 이미 돌아가 있었다. 그 '요모기의 집妓'이라고 불리던 오코의 집에서 마치 쫓겨나듯 나온 후로 오츠를 생각하는 때가 더욱 많아졌다.

또한 마타하치는 장안의 무사들 사이에서 화제가 된 미야모토 무사시라는 신진 검객이 자신의 옛 친구인 다케조라는 것을 알게 되자 더는 가만히 있을 수가 없었다.

'좋다, 그렇다면 나도.'

술도 끊고 빈둥빈둥하던 게으른 습성도 털어 낸 그는 새로운 생활을 찾기 시작했다.

'오코, 네년이 후회하도록 만들어 주마. 어디 두고 봐라.'

그러나 그는 당장 적당한 직업을 찾을 수가 없었다. 나이 많은 오코에게 오 년이나 얹혀살면서 세상물정도 몰랐던 자신의 어리석음을 뼈에 사무치도록 깨달았지만 이미 너무 늦었다.

'아니다. 아직 스물둘이니 무슨 일을 하더라도 늦지는 않았다.'

그러나 마타하치의 각오는 누구나 할 수 있는 정도에 불과했다. 그는 자신의 어리석음 때문에 잃어버렸던 인생을 되찾겠다는 비장한 각오로 후시미 성 공사장 인부로 왔다. 그리고 여름부터 가을까지 불

볕더위 속에서 스스로도 대견스러울 정도로 계속해서 일해 왔다.

'나도 남들이 부러워할 만한 당당한 사내가 될 테다. 다케조가 할 수 있다면 나라고 못 할 리 없다. 아니, 머지않아 그 녀석에게 출세한 내 모습을 보여 주겠다. 그때는 오코 년도 후회할 것이다. 어디 두고 봐라. 십 년 안에······.'

그러자 문득 그런 생각이 들었다.

'십 년 후라면 오츠는 몇 살일까?'

오츠는 다케조나 자신보다 한 살 아래였다. 그러니 앞으로 십 년 뒤에는 그녀도 서른한 살이 된다.

'그때까지 오츠가 혼자 몸으로 기다리고 있어 줄까?'

마타하치는 고향을 떠나온 이후로 그곳 소식을 전혀 듣지 못했다. 그렇게 생각하니 십 년은 너무 길었다. 적어도 오륙 년 안에 어떻게든 출세해서 고향으로 돌아가 오츠에게 사과하고 아내로 맞이해야만 했다.

'그래, 오륙 년 안에 반드시······.'

수박을 바라보고 있던 마타하치의 눈에 얼마간 생기가 돌았다. 그때, 그의 맞은편에서 동료 한 명이 팔을 뻗으며 말했다.

"마타하치, 혼자서 뭘 그리 중얼거리고 있는 거냐? 저런, 얼굴이 새파란 게 어디 아픈 거 아닌가? 썩은 수박을 먹고 배탈이라도 난 거 아니냐고?"

마타하치는 억지로 얼굴에 희미한 웃음을 지었다. 그러나 이내 어지럼이 이는지 침을 뱉고서 고개를 가로저었다.

"별일 아니야. 더위를 좀 먹었나 봐. 미안하지만 한 시간 정도만 쉬게 해 주게."

"약은 녀석이군."

몸집 좋은 동료는 마타하치가 불쌍하다는 듯 비웃었다.

"먹지도 못할 수박은 뭐하러 샀나?"

"모두에게 미안한 마음이 들어서 나누어 주려고."

"그것 참 기특한 생각이군. 이보게들, 마타하치가 한턱 쐈으니 모두 같이 먹자고."

사내가 돌의 모서리에 수박을 내리쳤다. 근처에 있던 인부들이 개미 떼처럼 몰려와 빨간 물이 뚝뚝 떨어지는 수박을 한 쪽씩 받아 게걸스럽게 먹어 댔다.

"자, 일을 시작해라."

돌을 나르는 무리의 조장이 돌 위에 올라서서 소리쳤다. 폭염을 피해 오두막에 있던 공사 감독관 무사가 채찍을 들고 나왔다. 땀 냄새가 사방에서 진동했고 말파리들까지 윙윙거리며 날아다녔다. 팔뚝만 한 굵은 밧줄에 묶여 지렛대와 굴림대 위의 있던 거대한 돌이 뭉게구름이 움직이듯 서서히 앞으로 움직이기 시작했다.

대공사의 시대를 맞아 전국적으로 돌을 나를 때 부르는 노래가 유행했는데, 이곳 인부들이 부르기 시작한 노래도 그중 하나였다. 축성 공사의 부역에 나왔던 아와阿波의 성주 하치스카 요시시게蜂須賀至鎮가 임지로 보낸 서신에 이렇게 적혀 있었다.

어젯밤, 어떤 사람에게 배운 나고야의 돌을 나르는 노래를 적어 보냅니다. 늙은 사람이나 젊은 사람이나 모두 이 노래를 흥얼거리고 있습니다.

그 밑에는 노래의 가사가 적혀 있었다.

우리 백성들은
도고로藤五郎 님을 위해
아와다구치粟田口[48]에서
돌을 나르자.
영차, 영차
힘껏 당기라는
소리가 들리면
사지에 힘이 불끈.
하물며 따르니
세상 살맛 나는구나.

일꾼들의 노동요가 거문고를 켜며 부르는 현가絃歌에 이식되면서 하

___
48 교토에 있는 군사와 교통의 요지.

미야모토 무사시 2_물水의 장

치스카 같은 다이묘까지도 술자리의 여흥으로 흥얼거리며 불렀던 듯했다.

거리가 노랫소리로 가득 차기 시작한 것은 뭐니 뭐니 해도 도요토미의 전성기였기 때문이었다. 무로마치 장군 시대에도 노래는 있었지만 모두 실내에서 부르는 퇴폐적인 노래뿐이었다. 그 무렵에는 아이들이 부르는 노래마저 암울하고 어두운 것이 많았지만, 도요토미의 세상이 되고 나서는 노래도 밝고 웅장하며 희망적으로 변했다. 그래서 백성들은 태양 아래에서 땀을 흘리며 노래 부르는 것을 대단히 좋아했다.

그러나 세키가하라 전란 이후로 세간의 문화에 도쿠가와의 색채가 점점 짙어지자 노래도 조금씩 바뀌게 되면서 호방한 분위기도 점차 사라지기 시작했다. 도요토미 시절에는 백성들 사이에서 자연적으로 노래가 생겨났지만 오고쇼의 세상이 되면서부터는 도쿠가와 이에츠키徳川家付가 만든 것과 같은 노래가 백성들에게 퍼져 나갔다.

"아, 괴로워."

마타하치가 머리를 감싸 쥐었다. 머리가 불덩이처럼 뜨거웠고 인부들이 부르는 노동요가 귓가에 울려 너무나 시끄럽게 느껴졌다.

'오 년, 오 년. 아, 오 년 동안 일만 한다면 어떻게 될까? 하루 벌어 하루 먹고 하루 놀면 하루를 굶는 수밖에 없다.'

이젠 뱉을 침도 말라 버린 듯 마타하치는 새파래진 고개를 아래로 떨궜다. 그런데 얼마 떨어지지 않은 곳에 짚으로 엮은 엉성한 갓을 깊이 눌러 쓰고 허리춤에 보자기를 동여맨 키 큰 젊은 무사 수행자가 언제부턴지 서 있었다. 그는 반쯤 펼친 쇠살 부채로 삿갓의 끄트머리를 살짝 밀어 올린 채로 후시미 성의 지세와 공사 상태를 물끄러미 바라보고 있었다.

비전
목록

무슨 생각이 들었는지 무사 수행자는 한 평 정도 되는 널따란 돌 앞에 앉았다. 그 돌은 팔꿈치를 얹을 수 있는 책상만큼의 높이였다.

"후, 후우……."

쌓여 있던 돌가루를 입으로 불어 내자 가루와 함께 개미 떼의 행렬도 날아갔다. 그는 두 팔꿈치를 돌 위에 얹고 한동안 턱을 괴고 있었다. 한창 햇볕이 따갑게 내리쬘 때여서 돌들은 모두 불처럼 뜨거웠고 풀숲에서 끼쳐 오는 끈적한 열기에 얼굴이 화끈거릴 만했지만, 그는 미동도 하지 않고 축성 공사장만 뚫어지게 바라보고 있었다.

조금 떨어진 곳에 있는 마타하치는 전혀 개의치 않는 모습이었다. 그는 무사 수행자가 이곳에 와서 저런 모습을 취하고 있을 리 없다고 생각했다. 무엇보다 여전히 머리가 어지럽고 가슴이 답답해서 때로 침을 돋아 뱉으며 등을 돌린 채 쉬고 있었다. 그런데 마타하치의 괴로운 숨소리를 들었는지 무사 수행자가 얼굴을 돌리며 말을 걸었다.

"어이, 왜 그러시오?"

"아, 더위를 먹어서요."

"많이 아프오?"

"다소 진정됐지만, 아직도 이렇게 구역질이……."

"이 약을 먹어 보시오."

그는 인롱印籠을 열어 검은 알약을 손바닥에 꺼내더니 일어서서 다가와 마타하치의 입속에 넣어 주었다.

"곧 나을 거요."

"고맙습니다."

"쓰지 않소?"

"그다지 쓰지 않습니다."

"당신은 여기서 계속 쉬고 있을 거요?"

"예……."

"그럼, 혹시 누가 오면 바로 내게 일러 주시오. 작은 돌을 던져 알려주는 것도 괜찮으니, 부탁하겠소."

무사 수행자는 그렇게 말하고는 자신이 있던 자리로 돌아가 앉더니 전통에서 붓을 꺼냈다. 그러고는 다시 품속에서 반으로 접은 종이를 철한 수첩을 꺼내 돌 위에 펼쳐 놓고 무언가를 열심히 쓰기 시작했다. 그는 삿갓 너머로 성의 안팎과 뒤편의 산세, 하천의 위치, 천수각 등을 유심히 살펴더니 붓을 들고 눈대중으로 후시미 성의 지리부터 성곽과 내부까지 수첩에 옮겨 그리는 것이었다.

후시미 성은 세키가하라 전투 직전에 서군인 우키타浮田 군과 시마즈島津 군의 공격을 받아 성곽과 망루, 해자 등이 크게 훼손되었다. 하지만 지금의 후시미 성은 도쿠가와 이에야스 시대의 모습 위에 철옹성 같은 위엄이 더해져 강 하나를 사이에 둔 듯 가까이에 있는 오사카 성을 위협하고 있었다.

마타하치는 사내가 열심히 그리고 있는 약식 지도를 엿보다 깜짝 놀랐다. 수첩에는 이미 성 뒤편을 감싸고 있는 오가메★亀 계곡과 후시미 산에서 내려다본 성의 내부지도가 그려져 있었다. 사내는 어느새 수첩의 다른 한쪽에 그것을 옮겨 그리고 있었는데, 그의 지도는 매우 정밀하게 완성되고 있었다.

"앗!"

마타하치가 소리쳤을 때에는 이미 한 무사가 지도를 옮겨 그리는데 정신이 팔린 그 사내의 뒤에 서 있었다. 그가 다이묘의 신하인지 후시미 성의 신하인지는 알 수가 없었지만, 짚신을 신고 가죽 끈으로 칼을 등 뒤로 동여맨 무사는 그 사내가 눈치챌 때까지 아무 말 없이 그렇게 서 있었다.

'미안하게 됐군.'

마타하치는 정말로 그렇게 생각했다. 이미 때는 늦었다. 돌을 던지거나 소리를 질러도 너무 늦었던 것이다. 무사 수행자가 무심코 옷깃에 달라붙은 말파리를 손으로 쫓다가 뒤를 돌아보고는 놀란 듯 눈이 휘둥그레졌다.

"앗!"

공사를 감독하는 무사는 그의 눈을 가만히 쏘아보다 아무 말 없이 돌 위에 있는 지도로 갑옷을 찬 손을 뻗었다. 무사 수행자는 폭염 아래에서 더위를 참아가며 천신만고 끝에 완성한 성의 지도를 어깨 너머로 불쑥 나타난 손이 빼앗아 가자 화약에 불이 붙은 것처럼 고함을 질렀다.

"무슨 짓이냐?"

공사 감독자인 무사는 사내가 자신의 손목을 붙들고 일어서자 지도를 빼앗기지 않으려고 수첩을 쥔 손을 공중으로 높이 쳐들며 외쳤다.

"보여라."

"무례하다."

"내 직책상 알아야겠다."

"네 직책이 무엇이든."

"보면 안 되는 것이냐?"

"안 된다. 너 따위는 봐도 알지 못한다."

"어쨌든 압수다."

"안 돼!"

지도는 두 사람의 손에서 반쪽으로 찢겼다.

"말하지 않으면 끌고 가겠다."

"어디로 말이냐?"

"봉행소다."

"너도 관리이더냐?"

"그렇다."

"어느 번의 누구냐?"

"그건 네가 알 바 아니다. 나는 이곳 순찰을 맡은 책임자로 수상히 여겨지는 것은 무엇이든 조사를 해야 한다. 누구의 허락을 받고 성의 지세와 공사의 진척 따위를 베끼고 있었느냐?"

"나는 무사 수행자다. 후학을 위해 여러 나라의 지리나 축성을 견학하고 있는데 그게 무엇이 나쁘단 말이냐?"

"그것을 구실로 염탐을 하고 다니는 적의 첩자가 파리나 개미 떼만큼 많다. 어쨌든 이것은 돌려줄 수 없고 너도 일단 조사를 해야겠으니 저기까지 따라오너라."

"어디 말이냐?"

"공사를 감독하는 봉행소로 말이다."

"나를 죄인 취급하는 것이냐?"

"잠자코 따라오너라."

"네 이놈, 그렇게 위협하면 내가 어디 무서워할 줄 아느냐?"

"오지 못하겠느냐?"

"어디 가게 해 보아라."

수행자는 꼼짝도 하지 않을 심사인 듯했다. 순찰 무사는 움켜쥐었던

지도 반쪽을 땅바닥에 팽개치고 발로 밟더니 두 자 정도의 긴 짓테를 허리에서 빼 들었다. 수행자의 손이 칼에 닿기라도 하면 즉시 짓테로 내리칠 자세를 취했으나 그가 칼을 뽑을 기색을 보이지 않자 다시 한 번 소리쳤다.

"따라오지 않으면 포박하겠다."

그의 말이 떨어지기도 전에 수행자는 한 발 앞으로 나서며 고함을 지르는 듯하더니 순찰 무사의 목덜미를 잡아 끌어당겼다. 수행자는 다른 한 손으로 그의 허리춤을 움켜잡고는 큰 돌의 모서리를 향해 내던졌다.

"이 벌레 같은 놈."

순찰 무사의 머리는 조금 전에 인부들이 쪼갠 수박처럼 박살이 나고 말았다.

"앗!"

마타하치는 머리를 감쌌다. 시뻘건 피가 그의 근처까지 튀었던 것이다. 무사 수행자는 아무 일 없었다는 듯 태연했다. 이런 일에 어지간히 익숙한 것인지, 아니면 참았던 분노를 일거에 폭발시킨 후의 후련함 때문인지, 어쨌든 그는 당황하거나 도망치려는 기색도 보이지 않았다. 그는 순찰 무사의 발에 짓밟혔던 지도 조각과 근처에 흩어져 있는 종잇조각을 그러모은 후에 상대를 내던질 때 끈이 끊어지면서 날아갔던 삿갓을 차분한 눈길로 찾고 있었다. 마타하치는 그의 무서운 힘을 눈앞에서 보면서 온몸의 털이 곤두서는 듯한 충격을 받았다. 곁으로 보기에 그는 서른 살도 채 되지 않은 듯했다.

햇볕에 검게 탄 기개 있는 얼굴에는 옅은 곰보 자국이 있었고, 귀밑에서 턱까지 얼굴의 사분의 일 정도가 없었다. 얼굴이 없다고 하면 이상할지 모르지만 칼에 잘려 나간 상처가 변해서 오그라든 것인지도 몰랐다. 그의 귀 뒤에도 칼자국이 검은 흉터로 남아 있었고 왼쪽 손등에도 칼자국이 있었다. 옷을 벗으면 똑같은 상처가 여러 군데 있을 것 같았다. 그는 겉으로 보기에도 근접하기 어려울 만큼 사나운 기질의 인상을 하고 있었다.

무사 수행자는 삿갓을 주워 기이한 얼굴을 가리고 바람처럼 저편으로 달아났다. 그의 행동은 매우 짧은 순간에 이루어졌다. 개미처럼 바지런히 일을 하고 있는 수백 명의 인부나 채찍과 쇠막대기를 들고 독려하고 있는 감독까지, 어느 한 사람 눈치챌 틈이 없었을 정도였다.

그러나 높은 곳에서 넓은 공사장을 물샐 틈 없이 지켜보는 눈들이 있었다. 그들은 통나무로 쌓아 올린 망루 위에 있는 도편수와 감독관들이었다. 망루 위에서 큰 소리가 들리는가 싶더니 망루 아래에 있는 판자 울타리 안에서 큰 솥에 불을 지피던 하급 무사들이 밖으로 튀어나왔다.

"뭐지?"

"무슨 일이야?"

"어디서 싸움이라도 났나?"

이미 그때는 작업장과 상가의 경계에 세워진 대울타리 문 쪽으로 새

카맣게 몰려든 인부들이 누런 흙먼지를 일으키며 웅성거리고 있었다.

"오사카의 첩자다!"

"또 첩자를 보내다니."

"잡아 죽여라!"

 저마다 그렇게 부르짖으며 석공과 토공, 그리고 공사 봉행의 부하들 모두 도망친 무사 수행자가 자신의 적이라도 되는 양 몰려들었다. 결국 턱이 반쪽밖에 없는 그 사내는 사로잡히고 말았다. 그는 대울타리 밖으로 나가는 수레 속에 숨어서 나가려했는데 그의 거동을 수상히 여긴 보초들이 끝이 갈라진 긴 봉으로 그의 발목을 낚아챘던 것이다. 망루 위에서도 고함을 질렀다.

"그 삿갓 쓴 놈을 잡아라!"

 그와 동시에 사람들이 불문곡직하고 사내를 향해 덮쳐들자 사내는 야수처럼 날뛰기 시작했다. 맨 먼저 긴 봉으로 그의 다리를 낚아챈 보초의 머리가 사내의 손아귀에 잡혔다. 사내는 네댓 명을 거꾸러뜨린 후에 허리에 차고 있던 장검을 허공을 향해 빼 들더니 전방을 향해 일직선으로 내리치며 고함을 질렀다.

"이놈들!"

 사내가 노려보자 겹겹이 둘러싼 포위망 한쪽이 갈라졌다. 그 순간, 사내가 그곳을 향해 질풍처럼 달려들자 사람들이 사방으로 흩어졌고 여기저기서 돌이 날아왔다.

"죽여라!"

"때려 죽여라!"

그러나 정작 칼을 지닌 무사들은 겁을 내며 그에게 다가가지도 못했다. 그러자 석공이나 토공 같은 인부들이 고함을 치며 사내를 향해 일제히 돌을 던지기 시작했다. 그들은 평소에 무사 수행자를 줌도 안 되는 지식이나 학문을 자랑 삼아 세상을 돌아다니며 무위도식하는 자라고 생각하며 반감을 품고 있었다.

"죽여라!"

"때려 죽여!"

사내가 고함을 치며 그들을 향해 달려들면 인부들은 와하고 비명을 지르며 뿔뿔이 흩어졌다. 무사 수행자인 사내 눈은 이미 삶을 포기한 듯싶었다. 그는 돌을 던지는 사람들을 원망스러운 눈으로 쳐다보는 듯했다.

많은 부상자가 생겼고 죽은 자도 몇 명 있었다. 큰 소동이 끝나고 사람들은 모두 자신의 일터로 돌아가자 넓은 공사장은 다시 평온을 찾았다. 아무 일도 없었다는 듯, 돌을 나르던 사람은 다시 돌을 끌었고, 토공은 흙을 짊어졌고, 석공은 끌로 돌을 깨고 있었다.

끌이 불꽃을 튀기는 날카로운 소리와 미친 듯 울어 대는 요란한 말 울음소리까지, 늦더위가 남아 있는 하늘은 오후로 접어들면서 귀청이 멍멍해질 만큼 열기로 후끈거렸다. 후시미 성에서 요도가와 쪽으로 길게 뻗어 있는 구름 봉우리는 멈춘 듯 꼼짝도 하지 않았다.

"이제 이놈은 거의 반죽음 상태니 봉행 님이 오실 때까지 이대로 놔

두고, 너는 거기에서 감시하도록 해라. 만일 죽더라도 그냥 내버려 두어라."

마타하치는 감독관과 도편수에게 그렇게 명령을 받은 듯했다. 그러나 어찌된 일인지 조금 전에 목격했던 일과 그들의 명령이 눈과 귀로는 인식됐지만 마치 악몽이라도 꾼 듯 머리에까지 와 닿지는 않았다.

'인간이란 하찮은 것이로구나. 방금 전까지도 이곳에서 성의 지도를 그리고 있던 사내가……'

마타하치의 둔한 눈동자는 열 걸음쯤 앞에 있는 한 물체를 물끄러미 바라보고 있었다. 그는 아까부터 멍하니 허무감에 휩싸여 있었다.

'이미 죽은 듯하구나. 아직 서른 살도 안 된 듯한데……'

마타하치는 사내가 측은하게 느껴졌다. 턱이 반쪽뿐인 무사 수행자가 분하다는 듯, 굵은 밧줄에 묶여 피와 흙으로 뒤범벅된 검은 얼굴을 찡그린 채 옆으로 쓰러져 있었다. 밧줄은 옆에 있는 거대한 바위에 매어 있었다. 그는 사내를 바라보면서 '이제 아무 소리도 내지 못하는 죽은 사람을 구태여 붙들어 매어 놓지 않아도 좋을 텐데' 하고 생각했다. 무엇으로 맞았는지 찢어진 바짓가랑이 사이로 부러진 하얀 정강이뼈의 앞부분이 살이 터진 자리에 불거져 나와 있었다. 머리에서 흐르는 끈적한 피에 파리 떼가 달라붙었고 손발에도 개미 떼가 기어 다니고 있었다.

'무사 수행에 나설 때에는 가슴속에 희망을 품고 있었을 텐데. 고향은 어디일까? 부모님은 계실까?'

미야모토 무사시 2_물水의 장

그런 것들을 생각하니 마타하치는 마음이 산란해졌다. 마타하치는 자신이 지금 무사 수행자의 일생을 생각하는 것인지, 자기의 처지를 생각하는 것인지 분간할 수 없었다.

"꿈을 꾸는 것이나 출세하는 데에 좀 더 요령 있는 길이 있을 것이다."

마타하치는 이렇게 중얼거렸다. 시대는 젊은이들의 야망을 선동하고 있었고 미완성에서 완성으로 가는 과도기에 있었다. 마타하치 역시 그런 세상의 분위기를 느낄 만큼 시대는 오로지 한 나라, 한 성의 주인을 간절하게 원하고 있었다. 그래서 많은 젊은이들이 집과 고향을 떠나 저마다 무사 수행의 길을 선택하고 있었다.

작금의 시대는 무사 수행을 하며 떠돌아다녀도 의식주에 곤란을 겪는 일은 없었다. 농사꾼이나 시골 사람들까지도 무술에 관심을 가지고 있었기 때문이다. 절에 가도 잘 대해 줬고 잘하면 지방 호족의 객이 되기도 했으며, 또 운이 좋으면 하루아침에 다이묘로부터 녹을 받을 수도 있었다.

그러나 수많은 무사 수행자 중에서 그런 행운을 잡는 자는 극소수에 지나지 않았다. 공을 세우고 이름을 날려서 어엿하게 녹을 받는 자는 만 명 중에서 두세 명에 불과했다. 그럼에도 모두 그 길을 선택했고 그 길에서 벗어나지 못하는 자들은 끝이 보이지 않았다.

'어리석은 짓이야……'

마타하치는 무사 수행의 길을 선택한 무사시가 불쌍하게 여겨졌다. 그는 무사시를 떠올리며 자신은 그런 어리석은 길을 가지 않겠다고 다짐했다. 그리고 턱 없는 무사 수행자의 주검을 보니 그러한 다짐이 더 절실해졌다.

"응?"

마타하치는 뒷걸음치며 눈을 동그랗게 떴다. 개미 떼가 달라붙어 죽은 줄만 알았던 사내의 손이 옴찔거렸던 것이다. 그의 손목이 자라처럼 밧줄 사이를 헤집고 빠져나오더니 땅을 짚었다. 마침내 얼굴을 든 그는 배를 일으켜 앞쪽으로 스르르 기어 왔다. 마타하치는 마른침을 삼키며 계속 뒷걸음쳤다. 너무 놀란 나머지 그는 아무런 소리도 내지 못하고 그저 눈만 동그랗게 뜨고 있었다. 눈앞의 상황에 그는 망연자실했다.

"아…… 저…….."

사내는 무슨 말을 하려는 것 같았다. 완전히 죽은 줄만 알았던 사내가 아직 살아 있었던 것이다. 그의 목구멍에서 숨소리가 끊어질 듯이 들렸다. 입술이 까맣게 타 버려서 말을 하는 것도 거의 불가능했다. 그런데도 그는 필사적으로 말을 하려는 듯 입을 벌리려고 했다.

마타하치가 놀란 것은 사내가 아직 살아 있다는 사실 때문이 아니라 가슴 밑으로 묶여 있는 두 손으로 기어 왔기 때문이었다. 그것만으로도 놀랄 만한 일인데, 밧줄을 묶어 둔 몇 십 관도 더 되는 큰 돌이 거의 빈사 상태나 다름없는 사내를 따라 조금씩 앞으로 움직이고 있었다. 마치 괴물 같은 괴력이었다. 공사장의 노동자들 중에도 열 명이나 스무 명의 힘을 가졌다고 으스대며 힘깨나 쓰는 자가 있었지만 이 사내

미야모토 무사시 2_물*의 장

와 같은 자는 한 명도 없었다.

더욱이 이 사내는 지금 죽어 가는 몸이었다. 죽음의 경계를 넘나들고 있기 때문에 그런 상상도 하지 못할 힘이 나오는지도 모르지만, 어쨌든 금방이라도 튀어나올 것 같은 사내의 눈이 자신을 바라보며 기어 오는 것을 본 마타하치는 가슴이 철렁 내려앉지 않을 수 없었다.

"저, 저기, 부탁이오."

그가 다시 이상한 소리를 냈지만 말뜻을 알아들을 수는 없었다. 마타하치는 단지 사내의 눈을 보며 그가 죽음과 싸우고 있다는 것을 짐작할 수 있을 뿐이었다. 사내의 핏발 선 눈가에 희미하게 물기가 고여 있었다.

"부, 부, 부탁하오."

사내의 머리가 앞으로 툭 떨어졌다. 마타하치는 이번에는 정말로 그의 숨이 끊어졌을 거라고 생각하며 바라보았다. 목덜미의 피부색이 검푸르게 변해 갔다. 풀 섶에 있던 개미들이 사내의 하얀 머리카락에 달려들었다. 개미 한 마리가 피가 엉긴 콧구멍을 들여다보고 있었다.

사내가 무엇을 부탁한 것인지, 마타하치는 그저 멍하니 넋을 잃고 있었다. 하지만 이 괴력의 사내가 죽기 전에 내뱉은 한 마디 말을 들은 마타하치는 마치 주문에 걸린 것처럼 절대 깰 수 없는 서약을 한 것처럼 느껴졌다. 그는 자신이 괴로워하는 모습을 보고 사내가 약을 건네준 일이나, 또 누가 오거든 신호를 해 달라고 부탁을 했는데 알려 주지 못했던 일이 어떤 깊은 숙연宿緣처럼 생각됐다.

돌을 나르며 부르는 노랫소리가 점점 멀어져 갔다. 성은 저녁 안개에 젖어 희미해져 갔다. 어느새 어스름이 내리기 시작한 후시미 거리에 하나둘 등불이 켜지더니 가물가물 흔들리고 있었다.

"맞다, 이 속에 뭔가가……."

마타하치는 사내의 허리에 달려 있는 보자기를 만져 보았다. 그의 고향이나 가족에 대해 알 수 있는 신분증이 그 안에 분명히 있을 것 같았다.

'자신의 유품을 고향에 전해 달라고 한 것일 게다.'

마타하치는 사내의 몸에서 보자기와 인롱을 끌러 자신의 품속에 넣었다. 그리고 머리카락이라도 한 줌 자를까 생각했지만 죽은 사내의 얼굴을 보고는 오싹해졌다.

발소리가 들려 돌 사이로 보니 무사들이 오고 있었다. 마타하치는 시체에서 무단으로 빼낸 물건이 자신의 품속에 있다는 생각이 들자 위험하게 느껴져 그곳에 있을 수가 없었다. 마타하치는 허리를 굽히고 돌 사이로 숨어서 다람쥐처럼 도망쳤다.

저녁이면 가을바람이 불었고 수세미외는 어느새 커다랗게 자라 있었다. 그 아래에 있는 목욕통에 몸을 담그고 있던 과자 가게 여주인이 집 안에서 소리가 나자 판자문 틈으로 하얀 몸을 내밀며 말했다.

"누구? 마타하치 님?"

마타하치는 이 집에 묵고 있었다. 마타하치는 허둥지둥 돌아오더니 찬장을 열고 칼 한 자루와 함께 홑옷 한 벌을 꺼내 갈아입었다. 그러고는 수건으로 머리를 동여맸고 이제 막 짚신을 신으려던 참이었다.

"마타하치 님, 어둡죠?"

"아닙니다."

"곧 불을 켤게요."

"나갈 거니까 괜찮습니다."

"목욕물은?"

"필요 없습니다."

"몸이라도 닦고 가시지."

"괜찮습니다."

마타하치는 급히 뒷문으로 뛰어나왔다. 밖에는 울타리도 집도 없는 초원이 펼쳐져 있었다. 그가 집에서 나온 순간, 몇 개의 그림자가 저편의 억새풀을 지나 과자 가게로 들어가는 것이 보였다. 공사장을 감독하는 무사도 섞여 있었다. 그는 순간 중얼거렸다.

"하마터면 큰일 날 뻔했군."

그들은 무사 수행자의 시체에서 보자기와 인롱을 가져간 자가 있다는 것을 곧 발견했을 것이고, 그 자리에 있었던 마타하치를 당연히 도둑으로 간주했을 것이다.

"나는 도적질을 한 것이 아니다. 죽은 사람의 부탁으로 어쩔 수 없이 유품을 맡았을 뿐이다."

마타하치는 자신의 품 안에 있는 물건이 사내가 자신에게 맡긴 물건이라고 생각했기 때문에 양심의 가책을 느끼지는 않았다.

"이제 돌 나르는 일도 할 수 없게 됐군."

마타하치는 앞으로 어떻게 할지 아무것도 결정하지 못한 상태였다. 하지만 이런 전기轉機나마 없었다면 몇 년이고 돌만 나르고 있었을 거라고 생각하니 오히려 앞날이 밝게 느껴졌다.

억새는 어깨까지 자라 있었고 저녁 이슬이 가득 맺혀 있었다. 멀리서 자신의 모습이 발각될 염려가 없어서 도망치기에는 안성맞춤이었다. 그런데 이제부터 어느 쪽으로 갈까? 어디로 가든 혈혈단신이었다. 좋은 징조인지 불길한 징조인지는 모르겠지만 누군가 자신을 기다리고 있는 듯한 느낌이 들었다. 지금 발길을 어디로 향하느냐에 따라 마타하치의 일생은 확연히 차이가 날 것이다. 그는 반드시 어떻게 된다고 결정된 인생 따위는 없다고 생각했다. 우연에 맡기고 걸어가는 수밖에 방법이 없었다.

마타하치는 유랑의 행선지로 오사카, 교토, 나고야, 에도 등을 생각해 보았지만 어느 한 곳 아는 사람이 있는 것도 아니었고 의지할 만한 데도 없었다. 주사위에 필연이 없듯 그에게도 필연이란 없었다. 어떤 우연이 지금 눈앞에 닥쳐온다면 그것을 따르겠다고 생각했다.

그러나 후시미의 억새밭을 아무리 걸어도 어떤 우연도 일어나지 않았다. 벌레 소리와 이슬만이 더욱 짙어질 뿐이었다. 이슬에 흠뻑 젖은 바짓가랑이가 다리를 휘감았고 풀잎에 스친 종아리가 쓰라렸다. 그는 한낮의 아픔을 잊은 대신 심한 시장기를 느꼈다. 위액까지 텅 빈 듯했다. 추격당할 염려가 사라지고 나서부터는 걷는 일도 고통스러워졌다.

"어디서든 자고 싶군."

그런 무의식적 욕망이 마타하치를 들판 끝에 보이는 집으로 이끌었다. 가까이 가서 보니 울타리도 문도 폭풍에 쓰러진 채였고 지붕도 다 낡아 있었다. 그러나 한때는 귀인의 별장이었는지 교토에서 꽃가마를 탄 가인이 행차한 일도 있었을 법한 외관의 집이었다. 그는 문이 없는 문을 지나 안으로 들어가 잡초 속에 묻혀 있는 정자와 안채를 바라보았다. 문득 《교쿠요슈玉葉集》[49]에 실려 있는 사이교의 문구가 떠올랐다.

만나 곁에서 모시고 싶은 이가 후시미에 산다는 말을 듣고 찾아오니, 뜰에는 풀만 무성하여 길도 보이지 않고 벌레 소리만 요란하네. ……
떨어진 이내 처지를 가련히 여기는지 이슬 맺힌 뜰의 벌레조차 저리 슬피 우는구나.

마타하치는 우두커니 서서 추위에 몸을 떨고 있었다. 그런데 사람이 살고 있지 않은 듯 보였던 집 안에서 바람에 빨갛게 타오르는 화롯불이 보이더니 이내 피리 소리가 들려 왔다. 마침 이곳이 좋은 안식처라 여기고 하룻밤을 쉬고 있는 승려인 듯했다. 화로의 불이 빨갛게 피어오르자 커다란 그림자가 파사婆娑처럼 벽에 일렁였다. 그는 혼자 피리를 불고 있었다. 피리는 다른 사람에게 들려주기 위한 것도 아니었고

---

49 가마쿠라 시대에 천황이나 왕의 명으로 편찬된 노래책.

저 혼자 심취해서 부는 소리도 아니었다. 그저 가을밤의 가뭇없는 고적함을 달래려 무아의 삼매경에 빠진 소리일 뿐이었다.

어느새 한 곡이 끝났다.

"아아."

승려는 들판 한가운데 있는 외딴집이라고 안심한 모양인지 혼잣말로 중얼거렸다.

"마흔은 불혹이라고 하였는데, 나는 마흔하고도 일곱 해나 지났다. 그런 실수를 저질러서 녹을 빼앗기고 가문의 이름을 더럽힌 것도 모자라 하나밖에 없는 자식까지 타국을 유랑하게 만들었구나. 생각할수록 참으로 부끄럽다. 죽은 아내와 살아 있는 아들을 볼 면목이 없다. 마흔이 불혹이라는 말은 성현에게나 해당하는 것이지 나 같은 범부의 마흔은 위험하기만 한 것. 마음을 놓을 수 없는 고갯길이었다. 더욱이 여자란……."

그는 가부좌를 하고 피리를 두 손으로 맞잡고는 다시 중얼거렸다.

"나는 이삼십 대까지 여자로 인해 거듭 실패를 겪었지만, 그때는 어떤 추문에 휘말려도 사람들은 너그러이 봐주었고, 인생에 치명적인 실수가 되지도 않았다. 그러나 사십 대가 되니 여자를 대함에 있어 철면피 같이 행동하게 되고, 특히 오츠와의 사건은 치명적인 추문이 되어 세상은 나를 용서하지 않았다. 그래서 이렇게 녹도, 집도, 아들과도 헤어지는 시련을 겪고 있구나. 이삼십 대였다면 이 시련을 만회할 수 있겠지만 사십 대가 되니 두 번 다시 돌이키기 어렵구나."

그는 맹인처럼 고개를 숙인 채 소리 내어 중얼거리고 있었다. 마타하치는 그가 있는 방 가까이까지 다가가서 화롯불에 비친 그의 홀쭉하고 파리한 뺨과 들개처럼 뾰족하게 솟은 어깨, 기름기 없이 헝클어진 머리카락을 바라보았다. 가만히 그의 독백을 듣고 있던 마타하치는 마치 '밤 귀신夜鬼'의 모습을 보고 있는 듯 소름이 돋아서 도저히 그에게 다가가서 말을 걸 마음이 생기지 않았다.

"아아, 그것을…… 나는……."

사내가 얼굴을 들어 천장을 쳐다보자 해골 같은 큰 콧구멍이 마타하치의 눈에 들어왔다. 그는 때에 전 평범한 낭인의 옷을 입고 있었고 가슴에 보화선사普化禪師의 제자라는 것을 증명하듯 검은 가사를 걸치고 있었다. 또 그가 깔고 앉아 있는 멍석 한 장은 항상 말아서 손에 들고 다니는 유일한 이부자리이자 비와 이슬을 피하는 집인 듯했다.

"말해도 부질없는 일이지만 사십 대처럼 조심해야 할 때도 없는 듯하다. 저 혼자 세상과 인생을 통달했다고 자만하고, 기껏 얻은 작은 지위에 우쭐해서 여자를 함부로 대하다가는 나와 같은 실패를 겪고 마는 것이다. 참으로 부끄러울 따름이구나."

그는 누군가에게 사죄하는 것처럼 고개를 깊이 숙이며 말했다.

"나는 괜찮다. 이렇게 참회를 하는 나는 괜찮다고 치자. 한없이 넓은 마음으로 용서해 주는 자연의 품속에서 살아갈 수 있으니까."

그는 눈물을 흘렸다.

"그러나 아들에게는 너무나 미안하구나. 내 잘못된 행동은 나보다 조타로에게 더 많은 피해를 주었다. 어찌 됐든 내가 히메지의 이케다 가의 가신으로 계속 있었다면 그 아이는 천 석의 녹을 가진 무사의 외동아들로 자라고 있을 것이다. 그런데 지금은 고향을 떠나 아비와도 헤어지고 말았다. 아니, 그보다도 조타로가 성인이 되어 자신의 아비가 나이 마흔 줄에 여자 때문에 성에서 쫓겨난 사실을 알게 된다면 나는 어쩌면 좋은가. 나는 무슨 낯으로 아들을 만날 수 있단 말인가.”

한동안 두 손으로 얼굴을 감싸고 있던 사내는 무슨 생각이 들었는지 벌떡 일어서며 말했다.

“그만하자. 또 푸념만 늘어놓았구나. 오, 달이 나왔구나. 들판에 나가 실컷 땀이나 흘리고 오자. 그래, 불평과 번뇌를 들판에 털어 버리고 오자.”

그는 피리를 들고 밖으로 나갔다. 참으로 묘한 승려였다. 마타하치 가 숨어서 보니 비틀거리며 일어서서 나가는 그의 비쩍 마른 코 밑에 엷은 메기수염이 나 있는 듯했다. 나이도 그리 많은 것 같지 않았으나 걸음걸이는 마치 노인처럼 휘청거렸다.

그는 밖으로 나가서 좀처럼 돌아오지 않았다. 마타하치는 그가 정신이 약간 이상한 것이 아닌가 께름칙하게 여겨졌지만 한편으로는 측은한 생각도 들었다. 그리고 마타하치가 걱정한 것은 그보다 화로 속에 남아 있는 불씨였다. 밤바람이 불씨를 부채질하고 있었다. 한창 불에 타서 부러진 장작의 불씨가 마루로 튀더니 다시 타고 있었다.

“앗, 위험한데.”

마타하치는 화롯가로 다가가 병에 있는 물을 부었다. 이곳이 들판의 외딴 폐가였으니 망정이지 두 번 다시 지을 수 없는 아스카飛鳥나 가마쿠라 시대의 유적이었다면 어떻게 할 뻔했던가, 하고 생각하니 아찔했다.

"저런 자 때문에 나라나 다카노가 불에 타 버린 거야."

마타하치는 사내가 앉아 있던 자리에 앉아서 분수에 맞지 않게 공덕심에 휩싸였다.

'가산이나 처자가 없는 만큼 세상에 대한 공덕심도 전무한 부랑자에게는 불이 위험한 것이라는 생각조차 전혀 없는가 보군. 그래서 저들은 금당벽화가 있는 곳에서조차 태연히 불을 피우는 것이겠지. 세상에 아무런 도움도 되지 못하며 그저 살아가는 것에 지나지 않는 몸뚱이를 따뜻하게 하기 위해서……..'

그러다 마타하치는 자신도 부랑자라는 사실을 떠올렸다.

"하지만 부랑자만 나쁘다고 할 수 없어."

지금 시대만큼 부랑자가 많았던 시절은 없었다. 무엇이 부랑자들을 만들었는가? 전쟁 때문이었다. 전쟁을 통해 높은 지위를 차지한 자가 많은 만큼 쓰레기처럼 버려지는 사람의 수도 실로 엄청났다. 그리고 다음 세대가 그것에 속박되는 것은 어쩔 수 없는 자연의 섭리이자 인과라고 할 수 있었다. 하지만 그런 부랑자 무리가 국보인 탑을 화톳불로 태워 버리는 것보다 전쟁 때문에 다카노나 에이叡 산, 황도皇都의 건물이 소실되는 일이 세상 도처에서 더 많이 일어나고 있었다.

"오, 방 안이 아주 세련됐군."

마타하치는 옆을 바라보며 중얼거렸다. 여기의 화로나 상좌를 새삼 눈여겨보니 본래 요정에서나 사용하던 것처럼 고상하게 지어진 집인 듯했다. 한쪽 구석의 작은 탁자 위에 그의 눈길을 끄는 것이 있었다. 고가의 화병이나 향로 따위가 아니었다. 그것은 다름 아닌 이가 빠진 술병과 검은 냄비였다. 냄비에는 먹다 남은 죽이 절반쯤 있었고 술병도 흔들어 보니 출렁이는 소리와 함께 술 냄새가 풍겨 왔다.

"고마운 일이군."

이런 상황에서 인간의 위는 주인이 누구인지 생각할 틈을 주지 않는다. 마타하치는 술병에 든 탁주를 마시고 냄비를 비운 다음 팔베개를 하고 누웠다.

"아아, 배부르다."

마타하치는 어느새 화롯가에서 슬금슬금 잠에 빠져들었다. 밤은 들판에서 울어 대는 벌레 소리와 함께 깊어져 갔다. 문밖뿐 아니라 벽과 천장, 구멍 뚫린 다다미에서도 울음소리가 가득 들려왔다.

"맞다."

마타하치는 무슨 생각이 들었는지 벌떡 일어났다. 품속에 있는 보자기, 무사 수행자가 죽을 때 부탁해서 가지고 온 보자기에 뭐가 들어 있는지 지금 봐야겠다는 생각이 급히 들었던 것이다. 그는 소방나무 염료로 검붉게 물들인 해진 보자기를 풀어 보았다. 그 속에는 오랫동안 지니고 있었는지 다 해진 속옷과 여행자들이 가지고 다니는 용구用

미야모토 무사시 2_물水의 장

具 등속이 들어 있었다. 그런데 옷을 펼치자 아주 중요한 것인지 기름 종이로 둘둘 감싼 두루마리와 돈지갑 같은 것이 그의 무릎 위에 툭 하고 떨어졌다.

떨어진 것은 보랏빛 가죽 염낭이었다. 그 속에는 금과 은을 비롯해 꽤 많은 돈이 들어 있었다. 돈을 헤아리던 마타하치가 자신의 욕심을 떨쳐 내듯 중얼거렸다.

"이것은 남의 돈이다."

기름종이에 싸여 있는 것을 펼치자 두루마리 하나가 들어 있었다. 축은 모과나무로 되어 있었고 겉장은 금실이 수놓아진 낡은 비단 조각으로 만들어져 있었다. 마타하치는 왠지 비밀스런 물건을 엿보는 듯한 기분이 들었다.

"이게 뭘까?"

도무지 무엇인지 가늠할 수 없는 물건이었다. 그는 두루마리를 바닥에 놓고 한쪽부터 천천히 펼쳐 보았다.

인가印可

— 주조류中條流 검술법太刀之法

— 겉表

전광電光, 차車, 원류圓流, 부선浮船

— 안裏

금강金剛, 고상高上, 무극無極

一 우칠검右七劍

신문지상神文之上

구전전수지사口傳授受之事

月 目

에치젠越前 우사카노쇼宇坂之庄 정교사淨敎寺 촌村

도다 누도 세이겐富田人道勢源 문류門流

후학後學 가네마키 지사이鐘巻自斎

사사키 고지로佐佐木小次郎 님

뒤쪽의 별도의 종이를 붙인 듯한 곳에는 '오쿠가키奥書'[50]라는 제목이
붙어 있었고 왼쪽에는 심오한 노래 한 수가 적혀 있었다.

파지 않은 우물에

고이지 않은 물에

달이 비치면

그림자도 형태도 없는

사람만이 그 뜻을 헤아리리.

"아, 이것은 검술의 비전秘傳 목록이다."

거기까지는 마타하치도 쉽게 알 수 있었지만 가네마키 지사이라는

---

50 사본의 끝에 필사한 사람의 이름과 그 연유, 날짜, 경위 등을 기재한 것.

인물에 대해서는 아무런 지식이 없었다.

마타하치는 이토 야고로 가게히사伊藤彌五郎景久라고 하면 일도류一刀流를 창시해서 잇토사이一刀齋라는 호를 가지고 있는 달인이 아닌가, 하고 짐작은 할 수 있었다. 하지만 그는 그 이토 잇토사이의 스승이 가네마키 지사이라는 사람이며, 그의 다른 이름이 도다 미치이에外他通家라는 사실과, 세상에서 완전히 잊힌 도다 누도 세이겐의 적통을 계승하면서 어느 한적한 시골에서 만년을 보내고 있는 고아한 선비라는 사실을 알 리가 없었다.

"사사키 고지로? 아, 그럼 그 고지로라는 사람이 오늘 후시미 공사장에서 죽은 무사 수행자의 이름이구나."

마타하치는 고개를 끄덕이며 중얼거렸다.

"이 목록을 보면 알 수 있듯이 주조류의 인가를 받았을 정도라면 강했을 것이다. 얼마나 큰 한을 남기고 죽음을 맞았을까. 참으로 안타깝구나. 그의 마지막 얼굴은 참으로 죽기 원통한 표정이었다. 그가 나에게 부탁한다고 말한 것은 역시 이 물건일 것이다. 이것을 고향 집에 전해 달라고 말하고 싶었던 것이 틀림없다."

그는 죽은 사사키 고지로를 위해 염불을 외웠다. 그리고 두 개의 물건을 반드시 그가 부탁한 곳에 전해 주리라 마음먹었다. 그러고는 다시 자리에 벌러덩 드러누웠다. 잠자던 그는 몸이 으슬으슬해지자 화로 속에 장작을 던져 넣고 불 조절을 하며 다시 꾸벅꾸벅 잠에 빠져들었다. 귓가에 밖으로 나간 기이한 사내가 불고 있는 듯한 피리 소리가 들판 저 멀리에서 들려왔다. '그 승려는 무엇을 저리 갈구하는 것일까?' 그가 나가면서 중얼거린 것처럼 어리석음과 번뇌를 떨쳐 내려는 절실함이 담겨 있기 때문인지 몰랐다.

사내가 밤새도록 미친 듯이 피리를 불며 들판을 방황하고 있는 동안에 마타하치는 피곤에 지쳐 깊이 잠이 들었다. 피리 소리나 벌레소리는 그의 귓가에 꿈결처럼 혼미하게 들려올 뿐이었다.

3권에 계속